UM VERÃO PARA SEMPRE

UM VERÃO PARA SEMPRE

Daisy Garrison

Tradução
Raquel Nakasone

Copyright © 2024 by Daisy Garrison
Copyright da tradução © 2024 by Editora Globo S.A.
Esta edição foi publicada mediante acordo com Sterling Lord Literistic e Agência Riff.

Os direitos morais do autor foram assegurados. Todos os direitos reservados. Nenhuma parte desta edição pode ser utilizada ou reproduzida — em qualquer meio ou forma, seja mecânico ou eletrônico, fotocópia, gravação etc. — nem apropriada ou estocada em sistema de banco de dados sem a expressa autorização da editora.

Título original: *Six More Months of June*

Editora responsável **Paula Drummond**
Editora de produção **Agatha Machado**
Assistentes editoriais **Giselle Brito e Mariana Gonçalves**
Preparação de texto **Catarina Nataroberto**
Revisão **Ana Sara Holandino**
Diagramação e adaptação de capa **Carolinne de Oliveira**
Projeto gráfico original **Laboratório Secreto**
Design e ilustração de capa original © **Jenna Stempel-Lobell**

Texto fixado conforme as regras do Acordo Ortográfico da Língua Portuguesa (Decreto Legislativo nº 54, de 1995)

CIP-BRASIL. CATALOGAÇÃO NA PUBLICAÇÃO
SINDICATO NACIONAL DOS EDITORES DE LIVROS, RJ

G225v

    Garrison, Daisy
        Um verão para sempre / Daisy Garrison ; tradução Raquel Nakasone.
    - 1. ed. - Rio de Janeiro : Globo Alt, 2024.

    Tradução de: Six more months of June
    ISBN 978-65-5226-002-4

    1. Romance americano. I. Nakasone, Raquel. II. Título.

24-93546
                            CDD: 813
                            CDU: 82-31(73)

Meri Gleice Rodrigues de Souza - Bibliotecária - CRB-7/6439

1ª edição, 2024

Direitos de edição em língua portuguesa para o Brasil adquiridos por Editora Globo S.A.
R. Marquês de Pombal, 25
20.230-240 – Rio de Janeiro – RJ – Brasil
www.globolivros.com.br

Para a turma de 2016, que virou a turma de 2020

De todas as ilhas deliciosas, a Terra do Nunca
é a mais confortável e compacta — não é grande
e espalhada, sabe? Com distâncias tediosas entre
uma aventura e outra, mas atochada de um jeito bom.

— *PETER PAN*, DE J. M. BARRIE

Eu gostaria de ter mais seis meses
deste sentimento
[...]
e nem isso seria suficiente

— "MAIS SEIS MESES DE JUNHO", DE HANNAH LACHOW

Mina

— **E... gravando.**

— Certo. Caplan Lewis. — Visualizo-o na minha cabeça. Tento pensar no que ele gostaria que eu dissesse, então percebo que fiquei quieta por tempo demais. — Desculpe. Podemos tentar de novo?

— Não, ficou legal. Pode continuar.

— Certo, beleza. Então, Caplan Lewis é... Bem, você sabe. Parece meio bobo descrever assim, já que todo mundo conhece o Caplan.

A garota que está dirigindo a filmagem aponta para o cinegrafista com a cabeça. Acho que ela quer que eu olhe para a câmera, o que obviamente não é o que estou fazendo. Olho para a esquerda dela, para o ombro do garoto filmando, e depois para os meus joelhos.

— Na verdade, isso é quase um resumo de quem ele é, exatamente isso. Caplan é popular. Sempre foi. — Dou uma risada. — Seria difícil encontrar algum aluno, professor ou alguém nessa escola, talvez até nesse planeta, que não conhece e ama o Caplan Lewis. Todo mundo gosta dele.

Caplan

— **Gravando?**

— Sim.

— Mina Stern é a minha melhor amiga.

Eles esperam que eu diga algo a mais.

— É isso. Mas isso não é pouca coisa. Ela é a minha pessoa favorita.

1

Caplan

Em algum momento de março, o alto-falante da sala toca no meio do nosso período livre chamando Mina para a diretoria, o que é engraçado só pelo fato de ser a Mina.

— Você vai ser expulsa — digo a ela.

Alguém ri do meu comentário, mas ela não. Sua expressão é a mais séria de qualquer um que conheço, especialmente quando ela sente que está sendo observada. Mesmo que depois ela me conte que estava tentando não rir, chorar ou revirar os olhos, eu sempre acho que é mentira, porque seu rosto estava completamente pálido e imóvel.

Assim que Mina sai da sala, eu me lembro do dia que a chamaram na diretoria para contar sobre seu pai e me sinto um babaca.

Ela ainda não voltou quando é a minha vez de ir até a diretoria fazer os anúncios da manhã antes da primeira aula. Chegando lá, vejo que ela está parada com os braços cruzados de frente para a mesa do diretor, enquanto ele e o vice-diretor a encaravam com olhares tensos. Por um instante, temo que algo de terrível tenha mesmo acontecido.

Mina se vira para mim.

— Caplan devia fazer isso.

Paro do seu lado.

— É a tradição — diz o diretor. — Todo ano…

— Mas eu não consigo. Caplan vai fazer isso com prazer.

UM VERÃO PARA SEMPRE 13

— Com certeza. Fazer o quê? — pergunto.

O diretor recomeça:

— É uma tradição a oradora da turma discursar na formatura.

Viro para Mina, mas ela continua falando algo que não presto muita atenção, sobre democracia e a voz do povo.

O diretor solta um suspiro.

— Está sugerindo que a gente faça uma votação para eleger um orador da formatura?

— Estou sugerindo essa pessoa. Caplan é o presidente da turma, ele devia fazer o discurso.

Concorri ao cargo só porque Quinn me desafiou. Acho que todo mundo sabe disso. Minhas únicas obrigações reais são fazer os anúncios matinais e conduzir as reuniões que acontecem antes dos jogos e campeonatos da escola.

— O discurso deveria ser uma honra, e o ideal seria…

Ele nos avalia: Mina em seu colete de tricô e os braços apoiados sobre seus livros, e eu com minha jaqueta corta-vento da escola, provavelmente com uma expressão bastante desinteressada no rosto. Me dou conta de que estou mascando um chiclete e o engulo depressa.

— Ter um certo tom — completa o diretor.

Mina me espera terminar os anúncios. Enquanto voltamos para a sala, ela diz:

— Você deu um soquinho no ar de comemoração quando anunciou a vitória do Clube de Xadrez no campeonato.

— E daí?

— Ninguém pode te ver, só te ouvir — explica com um sorrisinho. — Não sabia que você era fã de xadrez.

Dou um empurrãozinho nela.

— Não percebi que fiz isso — digo.

Ela ainda está sorrindo.

— Pare de prestar tanta atenção em mim — falo.

— Está bem — diz ela, se virando em direção à aula de Cálculo Avançado, sem se despedir.

— Também não quero fazer o discurso na cerimônia de formatura — digo.

— Pesada é a cabeça daquele que carrega a coroa — retruca ela.

Passamos semanas discutindo sobre essa história do discurso de formatura. Eu disse que poderia falar se ela escrevesse o texto, e Mina respondeu que não tinha nada a declarar sobre a nossa escola ou qualquer pessoa que estudava ali. Respondi que essa era uma coisa bastante cruel e arrogante de se dizer, mas ela estreitou os olhos e perguntou sobre quantas pessoas eu poderia dizer algo verdadeiramente bom. Então me sentei e tentei escrever uma coisa boa sobre cada colega do nosso ano. Cansei logo depois de chegar em cinquenta. Pensei que fosse um número bastante impressionante, mas Mina só deu uma risada.

— Você não pode chegar na formatura e dizer que Jamie Garrity segurou a porta para você um dia quando você estava atrasado — disse ela.

Argumentei que eu poderia escrever um discurso bem legal sobre ela, sobre Quinn ou até sobre Hollis, e que essa ideia de discurso na cerimônia de formatura era uma besteira. Todo mundo devia ter a oportunidade de dizer uma coisa boa sobre alguém que conhece bem e pronto. Mina gostou e disse que seria tipo sentimentos pé-na-porta. Eu não entendi, e ela explicou:

— Tipo, é como se a porta estivesse se fechando e esta fosse a sua última chance. O que você ainda precisa dizer?

Enfim, foi assim que tivemos a ideia. Acho que o diretor estava tão cansado de discutir essa história que acabou concordando.

O dia da gravação da minha parte do vídeo é o primeiro dia de junho — o clima de céu azul pede shorts e moletom. Depois de filmar, volto para o refeitório e passo pelas mesas do lado de fora. Vejo todos na mesa de sempre e Mina sentada em um banco com um livro.

— CAP-O! — me chama Quinn.

Ergo a mão para cumprimentá-lo e sigo para o banco em que está Mina.

— Você está do lado de fora hoje — comento.

— O dia está bonito — diz ela, sem tirar os olhos do livro.

— Fala sério.

Pego o livro de suas mãos, sabendo que isso vai tirá-la do sério. Uma vez, quando éramos crianças, joguei o livro dela na areia do lago e ela não falou comigo por dias.

— Me devolve.

— Claro que vou devolver. Eu não sei ler.

— Haha.

— Vem almoçar com a gente.

Mina cruza os braços e depois as pernas.

— Você não vai morrer por isso. Está na hora do almoço. O dia está perfeito. Você foi arrancada pra fora da biblioteca. Venha socializar.

Dou um passo para trás em direção aos meus amigos, ainda segurando o livro.

— CAP! — grita Quinn outra vez. — Chega de flertar.

Isso faz Mina quase sorrir. Na verdade, ela só comprime os lábios.

— Como você vai fazer amigos em Yale no ano que vem se não treinar agora? — pergunto.

Por um segundo, sua expressão é de quem vai gritar. Mas ela apenas diz:

— Está um pouco tarde pra começar, não acha?

— Mina, ele está te incomodando? Quer que eu bata nele? — pergunta Quinn.

Ela ri e se apoia no meu ombro, provavelmente procurando Hollis, que tenho quase certeza que está na mesa, sendo o centro das atenções. Não tenho certeza. A gente estava dando um tempo, então eu estava me esforçando para não a olhar diretamente, só de canto de olho. O que é fácil por causa do cabelo dela, que é bem comprido, loiro-avermelhado e está sempre esvoaçante.

Mina a vê, ou alguma outra coisa assustadora, porque balança a cabeça.

Devolvo seu livro. Quando ela estende a mão para pegá-lo, agarro a alça da sua mochila e me viro para os outros, então ela é obrigada a andar de costas atrás de mim.

2

Mina

Caplan me arrasta por todo lugar. Quando éramos crianças, ele literalmente me empurrava — para a água nas dunas, para a neve quando as aulas eram canceladas, para assistir a filmes de terror antes de completarmos a idade mínima para entrar na sala, para o meio do ginásio nos bailes da escola. Até que, uma hora, ele passou a fazer isso naturalmente. Ele se tornou a pessoa que, de um jeito insuportável, alcançou tanto o físico quanto a competência de um atleta, o que significava frequentar jogos de futebol para assisti-lo. Eu sempre me sentava com a mãe e o irmãozinho dele nas arquibancadas acima do demais estudantes. Com aquele mar brilhante e barulhento entre nós — garotas ostentando o número dele nas bochechas e garotos cantarolando "Caplan! Capitão!", bêbados e felizes. Todos fazendo parte daquilo tudo — ao contrário de mim. Mas pelo menos eu ainda ia assistir, o que já era algo. Ele era uma espécie de ímã. Ou como o próprio sol. Seria constrangedor se eu fosse a única a sofrer pelo seu efeito, mas todo mundo parecia orbitar à sua volta. O sol é quente e luminoso, afinal.

Às vezes, eu ficava grata por isso, e outras nem um pouco. No primeiro dia de calor na primavera do nosso último ano, bem na época em que estávamos todos filmando aqueles vídeos malditos, Caplan sequestrou meu livro e me obrigou a almoçar com seus amigos. Eu sabia que tinha feito isso porque Hollis estava prestando atenção na gente e eles dois estavam dando

18 *Daisy Garrison*

um tempo de novo. Eu detestava quando ele me usava assim. Não faz sentido, porque não existe universo em que eu seja uma ameaça quando o assunto é romance. É uma piada pronta. Assim como eu me sentar à mesa com pessoas como Quinn Amick e Hollis Cunningham.

Pego meu livro de volta para ter algo com o que me ocupar quando chegamos na mesa. Todo mundo já terminou de comer. Hollis está acabando de chupar um picolé, que deixou sua boca vermelha. Faço uma aposta comigo mesma de que ela e Caplan vão voltar até o fim da semana. Ela está usando o boné de beisebol de Quinn, um que tem uma arvorezinha bordada, que ele está sempre usando. Ah, que clima gostoso. Caplan se senta e pega o sanduíche de outro garoto, que só comeu metade.

— Onde você estava? — pergunta alguém.

— Gravando meu vídeo — responde ele de boca cheia.

— Não acredito que ele e Mina fizeram uma dupla — diz Quinn. — Agora quem é que vai falar algo bom sobre mim?

Olho para Caplan bem quando ele se vira para Hollis. Ela o encara com uma expressão neutra, apoiando o palito do picolé na boca. Acho que eu deveria esclarecer uma coisa: Hollis é a pessoa mais assustadora que já existiu no planeta.

— Eu posso falar de você — diz ela, se virando para Quinn.

— Que fofo! Sério, Hollis?

Ela morde o resto do picolé e bate nele com o palito enquanto uma de suas amigas a olha desesperada. Provavelmente Hollis já havia concordado em fazer o vídeo sobre ela.

— Por que não? Não é nada de mais.

Ela olha para Caplan por um segundo e depois para mim.

É sempre uma surpresa desagradável quando passo um tempo só observando a cena, tranquila e invisível, e alguém decide olhar para mim de repente. É por causa desse sentimento que os atores nunca olham diretamente para a câmera, a não ser que o intuito seja causar desconforto.

— Mina — fala Hollis, como se tivesse acabado de me notar ali. — Sexta é meu aniversário.

— Ah — digo. — Parabéns.

— Não. — Ela ri. — Você é tão engraçada. Quero dizer que vou dar uma festa. Minha mãe vai organizar uma coisinha na minha casa. Você vem?

Encaro-a.

— Hum. Claro.

— Bem, não precisa ir se não quiser — diz ela.

— Não, eu vou adorar. Obrigada.

O sinal toca e Caplan fica de pé para pegar o palito do chão. Ele segue para a lixeira, e Hollis dá um suspiro, se levanta e o segue.

— Essa dinâmica deles está ficando meio chata, né?

Quinn diz para ninguém em particular enquanto eu sigo a movimentação do grupo até o prédio da escola.

Todos concordam sem pensar muito e ficam observando os dois parados ao lado da lixeira, muito iluminados pelo sol, com o vento balançando os cabelos vermelhos, dourados e lindos.

Conforme nos espremenos para passar pelas portas do refeitório, esbarro em uma das amigas de Hollis, Becca, que queria que Hollis fizesse seu vídeo de formatura. Ela me lança um olhar especialmente maldoso, então aperto o passo. No corredor, eu me abaixo para amarrar os cadarços, e ela esbarra em mim por trás. Enquanto passa, ela fala para os amigos:

— Deita, cachorrinha.

Caio de quatro no chão com o empurrão. Levo um segundo para garantir que meu rosto esteja inexpressivo, me levanto e sigo para a aula de física.

Houve um tempo durante o ensino fundamental que eles latiam toda vez que passavam por mim. De início, achei que estavam me chamando de lerda ou feia, mas como não tinha certeza, tentei não me incomodar. Passei a usar fones de ouvido. O que se ajustou perfeitamente ao meu mais novo comprometimento de não olhar nem falar com ninguém, a não ser que fosse absolutamente necessário. Eles me torturaram por anos, dizendo que eu era metida a sabe-tudo, que sempre levantava a mão para responder na aula. Daí, quando tentei ficar em silêncio e me tornar invisível, eles só odiaram ainda mais. A hipocrisia seria até cômica se eu estivesse em condições de achar graça da situação.

A primeira vez que ouvi alguém latindo para mim foi no oitavo ano, alguns meses após o meu silêncio, no banheiro feminino.

— Mina Stern vive seguindo Caplan Lewis por aí feito uma cachorrinha.

Elas foram embora e eu saí da cabine na mesma hora que Lorraine Daniels. A gente costumava brincar juntas quando éramos crianças, porque nossas mães eram amigas e moravam perto. Então meu pai morreu, minha mãe ficou esquisita e eu provavelmente fiquei também. Além disso, Lorraine se mudou. Mas, de vez em quando, a gente ainda sentava perto uma da outra nas aulas. Ela usava óculos vermelhos de armação grossa e teve que lidar com muita gente enchendo o saco dela por causa disso, mas nunca os trocou nem experimentou lentes de contato. Eu invejava sua segurança. Ela era quieta e esperta, e costumava me perguntar se poderíamos ser amigas de verdade, mas ela parecia preferir ficar sozinha. Acho que eu também passava essa impressão.

— Elas estão com inveja — disse ela, lavando as mãos sem se virar para mim, o que gostei, porque eu estava chorando. — O quê? É verdade. Aquela Maria Mijona gosta dele. Ela estava dizendo antes de você entrar.

A piada não funcionou, porque Hollis nunca fez xixi nas calças.

— E, sinceramente, é ele quem vive *te* seguindo.

Sei que o tempo deveria curar todas as feridas, mas aquela lembrança foi ficando mais nítida, ganhando força ao longo dos anos, porque foi a primeira vez que entendi a realidade. Passar a maior parte do meu tempo com Caplan não me fazia brilhar ou ser melhor que os outros. Na verdade, isso me deixava menor em comparação a ele. Além disso, eu não era a única que achava um milagre ele querer ser meu amigo.

O fato de termos compartilhado a infância grudados alegremente é puro mérito dele. Ele jamais, nem mesmo no meio do ensino médio, deixou de querer fazer apertos de mão elaborados comigo no corredor ou tentou transformar nossa amizade em um segredo. Nunca houve aquele momento adolescente de perceber que seria mais fácil, que seu mundo faria mais sentido, se ele me deixasse para trás ou ao menos me excluísse de algumas partes da sua vida. Isso nunca aconteceu. Caplan faz o que quer, e muito raramente se pergunta o que os outros vão pensar. No meio do primeiro ano do ensino médio, ele distendeu alguma coisa e não pôde mais correr. De tanto tédio e curiosidade — e, vamos ser honestos, uma verdadeira propensão para ser o centro das atenções —, ele fez uma audição para a peça da escola, *Romeu e Julieta*. É claro que ele foi excelente, que deu vida a tudo e deixou a peça sem dúvidas mais legal.

Na audição, ele colou no chão um papel amassado com o texto, para caso se esquecesse das falas. O diretor percebeu a leitura rudimentar, um código simplificado que inventei para ajudá-lo com o ritmo das falas. Perguntaram a ele onde tinha aprendido o pentâmetro iâmbico, e Caplan disse que não fazia ideia do que era isso, mas que uma amiga o ajudara a praticar. Depois que conseguiu o papel, me perguntaram se eu também queria participar da peça como dramaturga. Tive que pesquisar o que isso significava. No fim das contas, recusei, porque o trabalho exigia falar muito com as outras pessoas, mas concordei em escrever uns textos sobre escansão e a bela Verona, na Itália, para serem distribuídos no primeiro dia do ensaio.

Naquela primavera, Caplan e eu passamos horas decorando falas. A parte de subir no palco e se portar como uma estrela de cinema era natural para ele, mas precisava de mim para as palavras, seus significados e para a memorização. Não ser tão esperto talvez seja a única coisa em que Caplan não é perfeito. Quem sabe por ter demorado um pouco para aprender a ler, anos atrás. Eu me lembro de vê-lo se esforçar muito para entender e dizer tudo corretamente para a peça, e fiquei chocada.

Pensei: como é possível que você seja essa pessoa, com todas essas mil versões? Como você é o capitão do time de futebol, o rei do baile, o futuro presidente de alguma fraternidade e também o garoto deitado no chão do meu quarto com o rosto no carpete, decorando Shakespeare me perguntando "quais consequências ainda pairam em nossas estrelas?".

3
Caplan

Eu sabia que Hollis ia me seguir até a lixeira. É o lado bom de ficar preso a alguém; você aprende seus movimentos.

Quando me viro, ela está parada, olhando para mim. Espero que diga alguma coisa, mas ela não fala nada. Hollis lida com conversas como se fossem uma disputa.

— Jogar lixo no chão é muito feio — comento.

— Você tinha mesmo que fazer o seu vídeo com a Mina?

— Por que você se importa?

— Um vídeo juntos? Como se vocês fossem um casal? Como se estivessem trocando votos de casamento?

— Foi você que terminou comigo.

— Ah, você reparou?

— Hollis. — Belisco a ponte do meu nariz.

— O que foi? O que você quer, Caplan?

— Quero que você tire a droga desse boné do Quinn — falo contra a minha mão.

Ela afasta a mão do meu rosto, tira o boné e o joga em mim. Então fica me encarando com um meio sorriso.

— Não precisava fazer aquilo com a Mina. Na frente de todo mundo.

Ela para de sorrir.

— Se queria que eu fosse na sua festa, era só me convidar — digo.

— Talvez isso não seja sobre você. Talvez eu só seja uma pessoa legal.

Bufo.

— Você iria na minha festa se eu te convidasse? — pergunta ela.

— Bem, sim. A gente sempre vai ser, tipo, amigo.

Fico brincando com o boné de Quinn. Me obrigo a olhar diretamente para ela. Ela parece à beira das lágrimas, mas não está nem um pouco constrangida. Por um segundo, nenhum de nós diz nada. O sinal toca.

— Eu não terminei com você. Disse que a gente devia dar um tempo pra... pensar — retruca ela.

— Bem... e aí, você pensou?

Ela dá uma risada.

— Não era eu que precisava pensar.

— Então você só fez isso pra ver o que eu faria.

— É.

— Só pra ver a minha reação.

— Isso aí.

— Bem, isso é meio infantil, não acha?

— Ai, meu Deus. — Ela ergue as mãos. — Caplan, é óbvio que eu fiz isso. E daí? Você nunca gostou de alguém que é totalmente indiferente a você?

Ela espera pela minha resposta. Detesto isso — quando ela conduz a discussão para chegar em algum ponto que eu diga algo específico.

— Certo, beleza, parabéns, você é o mais adulto de todos, o menos ciumento, o menos emocional. Bom pra você. — Ela começa a se afastar.

O pessoal do nono ano começa a chegar no refeitório em pequenos grupos e ficam nos olhando.

— Podemos conversar em outro lugar? — pergunto, desconfortável. — Você veio de carro hoje?

— Não vou matar aula pra ficar sentada no carro ouvindo você me chamar de infantil.

— Não chamei você de infantil. Eu disse que você fez algo infantil.

Hollis me encara, então balança a cabeça e se vira.

— E eu não sou... — falo mais alto que gostaria. — Não sou indiferente a você.

— Obrigada. Muito obrigada mesmo. Que bela declaração. Uma mesa inteira de alunos do nono ano fica nos observando atentamente.

— Sério, você devia escrever isso. Um livro inteiro de declarações. Você devia...

— Que aula você tem agora? — pergunto.

— Tenho tempo livre para estudar.

— Ah, Hollis, você não pode...? Eu quero conversar, vim aqui falar com você. Será que podemos só...

— Só o quê? Ter a mesma briga de sempre? Por quê?

— Porque brigar com você é divertido e interessante.

— Hum. — Ela faz uma cara de "E daí?".

— E estou com saudade de você.

Ela me encara por mais um segundo com uma expressão típica: furiosa, penetrante e absurdamente linda.

— E eu prefiro brigar a não falar com você.

Hollis me encara com seu olhar fulminante por um tempo. Então, solta um suspiro e sai andando. Ela já está quase no estacionamento quando se vira e pergunta:

— E aí, você não vem?

Vou contar a história de como Mina e eu ficamos amigos. Tudo começou com ela sendo uma criança prodígio e eu, um pirralho malvado. Nós nos conhecemos no segundo ano do fundamental. Foi um ano depois que meu pai abandonou nossa família e a gente se mudou de Indiana para Two Docks, duas docas no inglês, em Michigan, para uma casinha branca, quadrada e pequena na rua Corey, bem em frente a um castelo de tijolos vermelhos com uma porta azul e uma grande aldrava de latão. Considerando a forma como eu estava me saindo, foi o timing perfeito. Ninguém nunca ensinou Mina a ler. Ela era a lenda da Associação de Pais e Professores. Um dia, quando ela tinha, sei lá, uns três anos e eu provavelmente ainda estava aprendendo a falar, estava no carro com a mãe e o pai, e eles estavam discutindo sobre algo e perderam a entrada para algum lugar. Mina gritou do banco de trás que a rua Alpine tinha passado. Quando eles perguntaram como ela sabia, ela disse que tinha visto a placa. Eles passaram o resto da tarde dirigindo e apontando para as placas da nossa cidade, e ela simplesmente saiu recitando o nome das ruas: Willow, Gates, Brighton — com o *gh* mudo, como se não fosse nada de mais —, Huron, Muncie, Beaufort, a droga de Beaufort.

Na primeira vez que ouvi essa história, eu me lembro de querer esmagar os nuggets que eu comia no rosto da moça que a estava contando. Por que ela estava provocando minha mãe com a história dessa gênia esquisita que morava do outro lado da rua? Falando sobre essa Mozart dos livros infantis, quando eu, com sete anos e meio, não conseguia diferenciar os *b*'s e os *d*'s de jeito nenhum? Depois daquela noite, minha mãe vivia sugerindo que brincássemos juntos e planejava reunir nossas famílias. Eu tinha certeza de que ela pensava que a inteligência de Mina passaria para mim se andássemos juntos. Em retrospecto, acho que ela só estava se sentindo solitária sem o meu pai e queria fazer amigos, mesmo antes de saber que logo a mãe de Mina também seria mãe solo. Sei lá.

Enquanto isso, entramos na fase infernal da leitura em voz alta nas aulas. Eu já era bom no futebol e mandava no parquinho, então acho que as outras crianças adoravam ver o momento que eu me saía mal e vivia minha humilhação todos os dias quando o professor seguia pela sala feito um trem sinuoso com destino à destruição apontando para um aluno por vez. Eu sempre conseguia ler, tipo, quatro palavras. Então todo mundo começava a rir e o professor continuava. Naquele outono, sentávamos lado a lado, em dupla. Depois de uma gagueira digna de um homem das cavernas, numa cruel e óbvia reviravolta do destino, foi a vez de Mina. Ela tinha uma voz muito bonita e límpida, boa entonação, não acelerava a leitura para se exibir e não se esquecia de respirar nas pausas. Ela parecia inteligente e tranquila, mas era como se escondesse um segredo, algo atrás das palavras que só ela sabia e talvez um dia nos contasse. Ela não era popular, mas todo mundo gostava de ouvir Mina ler.

Eu a odiava com todas as forças. Para mim, no auge dos meus oito anos, em que eu achava que era o centro do mundo, parecia que ela fazia tudo aquilo de propósito, que sua existência foi feita para me fazer ficar mal, em silenciosa oposição às regras naturais e à ordem em que eu prosperava. Ela literalmente passava o recreio inteiro lendo, e isso me deixava furioso. O recreio era um momento para gritar, correr e chutar bola. Coisas em que eu era ótimo. Então internalizei toda minha raiva e passei a provocá-la. Eu era um covarde, era péssimo em lidar com conflitos desde aquela época, então não fazia nada na frente dela. Mas falava para todo mundo que ela era uma nerd, esquisita, lerda. Nada muito criativo, claro, e mesmo assim foi surpreendentemente fácil trazer todo mundo para o meu lado. Eu a chamava de *quatro olhos* e dizia que ela tinha *olhos esbugalhados*. Falava que suas sardas eram uma doença contagiosa de nerd. Que seu cabelo era comprido e escuro porque ela era uma bruxa. Travei minha guerra contra ela inteiramente no escuro e, da noite para o dia, as outras crianças começaram a repetir tudo na cara dela. Mina era diferente e especial. Eu reparei isso, e todos viramos as costas para ela.

Ela aguentou tudo porque era durona, o que só me deixou mais bravo. Mina nunca reagia, não chorava nem contava para ninguém. Era como se não pudesse nos ouvir, e, se ouvia, não ligava. Ela estava muito acima de nós. Então, em um Halloween, fomos para a aula fantasiados e ela foi com uns óculos gigantes de mentira, pintou todas as sardas do rosto de verde e preto, e ainda usou um chapéu de bruxa, é claro. É difícil explicar quão impressionante foi.

Uma semana depois, a sra. Levi decidiu esfregar isso na minha cara, o que provavelmente alterou o curso de toda minha vida. Um dia, a professora pediu para que Mina e eu ficássemos um tempinho depois da aula e explicou que, dali em diante, teríamos nosso grupo de leitura antes do intervalo de almoço, só nós dois. Mina e eu seríamos parceiros de leitura. Apesar de ser o burro da sala, eu era esperto o suficiente para saber que ela só inventou essa história porque Mina era brilhante e eu, estúpido, e precisava da ajuda dela. Saí da sala batendo os pés, e Mina veio correndo atrás de mim.

— Espera! O que você está fazendo?

— Indo pro recreio pra ficar com meus amigos. Me deixa em paz.

— Espera um minuto. — Ela estava ofegante, se esforçando para me alcançar. — Por que você está todo triste-malvado?

— Triste-malvado?

— Você está triste, então está sendo malvado.

— Não existe isso. Por que você é tão esquisita? —

Ela tinha me deixado tão confuso que parei de andar. Queria entender o que ela estava dizendo. Não queria me sentir burro.

— Por que não usar só o bom e velho *malvado*? — perguntei.

— Eu não estaria falando com você se estivesse sendo malvado *de verdade*. Não tenho tempo pra isso.

Olhei para ela me sentindo culpado. Era uma sensação nova e extremamente desconfortável.

— Me desculpe por ter te chamado de esquisita.

— Tudo bem, todo mundo me fala isso.

— Sinto muito por isso também.

— Bem, deixa pra lá. Não é culpa sua.

Fiquei quieto.

— As pessoas já me chamavam de esquisita bem antes de você se mudar pra cá.

Isso deveria me trazer certo alívio, mas só piorou as coisas.

— Sinto muito pelo seu pai também.

— Ah, obrigada — disse ela.

Mexi os pés. Ela não parava de me encarar. Eu estava nervoso.

— Eu conheci o seu pai — falei. — Uma vez ele me deu uma injeção.

— Bem, esse era o trabalho dele — afirmou.

— É, mas não doeu muito.

Ela me olhou desconfiada.

— Injeção sempre dói.

— Bem, não foi tão ruim. Pelo jeito como ele fez.

— Como ele fez?

— Eu não fiquei com medo — comentei, irritado por ter mencionado o episódio.

— Bem, sempre achei que ele era um bom médico. Mas é bom ouvir outra pessoa dizer isso.

— Sim.

— E aí, por que você está triste?

Suspirei.

— Porque ler é impossível. Prefiro tomar dez injeções a ler uma página.

— Está falando sério?

— Acho que sim.

— Bem, você está errado. Você vai ver.

Depois disso, ela seguiu caminhando pelo corredor e eu fui atrás dela.

Nosso dever de casa era ler por trinta minutos toda noite. Naquela tarde, Mina atravessou a rua, bateu na minha porta e minha mãe a deixou entrar. Ela foi até o meu quarto, completamente à vontade, carregando o primeiro livro do *Harry Potter* debaixo do braço.

— Você deve estar brincando — falei. — Isso tem, tipo, um bilhão de páginas.

— A história é boa, você vai ficar feliz por ser longa.

E pelos trinta minutos seguintes, cronometrados com exatidão no meu novo relógio digital à prova d'água, lemos em voz alta um para o outro. Mina lia cinco páginas, e eu, umas duas — bem devagar e tropeçando nas palavras, mas pelo menos eu estava lendo. Ela tinha razão, a história era boa, e os trinta minutos passaram rápido. Naquela noite, depois do jantar, fiquei perambulando pela casa me perguntando o que aconteceria com o garoto que morava no armário debaixo das escadas.

— Vou dar uma volta — anunciei.

Minha mãe surgiu do nada, bloqueando a porta com o braço. Ela estava de uniforme, recém-saída de um longo turno de trabalho.

— São quase oito da noite, Caplan. Você não vai sair agora.

Suspirei.

— Vou encontrar a Mina Stern. Do outro lado da rua. Preciso de ajuda com a leitura.

Eram as palavras mágicas. Minha mãe abriu aquele sorrisinho irritante típico dos adultos e me deixou sair. Atravessei a rua no escuro, um pouco sem fôlego pela hora e estranheza da minha escapada bem-sucedida. Esperei por um instante na porta dela, me sentindo estranho. Fui andando pela lateral da casa até ver uma janela alta ligeiramente aberta. Cortinas brancas com estrelinhas prateadas flutuavam com a brisa. O telhado que se projetava da varanda lateral, logo abaixo da janela, ficava a apenas trinta centímetros do topo do parquinho, então subi e gritei para as estrelas. A cortina foi afastada e ali estava ela, de camisola roxa coberta por planetas e espaçonaves. Levei exatamente um segundo para ficar surpreso com o azul dos seus olhos, sem óculos naquele momento, então ela abriu a

UM VERÃO PARA SEMPRE 31

janela e me perguntou o que eu estava fazendo e se queria cair e quebrar o pescoço.

— Eu vim ler — falei. — Preciso saber o que vai acontecer.

Há certas coisas na vida pelas quais não é possível passar sem fazer amigos. Lutar contra um trasgo é uma delas. Ler toda a série *Harry Potter* em voz alta depois da hora de dormir é outra.

— No que você está pensando? — pergunta Hollis.

Estamos deitados na traseira do carro dela, com os bancos abaixados e um cobertor cobrindo a janela.

— Hum, em nada — respondo, sem abrir os olhos.

— É fascinante que homens sejam capazes de não pensar em nada.

— Como assim?

— Tipo, já notei que você passa um tempão sem pensar em literalmente nada. Você só apaga. Ruído branco.

— Você não faz isso?

Ela ri, a cabeça mexendo para cima e para baixo na minha barriga.

— Não, eu acho que sempre estou pensando em alguma coisa.

— Parece cansativo.

— Uhum.

— Aposto que você precisa de um cochilo — digo, puxando--a mais para perto. — Então, no que está pensando agora?

— Estou pensando… — diz ela, enfiando o queixo no meu ombro. — Que é infantil chamar *sua namorada* de infantil. E sexista.

— Então você é minha namorada de novo?

Ela sorri contra o meu ombro. Eu a puxo para perto para que fique deitada de bruços. Hollis alinha seus braços e pernas com os meus e nossos rostos ficam colados, bochecha com bochecha, fico olhando para um lado e ela para o outro. Ela empurra as palmas das mãos para baixo nas minhas. É uma tradição nossa quando estamos no carro, uma espécie de piada com a conchinha, maximizando a superfície e o espaço de contato, nos tocando o máximo possível.

— Não quero que nenhuma parte do meu corpo toque no banco traseiro do carro da minha família — disse ela da primeira vez que ficamos no carro.

Para ser justo, Hollis dirige um enorme Suburban branco. Uma vez, Quinn disse que se esse era o carro que os pais dela tinham lhe dado de presente, é porque já estavam esperando que ela transasse ali. Hollis atirou algo nele e explicou que era para que pudesse buscar os irmãos mais novos na escola. Eu me lembro daquele dia claramente: era o começo do outono do primeiro ano do ensino médio, Hollis estava balançando as chaves do carro, que ela prendia em um longo cordão da escola, com a carteira recém-habilitada. Tínhamos perdido a virgindade um com o outro fazia pouco tempo. A conversa na mesa do almoço em que admitimos que estávamos transando me deixou vermelho feito um pimentão. Todo mundo ficou me provocando, mas Hollis não ficou nada constrangida. Na verdade, ela parecia bastante satisfeita. Orgulhosa. Lembro que isso fez com que eu me sentisse muito bem. Descolado.

— Você está todo suado — diz ela.

— Bem, você também.

— Não, esse suor é seu, não meu. Estou coberta pelo seu suor.

— Credo.

Ficamos deitados ali por um tempo, felizes.

— Não acredito que você está pensando nessa história de infantilidade agora.

— Não estou mais. Foi um pensamento passageiro. Pensei nisso bem quando você me perguntou — diz ela.

Considero a resposta.

— Bem, você está certa, acho — digo. — Mas fale mais sobre isso. Pro meu cérebro de ruído branco entender.

— Não estou dizendo que meu comportamento é exemplar. Só estava pensando na sua escolha de palavras...

— Minha escolha de palavras. Tá bem...

— *Infantil*. Te coloca muito acima de mim.

— Bem, eu não acho que estou acima de você. Nem um pouco.

— Ótimo, porque você não está.

— Na verdade, desta vez, eu que estava debaixo de você — digo. — Foi uma mudança divertida.

Ela bate na minha mão.

— Pra deixar claro, eu *estava* sendo infantil — continua ela. — E sabia disso. Você também sabia. Quero que você seja sincero. E me avise quando eu falar algo de errado. Só quero que você saiba que isso é sexista.

Caio na gargalhada, o que faz nossos corpos chacoalharem, e ela também ri.

— Chega de truques pra descobrir como me sinto, então — falo.

— Se você só me dissesse o que sente, talvez eu não precisasse fazer isso.

Ela vai um pouco para baixo para apoiar os cotovelos no meu peito e o queixo nas mãos.

— Caplan.

— Sim?

— Você vai no meu aniversário?

— Sim, Hollis, eu vou.

— Nossa briga está resolvida?

— Você que me diga.

Ela me beija. Em algum lugar no carro, meu celular começa a vibrar.

— A gente provavelmente devia voltar — diz ela, rolando para longe de mim.

— Ah, quem liga? Estamos quase nos formando — retruco, pegando o celular no banco da frente.

Vejo uma ligação perdida da minha mãe. Ela também me mandou umas cem mensagens.

> Você recebeu um e-mail do Michigan Portal!

Depois:

> ME LIGA!

Então:

> TE AMO não importa o que aconteça.

— Ah, merda — solto.

— O que foi? — pergunta Hollis.

— Nada.

Eu me apresso para vestir a cueca, as meias, os sapatos, a camiseta, depois tiro os sapatos de novo para colocar as calças. Quase dou um chute na cara de Hollis no processo.

— Cap, ei, o que houve?

— Nada, nada. Só esqueci que eu precisava fazer uma coisa. Preciso ir, desculpe. Falo com você depois.

— Espera. Também preciso ir. Só um segundo — diz ela, colocando o sutiã.

— Está me dizendo que você não quer se arrumar com calma, pentear o cabelo cinquenta vezes, passar aquele treco no rosto e tudo mais?

Ela estreita os olhos.

— Está bem, pode ir.

Já estou com metade do corpo para fora do carro, mas dou outro beijo nela. Então, saio correndo para a porta lateral da escola, torcendo para que alguém esteja por ali para me deixar entrar.

4

Mina

Estou parada na frente do quadro na aula de Física completando uma equação quando vejo Caplan no corredor pela janelinha da porta da sala. Ele está todo vermelho, pulando sem parar, como se estivesse com vontade de fazer xixi. Ele gesticula para que eu saia. Viro para o quadro outra vez. Depois de um minuto, olho para ele de novo, e ele está *implorando* com as mãos.

— Mina? — pergunta a sra. Turner. — Terminou?

— Desculpe, quase.

A porta da sala se abre e Caplan enfia a cabeça ali.

— Oi, sra. T. Desculpe incomodar…

A professora levanta os olhos dos trabalhos que está avaliando.

— Caplan, o que posso fazer por você?

Não faço ideia de como a professora de Física Avançada sabe o nome de Caplan, e nem quando eles se conheceram.

Ele lhe oferece um sorrisinho tímido deslumbrante.

— Estão chamando Mina na diretoria.

— Ah — diz ela, voltando a atenção para os trabalhos. — Está bem, só deixe-a terminar essa equação primeiro.

Balanço a cabeça para ele, e Caplan abre aquele sorrisinho malandro. Termino a equação e me coloco ao lado do quadro com uma mão sobre a outra.

A sra. Turner levanta a cabeça.

— Está correto, pode ir — diz ela, chamando o próximo aluno ao quadro.

Quando a professora se vira, Caplan pega minha mochila na carteira e a leva conosco.

— Então eu não vou voltar para a aula? — pergunto quando chegamos no corredor.

— Depende.

— Do *quê*?

Toda a sua postura carismática se esvai. Parece que ele vai vomitar.

— Caplan, o que está acontecendo?

Ele apenas balança a cabeça e tenta me arrastar consigo para um banheiro masculino.

Me agarro ao batente.

— Não vou entrar aí.

— Vem, está vazio.

— Sem chance.

— Mina, por favor…

— Me conta o que está acontecendo.

Ele enfia o celular dele na minha cara, ainda tentando me empurrar para o banheiro. Vejo a notificação de um e-mail da Universidade de Michigan. Caplan está na lista de espera há quase dois meses. Solto o batente e entramos no banheiro aos tropeços. Caplan se joga em uma cabine e se senta com as costas apoiadas na porta.

— Você vai vomitar? — pergunto.

— Pode abrir o e-mail para mim?

— Não posso. Você que precisa fazer isso.

— Mina. Por favor. Abre.

— Olha, vai ficar tudo bem…

— Eu faço qualquer coisa pra você abrir a porra desse e-mail.

— Está bem, está bem — digo.

A senha é o aniversário da mãe dele: 2302.

— Aqui diz que houve uma atualização no seu portal.

Ele grunhe e bate a cabeça na porta.

— Quer que eu veja o que é?

— Sim.

— Qual é o seu login?

— Meu e-mail da escola, e a senha é Malfoyboy17 com M maiúsculo.

Seguro a risada, guardando para mais tarde.

— Ei, Caplan.

— Diga.

— Você é meu melhor amigo.

— Você também é minha melhor amiga, Mina. Está me dizendo isso porque não entrei?

— Não, só um segundo.

Atualizo a página. A intensidade do momento cai sobre mim e me atinge por dentro enquanto a roda no topo da página fica girando. Tenho meio fôlego para torcer e rezar, o que nunca fiz pra valer, para que ele entre e vença e sempre entre e vença pelo resto da vida. Então chega uma mensagem de Hollis...

> Você deixou a camisinha no meu carro

> Ela ficou presa no taco de lacrosse da Kelly

> Você vai se dar mal por isso

A página enfim atualiza.

— Caplan, sai daí.

— Você está chorando?

— Venha aqui.

— Merda — diz ele. — Puta merda.

Ele abre a porta com tudo, cobrindo o rosto com um braço, estendendo a mão para pegar o celular. Encara a tela por um segundo. Então olha para mim, mudo.

Estou sorrindo tanto que chega a doer, e definitivamente estou chorando.

— Eu entrei?

— Você entrou.

Ele grita e uiva para o teto, então ergue os punhos no ar, como costuma fazer quando alguém do time da escola marca um gol, me esmaga contra si, me levanta e me gira.

— Me põe no chão — falo, rindo. — E liga pra sua mãe.

— Minha mãe! — berra ele. — Ah, meu Deus, preciso ligar pra minha mãe.

Ele pega minha mochila, se vira para sair e depois a enfia nas minhas mãos.

— Desculpe, isto é, seu, foi mal, não sei nem o que estou fazendo. — Ele passa a mão pelo cabelo, balança a cabeça e dá um sorriso iluminado. — Não acredito nisso.

— Bem, eu acredito.

— Mina... é a *Michigan*.

— Sim. E também é você, Caplan.

Ele me abraça mais uma vez, um abraço rápido e apertado, e depois vai embora praticamente saltitando.

Fico parada no corredor por um tempo, com os braços em torno de mim mesma. Me pergunto como é a sensação de saber com tanta certeza o que se quer fazer e para onde ir. Claro que Caplan sabe disso tudo. Ele se considera uma pessoa simples, como já me disse antes, mas na verdade ele só é uma pessoa pura. Não há partes sombrias nele. Nada perverso escondido. Me sacudo. Às vezes, estar com Caplan por curtos períodos de tempo faz eu sentir quase como imagino que seja uma ressaca. Como se eu estivesse em abstinência. Eu fico azul. Às vezes, é frustrante voltar para mim mesma quando ele se vai. Porque se eu fico azul, Caplan é dourado.

Fico encostada na parede, sendo dramática. Então volto sem pressa para a aula de Física.

5

Caplan

De tarde, estaciono em fila dupla para buscar Mina na loja Dusty's Books, onde ela trabalha, e sento a mão na buzina, querendo fazer barulho. Ela sai na sua postura clássica: irritada e tentando segurar uma gargalhada. Está carregando uma caixa grande.

— Você vai me fazer ser demitida — diz ela, entrando no carro e colocando a caixa no meu colo.

Na caixa está escrito LIVROS PARA MINA em letras pretas. Saio tão disparado que os pneus cantam.

— Cap, nossa.

— Você não vai ser demitida. Sarah me ama.

— Sim, todas as mulheres depois de uma certa idade te amam.

— Ei. Todas as mulheres de qualquer idade me amam.

Mina revira os olhos e abre a janela.

— Foi mal, foi só uma piada.

— Cala a boca — diz ela.

— E aí, o que tem nessa caixa? — pergunto. — Mais livros que ninguém quer?

— Não. Escrevi isso na caixa pra poder deixar no trabalho. É um presente pra você.

Paro o carro e quase subo na calçada.

— E sai daí. Você está perturbado. Deixa que eu dirijo.

Enquanto ela contorna o carro, abro a caixa. Há outra caixa dentro, uma caixa de sapatos, e dentro há um par de All Star azul-marinho de cano alto com costura e lingueta amarelas, as cores da Universidade de Michigan. Ela abre a porta do motorista.

— Mina... — digo, pegando um tênis e virando-o nas mãos.

Há um bordado amarelo no calcanhar onde se lê CAP. Ela está encostada na porta, me observando.

— Você não fez isso.

— Eu te disse. Sabia que você ia entrar.

— Um desvio da nossa tradição? — Dou um chutinho nela com os tênis preto e branco de cano alto esfarrapados que estou usando.

— Estamos criando novas tradições — retruca. — Acho que você vai ficar fantasticamente ridículo com eles e vai poder tirar um montão de fotos horríveis pro Instagram.

Saio do carro e a abraço com os tênis ainda em mãos.

— Obrigado.

— Não foi nada.

— Foi, sim. Você acreditava de verdade que eu ia entrar.

Ela se solta do meu abraço.

— Eu não acredito nas coisas, eu sei — diz ela, se acomodando no banco do motorista.

— Adoro quando você age desse jeito meio marrenta — falo com carinho sentando no banco do passageiro e já desamarrando meu velho All Star preto para colocar meus novos sapatos de palhaço.

Olho para Mina e vejo que ela está com um sorriso radiante.

— Tire os pés do painel.

— O painel é meu. Por que você está sorrindo assim?

— Por nada.

— Nada de nada.

A gente fala isso desde que era criança. Nós dois perdemos nossa figura paterna quando tínhamos oito anos, e muitas vezes começávamos a falar em voz alta coisas que nem sempre queríamos terminar. Só que desabafar nos fez bem, então começamos a dizer *nada de nada*. Ideia de Mina. A criança prodígio.

— Então você realmente me ouviu. Sobre aquilo de agir *versus* ser.

— Sobre o quê?

— Eu te falei uma vez que você jamais poderia dizer que uma mulher é ou não marrenta, mas que poderia me avisar se eu estivesse sendo muito grosseira. Tipo, uma vez por ano. Mas só se eu realmente estivesse.

Penso em Hollis analisando a forma como eu disse que ela estava sendo infantil, ou agindo de forma infantil, tanto faz, e me dou conta de que não contei a Mina que voltamos.

— Espere, caminho errado — digo.

— É o caminho pra sua casa.

— Não, a gente vai buscar o Quinn também. Ele ainda está na escola, ficou de detenção.

— Por quê?

— Acho que ele andou de skate no corredor de novo.

— Como sempre.

Enquanto esperamos Quinn sair da detenção, percebo que Mina está sorrindo de novo. É dente demais para Mina em um único dia.

— O que foi agora? — pergunto.

— Não acredito que a gente poderia estudar juntos.

— Mina, fala sério.

— Fala sério você. Não acha que seria legal continuar me perturbando na biblioteca? Você vai não vai entrar lá se não for para isso.

— Mina, você vai pra Yale. Já está tudo certo.

— Eu posso desistir — diz ela em tom de piada. — Também entrei na Michigan, lembra?

— Sei. Entrou antes, era seu plano B.

— Michigan não era meu plano B. Eu ficaria feliz em estudar lá. Senão, teria me inscrito em outras universidades.

— Certo, mas você não se inscreveu. Senão descartaria seu sonho. Você entrou em Yale.

— Você… hum, não quer que eu vá para Michigan? — Seu tom muda de repente.

Ela olha para as mãos no volante.

— Como assim? Mina, pensei que você estava brincando.

Os nós dos seus dedos ficam brancos.

— Ei, calma. O que aconteceu?

Tiro suas mãos do volante e as coloco no seu colo.

— Desculpe. — Ela balança a cabeça. — Estou bem.

— Não, para com isso. Claro que seria maravilhoso estudarmos juntos. Você é a minha melhor amiga. Seria tipo… demais. Não consigo nem imaginar. Mas eu não devia imaginar, e nem você, porque não vai acontecer. Seu lugar é em Yale.

— Achei que nossos lugares fossem um do lado do outro.

Algo no jeito como ela fala isso faz meu rosto ficar quente.

— Oiê! — A voz de Quinn chega flutuando pela janela aberta.

Ele desce pelo gramado da escola carregando o skate orgulhosamente acima da cabeça.

Mina vira o rosto e fica olhando para a outra janela.

— O que aconteceu? — pergunto, olhando para o seu ombro.

— Não foi nada — diz ela, dando partida no carro na hora que Quinn entra no banco de trás.

Ele traz o ar da noite consigo. Fico apreensivo.

— Pensei que tinham dito iam tomar o skate de você se acontecesse de novo — diz Mina, casualmente, apontando para o skate enquanto segue pela rua escura.

Não consigo ver seu rosto, porque o cabelo dela está escondendo.

— Eles não podem me pegar — diz Quinn. Depois, ele se inclina para a frente e me dá um abraço de urso, praticamente se jogando no banco. — VAI, MICHIGAN, PORRA!!!!!!!!!!!!!

— Coloque o cinto — manda Mina.

— Vai deixar ela falar assim comigo no seu carro?

UM VERÃO PARA SEMPRE **43**

— Sim, vou — digo, afastando-o de mim. — Olhe só o que ela me deu.

Enfio o pé no seu rosto.

— Caramba — diz ele, rindo. — Mas vocês não vão mais combinar?

— Ousado da sua parte mencionar meus tênis.

— Ei, fala sério — diz Quinn. — Todo mundo sabe que os garotos só são babacas no fundamental quando estão a fim de alguém.

Mina revira os olhos.

— Mas esses tênis são irados — elogia Quinn, inspecionando o bordado.

— Está com inveja? — pergunto.

— Nos seus sonhos, Capitão.

Quinn foi rejeitado pela Universidade de Michigan logo de cara. Ele levou numa boa. Quinn leva tudo numa boa.

— Vermelho combina mais comigo — continua ele. — Além disso, as garotas em Indiana são mais gostosas. Ah, foi mal, Mina.

Ele se recosta no assento e coloca o cinto.

—Tudo bem, não precisa fingir decência só porque estou aqui.

— Ah, não, sou um rapaz muito decente. Extremamente decente. Pedi desculpas porque você também entrou na Michigan, então claro que as melhores garotas estudam por lá.

Ela mostra a língua para mim. Acho que nunca vi Mina mostrar a língua para ninguém.

— Bem, Mina vai pra Yale — digo.

— Eu falei que vou para onde eu quiser — fala ela.

— Isso aí. Mina está se rebelando — comenta Quinn. — Talvez ela mande a universidade se foder e finalmente viva um pouco.

— Exatamente — diz Mina. — Quinn, quer saber de uma coisa? Pode escolher a música por causa disso.

44 *Daisy Garrison*

— Você devia botar a música que eu escolhesse — murmuro. — O carro é meu.

— É o carro da sua mãe.

Quinn coloca a música, e em vez de pedir para ele parar de gritar, Mina abre as janelas de trás e canta junto: *"Ah, baby, you, you got what I need, but you say he's just a friend"*. Ela se vira para mim e me deixa cantar, como um sinal que me perdoa: *"but you say he's just a friend"*.

Me perdoando pelo quê? Eu nem ligo. O ar está gelado e transbordando com algo que não sei bem o que é, como se estivéssemos no começo do ano e não no final, Mina está dirigindo com um joelho para cima, e Quinn está cantando a plenos pulmões, com os braços esticados nos bancos traseiros, uivando como um lobo para a lua. As luzes da rua passam rapidamente ao nosso redor, iluminando nosso mundinho e se esvaindo de novo como num filme antigo, enquanto as cortinas se abrem e se fecham: meus dois amigos mais antigos, no dia em que entrei na universidade, me levando para casa.

6

Mina

No meu aniversário de oito anos, meu pai meu deu um All Star preto de cano alto porque eu o tinha visto em um outdoor enquanto passávamos de carro e comentei que parecia algo que Harriet, personagem do livro *A Espiã* que eu estava lendo na época, usaria. Ela não se preocupava com moda, apenas com suas aventuras e em terminar suas tarefas. Um mês depois, meu pai morreu em um acidente de carro naquela mesma rodovia. Foi a menos de dois quilômetros daquele outdoor e da saída que o traria para casa. O motorista que bateu nele teve uma parada cardíaca, então não foi culpa de ninguém. Fizeram questão de esclarecer isso para mim.

Eu não tirava aqueles tênis por nada. Nem no funeral, nem na minha primeira crise de pânico — minha mãe me despiu de tudo menos os tênis e me enfiou no chuveiro para que eu me acalmasse — e certamente não na escola. Quando entrei na sala do terceiro ano do fundamental e me deparei com Caplan Lewis, o rei dos meus torturadores, com os mesmos sapatos, eu soube que não era bom sinal. Quinn Amick não perdeu tempo e logo subiu na cadeira para apontar a coincidência, anunciando para todos que eu estava usando tênis de menino, já que eram iguais aos de Caplan. Todo mundo riu. Continuei usando só para que eles pensassem que eu não me importava, e depois de duas semanas, parei de me importar mesmo. Porque meu pai tinha morrido. Continuei usando aqueles tênis todos os dias.

As pessoas sussurravam, dando risada, que eu não devia tirá-los nem para dormir, então voltavam para as atividades de pintura e ortografia.

Infelizmente, a história sobre a morte do meu pai se espalhou bem rápido. Ele era um dos três únicos pediatras da cidade. No terceiro ano, quase todos os meus colegas o conheciam daquele jeito sem muita informação que se conhece alguns adultos durante a infância. Acho que a maioria dos pais aproveitou a oportunidade para apresentar o conceito de morte para os filhos. Era diferente de quando algum avô morria, todo mundo sabia disso. Era uma tragédia. Eu me lembro de ouvir vários adultos usando essa palavra. Acho que eles pensavam que eu não entenderia, apenas minha mãe. Mas eu tinha um vocabulário excelente, e ela ficou catatônica por um tempo e passou semanas usando a mesma camisola branca de florezinhas azuis que vestiu no dia em que voltou do trabalho depois de receber a ligação.

Não tenho certeza se, do ponto de vista psicológico, fomos ajudadas ou prejudicadas pelo fato de o meu pai ser tão conhecido na cidade. Naquela época, eu só queria que todo mundo parasse de encarar a mim e a triste e estranha nuvem de pena que eu carregava, atraindo a atenção nada ideal para brincadeiras ou festas de aniversário durante o resto da minha experiência pré-adolescente. Sem mencionar as festas para as quais eu era convidada só por causa do meu pai. Ruby Callahan falou isso na minha cara, daquele seu jeito doce e sincero: *Sei que não somos amigas, mas minha mãe disse que eu devia te convidar porque... Você sabe, é isto.*

Eu não fui. Todas as meninas ganharam uma faixa de cabelo com uma flor falsa presa na lateral de lembrancinha da festa, e ficaram usando-a na escola na semana seguinte.

Tenho certeza de que, de alguma forma que eu não valorizava naquela época, foi bom ter a comunidade de luto comigo. Não estou afirmando que meu pai era algum tipo de herói local. Mas, como me disse uma senhora que se inclinou para segurar minhas mãos, depois de perceber que minha mãe não iria fazer contato visual com ela no funeral: "Ele era um homem realmente maravilhoso". Ela tinha um cheiro forte de chiclete de canela e usava um broche brilhante de elefante. É tudo que me lembro daquele dia.

Algumas semanas depois do funeral, durante uma aula de desenho, uma das garotas sussurrou alto para que eu ouvisse que, na verdade, eu estava usando aquele tênis preto por causa da morte do meu pai. Eu finalmente surtei e comecei a chorar. Mas um milagre aconteceu. Caplan Lewis bateu o punho na mesa, colocou a tampa da canetinha e falou para toda a sala que talvez eu não estivesse usando tênis de garoto. Talvez ele é que estivesse usando tênis de garota. Nunca vou esquecer a cara de Quinn, com a boca aberta em choque. Ninguém tirou sarro dos meus sapatos depois disso. Nem da morte do meu pai, aliás. Eles tiraram sarro de várias outras coisas, e Caplan seguiu sendo a realeza do recreio, agindo como se nada tivesse acontecido, mas, daquele dia em diante, ele passou a usar aqueles tênis pretos todos os dias também.

Alguns meses mais tarde, viramos parceiros de leitura e ficamos amigos, então lhe contei que meu pai tinha me dado aqueles tênis de aniversário. Meu aniversário seguinte, o primeiro sem o meu pai, foi especialmente deprimente. Minha mãe ainda andava feito uma sonâmbula, chorando à toa e definitivamente sem clima para bolo, presente e música. Mas Caplan chegou mais cedo do acampamento de futebol e me fez uma surpresa. Assistimos ao terceiro filme do *Harry Potter* juntos, pois tínhamos acabado de terminar o livro. Ele me trouxe cupcakes, queijo quente e um presente — um par novinho de All Star preto de cano alto igualzinho ao que eu tinha, só que de um tamanho maior, para que eu pudesse continuar usando.

Quando o aniversário dele chegou em março, eu lhe dei um par de All Star novo também. Esses sapatos não duram muito tempo, especialmente se você os usa todos os dias. E desde então é isso o que damos de presente um para o outro de aniversário todos os anos. Não os usamos mais todos os dias. Estou adaptada, bem e terapeutizada até a morte. Mas de vez em quando a gente ainda sai combinando — com nossos quatro tênis de cano alto preto pisando no chão de linóleo do corredor, atravessando tudo juntos.

Assim que chegamos na casa dele, a mãe de Caplan manda uma mensagem avisando que vai trabalhar até tarde na clínica, pedindo para que ele jante sem ela. Ligo para a minha mãe para convidá-la a se juntar a nós, mas a ligação cai na caixa postal. Mais tarde, ela me escreve dizendo que está com enxaqueca de novo. Minha mãe está objetivamente ociosa. Ela era uma bibliotecária muito importante. Acho que ela era muitas coisas antes do meu pai morrer, e agora não é mais.

Sei que *bibliotecária importante* parece um paradoxo, mas ela foi uma das primeiras pessoas a digitalizar com sucesso o sistema de classificação em bibliotecas, quando deixamos de usar todas as coisas analógicas. Em seguida, ela prestou consultoria sobre essa transição para praticamente todas as bibliotecas do Centro-Oeste, desde pequenas coleções de igrejas até grandes universidades. Aprendi o sistema decimal de Dewey antes mesmo de aprender a tabuada. Minha mãe era uma tradicionalista de coração: ela gostava de colecionar o que chamava de "cartões de empréstimo" de edições famosas ou de seus livros favoritos, folhas cor de baunilha contendo a lista de leitores que os pegaram emprestados e os adoraram (às vezes, os nomes se repetiam bastante na coluna, ou a cada cinco anos, ou apenas uma vez, em atraso, e depois nunca mais). Mas foi uma das pessoas que descobriu como colocar o sistema Dewey nos computadores e manter os livros nas prateleiras, quando as pessoas estavam considerando as bibliotecas totalmente obsoletas, com a chegada da internet e a popularização dos livros eletrônicos. Coisas como empréstimos entre bibliotecas e o compartilhamento de conhecimento em forma de material permanente e preservado só foram possíveis por causa dela. Lembro-me do meu pai me dizendo que ela era uma super-heroína. Que, se não fosse por minha mãe e outras bibliotecárias como ela, todos aqueles livros poderiam ter sido encaixotados e largados em algum lugar para acumular pó, ou poderiam até mesmo ter sido jogados fora, o que seria imperdoável. Livros manuseados e amados por tantas pessoas sendo descartados era um conceito tão angustiante para mim que aceitei as palavras dele sem nem questionar. Minha mãe era realmente super. Ela salvara os livros, a comunidade da biblioteca e sua prática.

Para mim, sua filha, ela deixou os cartões de empréstimo. Decorei os números decimais no topo deles e inventei vidas e personalidades para cada pessoa que pegou emprestado aqueles livros. Imaginei as discussões que teríamos, se tinham gostado mesmo de *Uma Dobra no Tempo* (número 813.54, ficção norte-americana, 1945-1999) tanto quanto eu e os livros que poderia recomendá-las. Talvez minha mãe os tenha guardado para mim por se sentir culpada, já que acabou com o sistema antigo. Talvez não fosse culpa. Talvez ela fosse apenas uma entusiasta da manutenção de registros e não conseguisse abandonar esse passado. Mas isso não lhe serviu para nada quando meu pai morreu.

Agora não sei nem se ela lê mais. Depois de um tempo, ela tirou a camisola branca de florezinhas azuis, mas nunca voltou a trabalhar. Entendi que isso não era tão importante, já que, depois que meu pai morreu, o consultório médico foi vendido, e acho que esse dinheiro tem nos sustentado até agora. Não sei bem o que vamos fazer se essa grana acabar. Meus avós maternos morreram antes de eu nascer, e a família do meu pai não gosta muito de mim e da minha mãe. Acho que talvez a gente os faça lembrar do fato de que seu filho faleceu, o que é justo. De qualquer forma, nunca conheci pessoas tão entusiasmadas para se envolver na vida de quem não parecem gostar do que os meus avós. Eles adoraram a ideia de eu ir para Yale, a faculdade onde meu pai estudou. Me mandaram um arranjo de flores bem chique quando entrei e aquela foi a primeira vez que vi flores na nossa cozinha desde o funeral. Minha mãe não viu graça nenhuma nisso, e me deixou jogá-las fora depois que mencionei a coincidência.

Em agosto, quando ela me perguntou se eu planejava fazer a inscrição, fiquei tão surpresa que disse que concordei. Claro. Porque ela estava ali comigo na cozinha, participando das nossas vidas. Foi o mais perto que chegamos em quatro anos de dizer o nome do meu pai.

Enquanto esperamos a mãe de Caplan, decidimos fazer um queijo quente, porque esse sanduíche é a resposta de Caplan a qualquer coisa — sejam coisas ruins ou boas —, acompanhado de macarrão com queijo, e Oliver nos ouve conversando.

— Mano! — grita ele do topo das escadas.

Ele desce correndo, dois degraus por vez, segurando o corrimão. Oliver sempre desceu as escadas assim, e até consigo vê-lo quando era bebê, segurando o mesmo corrimão com as duas mãos, colocando um pezinho depois do outro em cada degrau. Agora ele já está com catorze anos.

— Você é um idiota — diz ele, abraçando Caplan —, mas é um idiota que pode fazer qualquer coisa.

— Ollie, não fala assim, cara — avisa Quinn.

— Na verdade, prefiro Oliver, já que estou ficando mais velho — responde.

Quinn e Caplan caem na gargalhada.

— Ei! — reclama Oliver olhando para Caplan.

— Acho que *Oliver* combina com você — digo.

— Obrigado, Mina — responde ele, ficando muito vermelho.

Ele fica mais vermelho que Caplan, porque é mais loiro, com sobrancelhas ralas e mais sardas, e Quinn e Caplan garga-lham mais ainda. Oliver sempre teve uma quedinha por mim.

— Que seja — murmura. — Parabéns, imbecil.

Coloco a água para ferver e os garotos pegam o pão e o queijo.

— Todo mundo do nono ano estava comentando sobre sua briga com Hollis no almoço, dizendo que você fez ela chorar — diz Oliver. Ele se vira para mim e acrescenta: — Eles são tão imaturos.

Tento não sorrir, mantendo a cabeça baixa olhando para a panela.

— Hollis nunca chora — diz Caplan. — A não ser que tenha um objetivo. Aí sim.

Ele pega o boné de Quinn da mochila e o empurra no peito do amigo.

— Ela me pediu pra te dar isso — diz Caplan.

— Então vocês voltaram? — pergunta Quinn.

— Hum, sim — responde Caplan, se concentrando no pão e passando manteiga nele com cuidado.

— Bom trabalho, soldado — fala Quinn para o boné, enfiando-o na cabeça. — Pelo visto, a energia pós-admissão na faculdade ajudou?

— Ah, na verdade, foi antes. Estava saindo do carro dela quando recebi o e-mail.

— Vocês transaram no carro dela?

Caplan dá uma risada e balança a cabeça, tentando cobrir os ouvidos de Oliver com as mãos, mas Oliver o afasta.

A água ferve de repente.

— Desculpe por não ter te contado antes — diz ele para mim.

— Não preciso saber da sua transa sobre rodas — digo, torcendo para ser engraçada.

— Não, contar que voltamos.

— Então vocês estão juntos de novo mesmo?

— É, parece que sim.

— Bem, isso é ótimo.

— É?

— Sim. Não preciso mais ir na festa dela.

— Ah, certo — murmura ele.

— E agora também não preciso ir ao baile. Por um segundo, as coisas estavam parecendo sombrias.

— Odeio essa piada — declara ele.

— Que piada? — pergunta Quinn, comendo o queijo fatiado direto da embalagem.

A cozinha fica quente com o fogão aceso. Tiro o suéter.

— Pare com isso — falo, pegando o queijo de Quinn. — Lave as mãos primeiro, né. E não é uma piada. Se Hollis e Caplan terminarem outra vez antes do baile, ele vai acabar me arrastando pra lá.

— Você não tem um par pro baile? — pergunta Oliver.

— Por quê? Você vai levá-la ao baile do nono ano? — diz Caplan com um tom de maldade que não é comum dele.

— Não, claro que não tenho — digo. — É por isso que Caplan sabe que pode contar comigo.

— Você não tem par porque todo mundo sabe que não quer ir — argumenta Caplan, brandindo as pinças de cozinha para mim.

— Eu nunca disse que não queria ir.

— Mina — solta Quinn, se ajoelhando.

— Pare com isso — digo, pegando um punhado de talheres da gaveta para arrumar a mesa.

Quinn arranca os talheres da minha mão e se ajoelha de novo. Depois, ergue as facas e os garfos no ar como se fossem flores.

— Mina Stern, você me daria a honra de por favor…

— Está bem, está bem. Você tem razão, eu não quero ir — digo e me viro para Caplan. — Já provou seu ponto.

— Você pode olhar para mim e não para o Cap por um segundo, caramba? Estou falando sério — diz Quinn.

— Eu só estava brincando — fala Caplan. — Mina não iria ao baile nem morta…

— Mina, se você realmente quiser, o baile do nono ano precisa de acompanhantes… — tenta Oliver.

— TODO MUNDO SENTA E CALA A BOCA! — grita Quinn. — Menos você, Mina.

Quinn permanece abaixado, ainda segurando seu buquê de talheres.

— Mina Stern — diz ele. — Você não serve pra aquecer o banco de ninguém, e também não é boa demais pra ir ao baile. Por favor, desça da sua torre e…

—Ah, meu Deus…

— Apesar de ficar ótima nela, não me entenda mal, mas desça daí, porque você é nossa amiga, o baile é a última coisa grandiosa que vamos fazer juntos, vai ser um show de horrores e você tem que estar lá. Comigo. Porque um dia vai conseguir um emprego de seis dígitos digno da Ivy League e eu vou poder dizer para todo mundo que te levei ao baile de formatura na época da escola. Deixe eu ter pelo menos isso.

Me viro para Caplan. Ele está nos filmando.

— Você pagou pra ele fazer isso? — pergunto.

— Não.

— Você está falando sério? — pergunto para Quinn.

— Totalmente — responde ele.

— Está bem. Vou ao baile com você se Caplan não publicar esse vídeo em nenhum lugar.

Caplan e Oliver comemoram, Oliver um pouco pesaroso. Quinn deixa todos os talheres caírem sonoramente e me puxa para um abraço apertado que me tira do chão.

É uma sensação engraçada. Não consigo me lembrar da última vez que um garoto que não fosse Caplan me encostou. Então, de repente, no meio de toda aquela alegria, é claro que lembro daquilo. Por um segundo, temo explodir em lágrimas, mas Quinn continua me abraçando, e tenho tempo para ajeitar minha expressão escondida no seu ombro.

— Você não pode, sei lá, ir vestido de palhaço pra fazer uma piada, hein — falo enquanto ele me coloca no chão.

— Juro que não vou fazer isso — diz ele, estranhamente corado e com olhos brilhantes. — Vai ser um baile muito sério, romântico e tradicional.

— Esquece. Pode usar a roupa de palhaço, então.

— Beleza. Talvez só o nariz.

Nesse momento, Julia, a mãe de Caplan e Oliver, entra carregando balões amarelos e azuis e um bolo cheio de velinhas. E de repente a cozinha é tomada por lágrimas, gritos e abraços. Como queimamos os sanduíches, começamos tudo de novo, e aproveitamos para fazer uma competição para ver quem faz o melhor queijo quente — Caplan é o juiz. Eu ganho, por causa do cheddar e molho picante que coloco no pão integral. Até que ouvimos uma batida leve na porta, que quase se perde em meio à barulheira alegre. É minha mãe, sonolenta feito uma criancinha, vestida com as roupas casuais/esportivas de ontem, mas sorrindo e trazendo uma garrafa de champanhe. A família Lewis não tem taças de champanhe, então servimos a bebida nos clássicos copos de plástico vermelhos, e Caplan bebe direto da garrafa. Vejo Julia ajeitando o cabelo da minha mãe e lhe dando um abraço. Nunca entendi muito bem a amizade delas, já que minha mãe é fria e distante, e Julia é o oposto — calorosa e constante, um poço de amor. Então a ficha cai: elas são como Caplan e eu. Desapareço no banheiro para ver se ainda preciso chorar, e todo mundo se organiza na sala para jogar *Just Dance*, mais um item da lista de favoritos de Caplan.

Quando abro a porta, vejo que ele está ali no corredor.

— Oi — fala ele.

— Oi.

— Você lavou o rosto. E os pulsos.

— Está um pouco quente.

— Você… sabe … Estava tendo um momento lá embaixo?

— Quando?

— Quando Quinn te abraçou.

— Ah. Acho que sim. Um pouco. Estou melhor agora.

— Certo, que bom. — Ele sorri. — Aliás, você mandou um "não foi nada" pra mim lá no carro. Ainda não esqueci.

— Pois é. — Suspiro. — Eu mandei, né? Foi mal.

— O que aconteceu?

— Fiquei com vergonha de você pensar... quando eu disse aquilo sobre ficarmos juntos...

— Eu sei, foi uma besteira. Eu estava sendo idiota.

— Eu estava falando... da vida, sabe. A gente ficar um na vida do outro. Não acredito que você pensou que eu estava falando de... sei lá, outra coisa além de, sabe, só querer que as coisas continuem como estão.

— Como assim?

Dou de ombros. Nossas mães soltam uma risada alta enquanto Quinn e Oliver começam sua clássica e importantíssima coreografia para "It's Raining Men".

— Desse jeito — respondo, abanando a mão na direção das escadas.

— As coisas vão continuar assim, prometo.

— Certo.

— Você precisa prometer também.

— Você que é o otimista — digo.

— Me prometa também, Mina.

— Prometo — falo, passando o dedo na sobrancelha. — Se as coisas mudarem, vai ser pra melhor.

— Beleza, aceito.

— Parabéns, Caplan.

— Pra você também — diz ele, abrindo um sorriso malicioso.

— Pelo quê?

— Você foi convidada pro baile!

Dou um empurrãozinho nele, ele me empurra de volta, e descemos as escadas.

Nossa casa parece mais silenciosa que o normal depois de voltarmos da casa dos Lewis, isso porque ela já costuma ser quieta até demais. Pergunto à minha mãe se ela quer uma xícara de chá, mas ela me diz que está cansada demais. Decido fazer chá do mesmo jeito, pensando em levar a bebida na cama para conversamos sobre Yale.

Cinco minutos depois, quando vou até o seu quarto, a vejo já dormindo por cima das cobertas sem nem se trocar. Procuro outro cobertor e, pela primeira vez em dez anos, abro o armário dela.

Seus antigos vestidos de verão em cores pastel ainda estão ali. Visualizo-a mentalmente — como se estivesse olhando outro universo através de um telescópio — me ensinando danças de nomes engraçados enquanto meu pai colocava músicas antigas para tocar. Ela com suas caixinhas de cartões de empréstimo obsoletos, e ele com sua coleção de discos. Não consigo me lembrar do seu rosto muito bem além do que conheço das fotos, mas lembro dele rindo alto por cima da música conforme a gente dançava. Não sei por que tenho memórias mais claras da minha mãe do que dele. Talvez seja porque ela ainda está aqui, então posso ver para onde todos os detalhes que eu conhecia acabaram indo.

Lembro de esperar que ela colocasse um vestido de verão de novo enquanto só perambulava pela casa com aquela camisola branca de florezinhas azuis, mas ela nunca fez isso. Uma noite, bem depois do funeral, quando toda a comoção e a atenção das pessoas se esvaíram aos poucos, ela estava dormindo no sofá ainda de camisola e fui até o seu armário para espiar os seus vestidos só para garantir que eles eram reais, que eu não os tinha imaginado. Claro, eles estavam ali pendurados, limpos, frescos e tristes ao lado das roupas do meu pai. Acho que pensei que, mais cedo ou mais tarde, algum outro adulto viria lidar com as coisas dele e tirar seus itens pessoais dali, como aconteceria com todos os livros fantasmas caso as bibliotecas fechassem, tendo caído em desuso, abandonados e esquecidos, desaparecendo no canto do universo para onde vão os restos. Então peguei algumas das camisas de trabalho que ele usava, de colarinhos duros e fileiras de impecáveis botõezinhos, e as escondi no meu próprio armário, onde sua existência seria conhecida por alguém, pelo menos. Mesmo que esse alguém tivesse oito anos e as camisas ficassem abaixo dos seus joelhos de tão grandes.

Então, como se alguma força invisível estivesse prestes a dominar minha vida e levar embora os itens inúteis dela, peguei todos os velhos cartões de empréstimo que minha mãe tinha me dado e que eu guardava orgulhosamente em uma caixinha na escrivaninha e os escondi entre as camisas.

Me dou conta de que fiquei parada na frente do armário dela por tanto tempo que o chá esfriou. Despejo-o na pia, pego o cobertor da sala para cobri-la e apago as luzes do quarto.

7
Caplan

Depois do bolo, atravesso a rua para acompanhar Mina e a sra. Stern em casa, então Quinn e eu vamos até o lago para fumar. Ele faz o caminho de skate enquanto eu vou andando. Quinn já está no nosso lugar de sempre quando chego, no final da doca leste, que é escura demais para ser vista da costa nesse momento.

Todo mundo sabe que aquelas duas docas foram a inspiração para o nome da cidade, mas aprendi no quarto ano por que o lago é chamado de Pond Lake, ou lago Lagoa, e é óbvio que foi Mina quem me ensinou. Foi no dia em que fez um ano desde que ela perdera o pai. Eu me lembro de estar nervoso porque era uma data importante, mas eu não sabia o que fazer e não queria dizer nada que piorasse as coisas. Pensei que talvez devesse lhe dar um pouco de privacidade, mas minha mãe chegou em casa pela manhã do plantão com uma torta de mirtilos que ela comprou em uma loja dizendo que ia levá-la para as mulheres da família Stern. Eu lhe perguntei como ela sabia que a torta não as fariam se lembrar da pessoa que partiu, deixando-as ainda mais tristes. Minha mãe respondeu que não se pode lembrar as pessoas de algo que elas nunca esquecerão e sempre irão carregar consigo. E que era normal ter medo da tristeza dos outros, se afastar, mas mesmo se não fosse o melhor gesto, se fosse estranho ou se elas odiassem a torta, era melhor tentar do que não fazer nada. Era melhor que elas soubessem que não estavam sozinhas.

Então atravessei a rua com a minha mãe e agi como se fosse só um domingo como qualquer outro. Mina estava na cozinha comendo uma torrada. Notei que era a fatia da ponta, a que ninguém quer. Ela disse que a mãe ainda não estava acordada, então a minha cortou um pedaço para cada um de nós, os serviu nos pratos e levou o resto para o quarto da mãe de Mina, com dois garfos e nenhum prato.

Terminamos de comer nossos pedaços e nossas mães não tinham descido ainda, então decidimos dar uma volta. Estava fazendo frio pela primeira vez no ano, e fiquei surpreso de vê-la caminhando até a ponta da doca oeste e se sentando por ali. Dava para notar que ela tinha chorado, e eu não queria sufocá-la, então, em vez de segui-la até lá, fiquei por ali, andando de um lado para o outro na areia gelada. Notei fumaça saindo da chaminé de uma das mansões situadas arco sul do lago. Lembro-me de pensar que o verão tinha acabado cedo demais aquele ano.

Atravessei a doca leste, sentei-me na frente dela com a água entre nós e fiquei esperando. Era impossível pensar que o lago, com sua luz instável e mutante, congelaria em breve. Lembrei de Mina patinando no gelo com o pai no ano anterior. Torci para que ela não estivesse pensando na mesma coisa. Depois de um tempo, ela ficou de pé e deu a volta no lago também. Ela parecia pequena do lado oposto, caminhando com as mãos nos bolsos da jaqueta, e foi ficando maior ao se aproximar. Então sentou-se ao meu lado. Não consegui pensar em algo reconfortante para dizer, então fiz a primeira pergunta que me veio à mente:

— E aí, por que você acha que nomearam aqui de lago Lagoa?

— Eu não acho, eu sei exatamente o por quê. Li num livro sobre Two Docks.

Parecia que ela estava um pouco resfriada e seu nariz estava vermelho, fosse pelo choro ou pelo frio, mas a encarei, esperando que ela continuasse.

— Certo. Então, no século dezenove...

— O que é "séquito" mesmo?

— *Século* é o conjunto de cem anos. *Séquito* é uma comitiva.

— Comitiva do quê? Soldados?

— Você quer saber sobre o nome do lago ou não?

— Beleza, foi mal. — Tentei não sorrir, porque Mina parecia ela mesma de novo.

— Quando Two Docks estava se tornando uma cidade...

— Como uma cidade se torna uma cidade?

— Bem, quando ela já é uma cidade, é preciso formalizar em documentos oficiais, pra que as pessoas de fora saibam que ela existe.

— As pessoas de dentro já sabem que ela existe?

— Mais ou menos — falou. — Posso continuar?

— Sim.

— Bem, quando Two Docks estava se tornando uma cidade, eles perceberam que o lago precisava de um nome adequado, porque os moradores o chamavam de lago ou de lagoa, mas dois cartógrafos...

— Cartógrafos?

— São as pessoas que fazem mapas.

— Isso é um trabalho?

— É.

—Ah, que legal. Eu ia gostar desse trabalho, acho. Continue.

— Esses cartógrafos eram grandes amigos e começaram a pensar em um nome pro lago. E passaram a noite toda discutindo se era uma lagoa ou um lago...

— É verdade ou você só está tentando deixar a história mais interessante? — perguntei.

Mina suspirou, mas eu sabia que sua cabeça tinha voltado de onde quer que tivesse ido ali na doca oeste.

— É o que li no livro. É tipo uma lenda.

— Beleza.

— A lenda diz que eles passaram a noite toda discutindo. Daí, logo antes do amanhecer, eles finalmente foram medir o lago/lagoa. Eles caminharam pela margem, cada um saindo em uma doca, porque era assim que as pessoas mediam distâncias: com os pés. Acontece que a coisa tinha mais o tamanho de um lago, mas eles não podiam ignorar que ele passava a nítida sensação de uma lagoa.

— Hum. Então era as duas coisas?

— Sim. Eles discutiram bastante e, quando o sol nasceu, se cansaram. Não queriam mais brigar, só que não tinham resolvido nada, então decidiram que seria um lago chamado Lagoa. Pond Lake. Lago Lagoa.

— Lago Lagoa. Legal. Boa história. Obrigado.

— Acho que você seria um bom cartógrafo.

— Por quê?

— Você sempre sabe pra onde está indo.

Enquanto sigo para o lago para encontrar Quinn na doca leste, passo por uns garotos mais ou menos da idade de Ollie sentados em um tronco, fedendo a maconha.

— Cuidem-se, jovens — digo, tentando fazê-los rir, mas eles só ficam me encarando.

— É o Cap Lewis — diz um deles conforme me afasto.

Quinn já começou os trabalhos. Ele tirou os sapatos e as meias e está com os pés na água, bolando um baseado. Ele é ótimo nisso. O que não faz muito sentido, porque as mãos dele são enormes e seus dedos são estranhos e compridos, mas ele sempre foi bom em coisas do tipo. Ele era obcecado por origami quando criança. Ele rasgava pedaços de papel e fazia animaizinhos de dobradura, deixando-os alinhados na carteira sem nem tirar os olhos dos professores, para que eles não ficassem bravos.

— Que nojo — digo, vendo os seus pés pálidos na água escura.

— Fala sério, alecrim dourado. Você acha que os seus pés são sempre limpinhos?

Tiro os sapatos e as meias também e me sento ao lado dele para pegar o baseado.

— Você viu aqueles caras? — pergunta ele.

— Sim, eles me reconheceram — digo.

— Sem chance.

— É. Quando eu passei, eles falaram "É o Cap Lewis".

Ele se inclina para trás.

— Cara, você realmente poderia ser muito mais babaca do que é.

— Eu me senti um babaca.

— Ah, aproveita. Essa é a sua vida agora. Não tem como você errar, pode ter o que quiser e, no ano que vem, vai estar no fundo do poço de novo.

— Não fala assim — digo, passando o baseado para ele. — Não podemos sempre ter tudo o que queremos.

— Ei, posso te perguntar uma coisa?

Quinn nunca, nos dez anos que o conheço, me perguntou se podia me perguntar uma coisa.

— O que foi? Você matou alguém?

— Haha — ironiza ele, concentrando-se em consertar o baseado, que queimou errado e está parecendo a boca de um jacaré.

Ele tenta acender o isqueiro algumas vezes, que não funciona. Ofereço o meu.

— E aí, o que foi?

Quinn observa a seda queimar torta e teimosa, sem se endireitar. Suspira. Então dá uma longa tragada.

— Mina é diferente fora da escola — diz ele.

— Como assim? — pergunto.

Não estou curioso. Estou distraído, observando a água se mexer nos nossos tornozelos. Quinn e Mina só se veem fora da escola por acaso, de passagem, por causa de mim.

— Ela fica diferente, tipo, com o cabelo pra trás.

— Com o cabelo pra trás?

— Sei lá. Preso. Fora do rosto. Dá pra ver melhor o rosto dela. Não sei direito o que dizer, então continuo fumando.

— Ela tem um rosto bonito — diz Quinn, sem olhar diretamente para mim.

— Nunca prestei atenção. Ela sempre pareceu a mesma pra mim.

Ele assente.

Ficamos em silêncio mais uma vez. Achei que era só isso o que queria dizer, até ele soltar:

— Você acha que ela ficaria comigo?

Trago forte demais e começo a tossir.

— Ficaria com você? — pergunto, engasgado.

— É, tipo, sairia comigo.

— Quem?

— A Mina.

— Com você?

— É, comigo.

— Você e a Mina?

— É, o que você acha?

Minha garganta fica seca e apertada de tanto tossir fumaça, e meus olhos começam a lacrimejar. Levo um segundo para conseguir falar de novo.

— Sinceramente, acho que não. Você sabe como ela é. Ela é um pouco, não sei, fechada.

— É, mas sinto que ela é diferente com a gente — diz ele.

Fico irritado por ele ter nos colocado juntos na frase desse jeito. Por ele achar que somos iguais, ou quase, em relação a ela.

— Além disso, não acho que você seja o tipo dela — acrescento.

— Como assim?

— É só que vocês são diferentes. Sei lá. Ela também não é bem o seu tipo.

— Ela é gostosa, esse é meu tipo — diz Quinn, e então damos risada.

A gargalhada começa devagar, como um motor esquentando, e logo nós dois estamos nos escangalhando de rir, nos apoiando um no outro, ofegantes, e tudo volta ao normal.

— Mina é minha pessoa favorita no mundo, mas ela não é gostosa — digo.

— Cara, seus olhos estão te enganando.

— Ela se veste tipo uma menina de colégio católico.

— Caplan, isso é literalmente um tipo de pornografia.

— Quê?

Estamos ambos tão chapados e rindo tanto que a conversa parece não ter sentido. Tipo os mundos de magia do dr. Seuss.

— Está me dizendo que nunca pensou nisso quando ela vai pro quadro com aquela sainha?

— Nossa, não mesmo — falo, ainda rindo. — Não, nunca pensei nisso. Ela é tipo minha irmã.

— Bem, ela não é minha irmã.

— Então... ela, tipo, solta o cabelo e de repente você gosta dela?

— Acabei de te contar que gosto do cabelo dela preso também — diz ele.

— E aí?

— *Aí...* será que devo tentar uma chance?

— Claro. Você tá ferrado.

— Para de ser babaca. Estou te perguntando se você está de boa com essa ideia.

— Ah, claro. Eu não tenho nada a ver com essa história. Depende da Mina, não de mim.

Mordo a parte de dentro da bochecha imaginando a cena. Consigo até visualizar o rosto dela enquanto ele tenta se aproximar, encarando-o como se Quinn estivesse fora de si. O que ele está.

— Eu sei — concorda ele. — Mas você sabe o que quero dizer.

— Não faço ideia.

— Vocês meio que pertencem um ao outro.

Balanço a cabeça e passo o baseado para ele.

— Não desse jeito — explica ele, aceitando-o e sorrindo para algo na água. — Mas, sim. De certa forma.

O celular de Quinn toca.

— É a Hollis — diz ele, observando a tela.

Ele atende no viva-voz.

— E aí?

— Oi, e aí? — pergunta ela.

— Estou com Cap no lago.

Ela não fala nada por um segundo.

— O quê? — pergunta Quinn.

Ela ri.

— Eu ia te perguntar se ele está bem. Ele, sei lá, saiu correndo do meu carro hoje como se a casa dele estivesse pegando fogo ou algo do tipo, e não respondeu minhas mensagens.

— Ah, merda — solto, pegando o celular.

— Caplan está muito mal por ser um desatento idiota e está digitando um pedido de desculpas para você agora mesmo — fala Quinn.

— Valeu, Quinn. Você faz tudo que eu mando.

— Não faço.

— Faz, sim. Diga que você é minha cadelinha.

— Sou sua cadelinha.

Ele desliga.

— Puta merda — falo.

Posso sentir Hollis olhando para a nossa conversa, observando o pequeno ícone ao lado do meu nome com o símbolo de digitação, rindo de mim. Ela me mandou algumas mensagens, uma quando estávamos na escola falando algo engraçado sobre a camisinha, outra perguntando se eu estava bem, e outra me chamando de babaca.

— Está se arrependendo de terem voltado? — pergunta Quinn.

— Não, nada disso. Só me distraí — digo. — O que eu falo?

— Só fala que você se esqueceu dela.

— Não posso falar isso, porra.

— Então vai pra casa dela atirar pedrinhas na janela do quarto dela.

— Já é quase meia-noite.

— E daí?

— A gente tem aula amanhã.

— Fala sério, cara — diz ele, se levantando e me oferecendo uma mão. — Estamos no último ano. Na reta final. É como um filme. Aja de acordo.

Dez minutos depois, estou parado no jardim da frente da casa de Hollis. Ligo para ela, que logo atende.

— Oi, Cap.

— Quinn me mandou atirar pedrinhas na sua janela. Mas sou um covarde.

Vejo a luz do seu quarto se acender. Ela abre a janela.

— E aí?

— Oi.

— Oi.

— Desculpe por não ter respondido as suas mensagens.

— Você não devia ter o direito de ter um celular. Você desperdiça a tecnologia.

— Prefiro criar relações pessoalmente. Nessa era digital, a supremacia das telas, a irrealidade do mundo moderno em que vivemos…

— Por favor, cala a boca.

— Você vai me deixar entrar?

— Dê a volta pelos fundos.

Sigo para a garagem, ficando perto da casa para não disparar as luzes com sensor automático. Hollis abre o porão e a porta acerta a lateral da casa com um barulho suave. Eu me lembro do verão, da aula que matamos no nono ano, dos tropeços e da porta abrindo desse jeito para eu poder vomitar no jardim. Saí correndo no meio do primeiro boquete que ela fez na vida porque tínhamos virado umas cervejas lá em cima um pouco antes e eu fiquei mal. Hollis é estranhamente boa em virar cervejas.

— Oi — falo outra vez.

Ela me manda ficar quieto e me puxa para dentro.

— Você está chapado?

— Não. Sim. Um pouquinho.

— Vai deixar minha cama fedendo a maconha.

— Eu não devia ter vindo?

— Não é isso. — Ela coloca as mãos nos lábios. — Não, estou feliz por você ter vindo. Você está fofo.

— Fofo?

— Engraçado. Bonito.

— Você que está uma gata — digo. Ela está mesmo.

— Por que está segurando suas meias?

— A gente colocou os pés na água.

— Credo. Entra aí, seu perdido.

— Ué, você não vai pular da doca antes da formatura?

— Justo.

Ela me conduz em silêncio pelos degraus acarpetados do porão e depois pela assustadora escada de madeira do hall de entrada, que sempre range quando alguém sobe. Passamos pelas fotos de escola dela, emolduradas em fileira ao lado das dos seus irmãos, enquanto subimos. Paro no meio do caminho, ela puxa o meu braço e eu tiro uma foto da foto, com zoom demais — Hollis de bailarina e coroa, segurando rosas, sem os dentes da frente.

Transamos no chuveiro, o que sempre fazemos quando seus pais estão em casa, então vamos direto para a cama antes de nos secarmos, o que eu sei que ela detesta, mas hoje ela está sendo legal comigo.

— Não vai pentear o cabelo? — sussurro.

Hollis sempre penteia o cabelo depois de tomar banho. Nunca o vi todo molhado e bagunçado antes.

— Hum, estou com muito sono hoje.

— Quer que eu faça para você?

Ela abre os olhos.

— Você sabe como fazer?

— Já te vi fazendo centenas de vezes antes — digo, pegando a escova da sua mesinha de cabeceira. — Aqui, vem.

Ela se senta, enfiando os joelhos debaixo do queixo, e me coloco atrás dela com as pernas abertas à sua volta. Começo pelas pontas, como Hollis sempre faz.

— Você vai ser um ótimo pai — fala do nada.

Ainda bem que ela não pode ver meu rosto.

— Duvido. Se eu for como o meu pai...

— Você não é — assegura ela. — Tomara que você tenha uma filha. Pra você ver como eu tenho certeza de que vai ser ótimo.

Continuo penteando mesmo depois que seu cabelo já está desembaraçado. É uma boa atividade para se fazer chapado — repetitiva e tranquila. Hollis abre a foto no meu celular e fica olhando para a sua imagem criancinha que tirei na escada.

— Quer colocar essa foto de plano de fundo do meu celular? — pergunto.

Ela me olha por cima do ombro.

— O que foi? — pergunto. — É brega demais?

— É — diz ela, mas faz o que sugeri.

Depois, pressiona a boca nos joelhos e a tela ilumina seu rosto com uma luz fria e azulada.

Fico acordado até ela pegar no sono.

8

Mina

Na sexta, Caplan mata a aula de Biologia para ficar comigo na biblioteca durante meu horário livre de estudos. Ele diz que quer estudar para a prova final de Espanhol, que vai ser no mesmo dia, mais tarde. Ele não percebe a ironia de matar aula para estudar.

— Eu arraso em Biologia, mas sempre passo raspando em Inglês, que é minha primeira língua, então...

— Mesmo assim, você não devia matar aula. Não consegue estudar no almoço?

— Não, hoje é aniversário da Hollis.

— Pensei que a festa fosse à noite.

— É, mas as meninas vão, sei lá, trazer uns balões e tal. Vai ser uma complicação se eu não estiver lá.

— Está bem, mas você não precisa de mim. Eu não falo espanhol.

— Eu estudo melhor com você ao meu lado — diz ele. — O que foi? Estou te atrapalhando a ler *Orgulho e preconceito* pela décima vez?

Ignoro esse comentário. Quando ele volta a atenção para as suas anotações, ergo a cabeça.

Ele está encarando o papel como se estivesse tentando enxergar através dele, com a língua um pouquinho para fora.

— Você está fazendo aquela cara.

Ele grunhe, abaixa o papel, o empurra para mim e se joga na mesa.

— Vou me sair muito mal.

— Não vai, não.

— Certo, não vou repetir, mas estou com sete vírgula nove nessa matéria, então seria bom demais tirar, sei lá, um dez.

— Não acho que isso importa à essa altura.

— Então você não vai estudar para as provas finais?

Aperto os olhos.

Caplan se concentra nas anotações, e eu no meu livro. É *Emma*, e não *Orgulho e preconceito*, e não achei tão bom quanto o outro.

Fico com uma forte sensação de que tem alguém olhando para nós do outro lado do salão.

— Aquela garota acabou de tirar uma foto nossa — falo.

Caplan levanta os olhos e acena para a menina como se fosse o maldito prefeito da biblioteca.

— É a Ruby. Vocês se conhecem. Ela só deve estar tirando fotos pro comitê do anuário.

Ela é uma das minions da Hollis que sempre fingem ter esquecido meu nome, então… No fundo, tenho certeza de que a foto foi tirada para que ela possa enviar em um grupo para que todas as garotas falem de mim. Tento voltar a minha atenção para o livro, mas não consigo parar de pensar se é possível eu ficar feia dessa distância. Celulares têm ótimas câmeras. Cutuquei uma espinha no queixo mais cedo que virou um machucado e ficou muito pior que uma espinha.

— Quer que eu leia seu trabalho final de História? — ofereço.

Caplan ergue a cabeça. Seu cabelo está todo espetado de tanto que ele passou os dedos nele.

— Isso seria incrível. Você não se importaria?

— Não, estou entediada. Me dá aqui.

Ele faz uma careta.

— O que foi?

— Está bem, confesso. Ainda não comecei.

— Que maravilha. É pra segunda.

— Estava me perguntando se você poderia, não sei, me ajudar?

— Não. Posso ler quando você tiver terminado.

— Min…

— Tipo, às três da manhã do domingo, provavelmente, porque sou boazinha.

— A peste bubônica simplesmente… não me ajuda em nada.

— Não acredito que a peste bubônica tenha ajudado alguém.

— Só me dê uma ideia pequenininha. Uma migalha. Vai, sei que você deve ter tido umas dez.

— Não tive, porque foi um péssimo tema. Mas, mesmo se eu tivesse, não te contaria, porque não vou fazer o trabalho por você. A gente é melhor do que isso.

— Você é, eu não — bufa ele, escorregando no assento. — Seria só mais conveniente.

— Ótima escolha de palavra, *conveniente*.

— É minha palavra do dia.

Levanto os olhos do livro.

— Sua palavra do dia?

— É, estou usando um aplicativo.

— Um aplicativo que te dá uma palavra para usar por dia?

— Isso. Baixei pra melhorar meu vocabulário — explica ele. — Para que você nunca se canse de falar comigo.

— Você é ridículo.

— Você já foi bem mais tranquila. Lembra quando você vendia fichas com resumos de livros no fundamental?

— Como eu poderia me esquecer? Foi minha fase mais popular. Mas aquilo não era nada.

— Era, sim — insiste ele, balançando a cabeça. — Você lucrou com aquilo. Cinquenta centavos por fichamento.

— Eu sempre verificava se vocês tinham mesmo lido o livro. Eu só escrevia. Achava que estava ajudando, contanto que vocês realmente lessem.

— Ei, não precisa se defender. Se você for pro inferno, a gente se encontra lá.

— Vou ficar na mesa de doces.

— Nunca entendi como você sabia se a gente tinha lido os livros ou não — comenta ele, inclinando a cadeira para trás e se apoiando em duas pernas.

— Eu fazia umas perguntas.

— Sim, mas pra isso você tinha que ter lido todos os livros que a gente lia. Era incrível. Como se você tivesse lido todos os livros da biblioteca do fundamental.

— Não é bem assim. Tive que ler *Maldosas* pra a Hollis.

Ele dá uma risada, voltando a cadeira para a posição normal.

— Tinha me esquecido disso!

— Eu não me esqueci. Tive pesadelos por semanas. Fiquei morrendo de medo da garota cega.

— Sua capacitista.

— Ela só fingiu ser cega pra, na verdade… argh, esquece. Não é nada.

— Nada de nada.

— Ela era assustadora demais, só isso.

— Mas você leu?

— Sim, todos os vinte e três volumes da série Pretty Little Liars — digo. — Porque Hollis também já era assustadora.

— Ah, eu me lembro. — Ele sorri. — Vinte e três, nossa. Ela te deu um baita castigo.

— Hollis castigava todo mundo.

— Se você está dizendo — diz ele. — Beleza. Falando nisso… preciso te pedir uma coisa.

— O quê?

— É um favor.

— Está bem.

— Sei que você disse que não iria na festa da Hollis hoje à noite…

— Caplan, não foi mesmo um convite.

— Foi sim. Ela comentou comigo depois.

— Como assim?

— Tipo, ela falou que estava torcendo pra que você fosse. Eu expliquei que você devia ter pensado que ela só estava fazendo uma piada...

— Claro, porque ela estava...

— Então ela me perguntou se você achava ela tão escrota assim...

— Meu Deus.

Coloco as mãos na cabeça.

—Aí ela me perguntou se *eu* pensava que ela era uma escrota...

— Isso é a cara dela.

— Então... — Caplan suspira e solta: — Eu disse que estava errado, e que você provavelmente estava emocionada com o convite e animada pra ir.

— Você disse, é?

— É. E Hollis ficou toda contente.

— Por quê? Ela está planejando jogar um balde de sangue de porco em mim?

— Isso é alguma referência? Não peguei.

— É de *Carrie*.

— Quem é Carrie?

— Nada.

— Nada de nada...

— Cap. O que você está me pedindo?

— Eu acho que, sei lá, ela quer que você vá. Acho que está tentando ser legal. Ah, não levanta as sobrancelhas assim. E eu... é, também acho que seria legal se você fosse.

— Caplan, por que...

— Porque festas são divertidas. Você é divertida. Não entendo por que você tem tanta aversão a festas.

— Você devia assistir *Carrie*.

— É por causa da sua questão com cheiros? Com álcool?

74 DAISY GARRISON

— Não — digo, começando a ficar irritada de verdade. — Chega dessa história. Você já me viu conviver numa boa perto de álcool. A gente bebeu champanhe ontem.

— Então vai!

Caplan faz aquela expressão apelativa cheia de covinhas e se joga na mesa de novo, segurando meus braços cruzados.

— Por favor? — implora ele.

Ele se levanta de repente, afastando as mãos.

— Quinn também vai gostar.

— E por que Quinn se importaria se eu vou?

— Ele disse que gosta de você.

Encaro-o.

Caplan retribui o olhar. E dá de ombros.

— Gosta de mim?

— É, *gosta* gosta mesmo.

— Você tem cinco anos, por acaso?

—Ah, não precisa punir o mensageiro.

— Isso é tão idiota que não vou nem me dar ao trabalho de comentar.

—As pessoas querem que você vá nos lugares com elas.

— *Você* quer que eu vá nos lugares.

— Verdade, eu quero. Então, você vai?

— Vou pensar no assunto.

— Ótimo. Obrigado.

Quando vou marcar a página do livro, vejo que ela já está dobrada, porque não li mais que uma frase.

— Quinn falou mesmo de mim pra você?

—Ahhh — exclama ele, ficando de pé e guardando as anotações na mochila. —Agora você está curiosa. Acho que vai ter que ir na festa pra descobrir.

— Você não devia jogar as coisas na mochila desse jeito. Que zona.

— Você que é uma zona.

Ele bagunça o meu cabelo.

— Você está estranho hoje — digo. — Você cumprimentou o guarda de trânsito mais cedo.

— Estou de bom humor — admite ele, me seguindo para fora da biblioteca. — Vai fazer o quê? Estava um ar de verão hoje de manhã e você vai para uma festa hoje à noite.

Aquela noite, saindo de casa, minha mãe me chama, o que é incomum.

— Para onde você vai?

— Vou sair com o Caplan.

— É um encontro?

— Mãe, por que você está me perguntando isso?

Ela está no topo das escadas, me encarando.

— Você está bonita, só isso. Estava me perguntando por que você se arrumou toda.

— Eu não me arrumei toda.

— Está bem, Mina.

Ela suspira e toca a pele acima do seu olho esquerdo. Então se vira para voltar para o quarto.

— Vou pra uma festa — solto.

— Ah, é?

— Pois é. Com os amigos do Caplan. É aniversário da namorada dele hoje.

Ela me lança um sorriso esquisito.

Fico a encarando.

— Que bom que eles te incluíram — diz ela, descendo as escadas. — Lembro que isso aconteceu no fim do meu ensino médio, as pessoas pararam de se importar tanto com quem era popular e quem fazia parte de qual panelinha.

— Nossa, obrigada, hein, mãe.

— Ah, não. Desculpe. Não foi isso que eu quis…

Interrompo-a com um abraço. Ela parece pequena nos meus braços, mais magra que eu, e me abraça de volta.

— Só estava te provocando — falo contra o seu cabelo. — Sei que não sou a Musa da Escola.

— Mas eu gosto de você do mesmo jeito — diz ela, puxando minha trança. — Por que não colocou as lentes de contato?

— Beleza, estou indo agora mesmo.

— Você fica tão linda com o cabelo preso!

— Tchau, mãe! Te amo!

— Por que esconder o seu rosto?

— Se eu não for de óculos... eles vão saber que estou me esforçando — falo quando chego à porta.

— Se esforçar não é ruim.

— Eu poderia dizer o mesmo de você.

Dou um leve puxão na fita do seu roupão. Ela dá uma risada. O que surpreende nós duas. Minha mãe parece prestes a chorar. Mas, em vez disso, ela diz:

— A gente devia te arranjar uma armação nova que você goste. Para a faculdade.

Acho que, mesmo quando meu pai estava vivo, minha mãe era a pessoa mais introvertida do casal. Aquela história dos opostos que se atraem. Agora, sua única amiga de verdade é a Julia, isso porque Julia se recusou a desistir e tinha a vantagem da proximidade. Muito tempo atrás, em algum lugar do vale entre a camisola branca de florezinhas azuis e onde quer que a minha mãe se encontre hoje, ela costumava ter estranhas explosões de energia. Ela surgia como se estivesse debaixo d'água, ofegante para respirar. Parecia uma viajante do tempo, acordando de repente sem a menor ideia de que ano era. Lembro de irmos juntas em uma aula de música para a qual eu já era humilhantemente velha demais. Minha mãe me largou sozinha no meio da aula e eu a encontrei chorando no banheiro. Lembro de nos inscrevermos em um clube de leitura para mães e filhas que algumas colegas de trabalho dela organizaram e do qual nunca participamos. E, claro, lembro das férias de família com os antigos amigos de Yale do meu pai. Com todas as outras crianças da minha idade. Com as versões adultas daqueles jovens risonhos que a colocaram nos ombros na pista de dança das fotos do casamento dos meus pais. Tenho lindas e estranhas lembranças dessas viagens que fazíamos quando ele ainda era vivo, fragmentadas e distantes, como se vistas por um caleidoscópio — de ser envolvida com outros corpinhos uma toalha gigante de praia, listrada, brilhante e confortável, enquanto pegávamos no sono juntinhos na areia; da mãe de outra pessoa passando protetor solar no meu nariz.

Depois que meu pai morreu, eles continuaram nos convidando para as férias. Todo ano, minha mãe comentava comigo, e eu nem ousava sentir esperança. Todo ano, os dias entre o Natal e o Ano-Novo vinham e iam levando a viagem consigo enquanto a gente continuava em casa. Não sei por que eles continuaram nos chamando, nos procurando, quando ela passou tantos anos os ignorando. Ou eles sentiam pena, ou a irmandade forjada no dormitório de calouro do meu pai foi mesmo construída para se estender além de qualquer coisa, além da morte, através de famílias e gerações. Quando eu tinha treze anos, o convite coincidiu com um dos surtos erráticos de vida da minha mãe e, assim, após cinco anos de isolamento social, fomos para Turks e Caicos. É suficiente dizer que a viagem não correu nada bem.

Ela ajeita a fita do robe e se afasta, subindo as escadas.

— Se divirta, sua adolescente festeira e desrespeitosa — diz ela.

Quando saio de casa, verifico o celular. Tem uma mensagem de Caplan:

> não me mata, mas vim antes pra festa
> pra ajudar a arrumar as coisas

Começo a digitar, mas paro pouco depois. Tínhamos combinado de ir juntos para a casa de Hollis. Mas é justo e razoável que Caplan vá mais cedo para a festa da namorada, e muito injusto e irracional que eu seja incapaz de caminhar até lá ou entrar em qualquer lugar sem ele, então dou um chute no meio-fio. Dói pra caramba. Sento e fico segurando o pé enquanto meus olhos lacrimejam, me sentindo idiota com o rímel da minha mãe e um vestido de verão que comprei no primeiro ano do ensino médio. Ele manda outra mensagem:

não vai dar pra trás, vou aí te buscar

Respondo:

Não precisa, tudo bem.

então você tá vindo?

Não respondo na hora.

eu te encontro na frente da casa dela quando vc chegar

9

Caplan

Hollis fica mais feliz quando é a anfitriã de uma festa. Eu disse isso para ela uma vez, e ela respondeu que adora atenção e ser a melhor em alguma coisa. Minha primeira lembrança dela é em seu quintal, também em uma festa.

Sua casa, bem na esquina da rua, é perfeita para andar de trenó, com um declive longo e suave. Quando a gente era criança, Hollis costumava receber uma galera todos os anos na primeira vez que nevava. Seus irmãos convidavam os amigos, colegas de turma, vizinhos, e chamavam o evento de festival do trenó. Na primeira vez que fui, devíamos ter uns nove ou dez anos. Lembro de achar estranho ir em uma festa na casa de uma garota, mas Quinn me convenceu, porque ouvira Hollis no parquinho descrevendo a sensação de escorregar de trenó no quintal dela. Ela disse que era como voar. Tinha chocolate quente na varanda e mais luzinhas de Natal do que eu já tinha visto em um mesmo lugar. Lembro das luzes, das árvores, dos marshmallows e da nuca de Hollis, de suas tranças compridas cor de morango saindo de um gorro de tricô azul, voando à minha frente em um trenó rápido feito uma nevasca, como a infância, fresco, brilhante e brutal, a primeira vez que você se dá conta de que meninas são bonitas.

Hoje o ar está quente e pesado, e Hollis está fazendo dezoito anos. Quando dou a volta pela lateral da casa, vejo que ela está em cima de um banquinho, tentando pendurar uma lanterna de papel, soprando o cabelo para longe do rosto, vestindo a minha camiseta do uniforme de educação física e os meus shorts. Do nada, sinto um enorme carinho por ela, e também uma espécie de tristeza, mas não sei dizer exatamente o por quê. Quando ela me vê, abre um sorriso e depois resmunga, esticando a mão para mim. Coloco-a nos meus ombros para ajudá-la a pendurar o restante das lanternas, e suas coxas grudam no meu pescoço por conta do calor. Quando terminamos, ficamos observando as lanternas presas do topo da casa na árvore até a cerca da varanda. Em seguida, entramos para ela trocar de roupa e para a gente transar.

O sol está se pondo quando todo mundo chega, e as lanternas ficam mais brilhantes. A fogueira está acesa e uns caras estão brincando de jogos com bebida no grande pedaço de madeira compensada que Hollis manteve apoiado sobre dois bancos durante a maior parte do ensino médio para exatamente esse propósito. Quinn precisa sair mais cedo porque ainda faz serviço comunitário às sextas de noite, mas, antes de ir, viramos a tábua para revelar o presente de Hollis. Eu o avisava quando Hollis e eu saíamos para que ele pudesse pintar o verso em segredo. Agora a madeira está verde e dourada e diz ESCOLA DE ENSINO MÉDIO DE TWO DOCKS, TURMA DE 2016, e abaixo, com uma letra em um tom de dourado ainda mais brilhante: UM BRINDE À MELHOR ANFITRIÃ DE TODAS: VIVA A RAINHA. Aos lados, há um mapa rudimentar da cidade com todos os bairros, a nossa escola, a escola de ensino fundamental, o rio Curvinha, a lanchonete Orben e Filhos, o lago Lagoa, e todos os nossos lugares favoritos. Foi incrível ver a expressão no rosto dela quando viramos a tábua. Quinn era o único que podia tê-la pintado com grafites gigantescos e contornos perfeitos. Me dou conta de que eu devia ter comprado algum presente para ela também.

Depois de tirar milhões de fotos da pintura, Hollis pega um estojo de canetinhas e pede para todo mundo assinar seus nomes dentro das letras brancas. Ela perguntou para Quinn se por ele estava tudo bem, e ele disse que ela podia dançar em cima da tábua até a coisa se partir no meio, se quisesse. O presente era dela. Eu escrevo: *feliz aniversário, gata, te amo, Cap*. Implicam demais por isso, mas não me importo.

Quando Mina me liga, vou encontrá-la na entrada da casa. Ela parece tão tensa, com os braços cruzados sobre a bolsa, que tenho o instinto de pegar sua mão ou algo do tipo só para fazê-la se desencolher, mas isso não ajudaria. Entro com ela desejando que Quinn já tivesse voltado, porque ele tem um talento para fazê-la rir, mas Hollis me chama e acena para nós dois.

— Seu jardim está tão lindo — diz Mina, admirando as lanternas.

— Venha ver o que Quinn fez! — Hollis puxa Mina até a mesa de um jeito um pouco autoritário, mas que desmancha a postura defensiva dela.

Todos estão montando o jogo dos copos, e Hollis os manda parar para que Mina assine a mesa.

— Isso! — exclama Hollis. — Agora temos os nomes de todo mundo.

Mina dá um sorriso verdadeiro. E saca um livro da bolsa.

— Você trouxe um livro? — pergunta Becca.

Eu não aguento essa garota.

— Hum. — Mina olha em volta e depois para o livro. — É pra você.

Ela o oferece para Hollis, que o encara como se nunca tivesse visto um livro antes.

— É do Caplan — acrescenta Mina, depressa. — Ele que escolheu. Eu só busquei na Dusty's.

— Ele esqueceu o livro lá, né? — diz ela, revirando os olhos.

As duas dão uma risada, e de repente tudo está normal.

— A gente podia marcar uma trilha com seus itens perdidos nesse mapa — fala Hollis, apontando para a mesa. — Deve ser a cidade toda.

— Ah, acho que as novidades de Michigan acabaram distraindo ele — comenta Mina.

— Michigan? — Hollis olha para Mina e depois se vira para mim.

Meu coração despenca até o chão. Tento desesperadamente lembrar quando contei a Hollis que entrei na Michigan. Devo ter contado. Como é que posso não ter contado?

— Você conseguiu entrar?

— Sim — respondo. — Pensei que eu tinha…

Ela me dá um abraço.

— Parabéns — fala ela no meu pescoço.

Fico tão aliviado que dou um beijo nela.

Becca puxa Hollis para que ela faça um lance no jogo, mas Hollis fica parada e elas discutem baixinho, é um desentendimento bastante rápido e furioso.

Becca se vira para Mina.

— Certo. Então, Mina, eu queria pedir desculpas por ter sido uma idiota com você essa semana no corredor — diz ela.

— Como é?

— Quando fiz aquela piada te chamando de cachorrinha. Pensei que estava sendo engraçada, mas, bem… não foi engraçado.

— Não se preocupe — responde Mina. — Todo mundo estava meio nostálgico.

— Exatamente!

Hollis, satisfeita, pisca para mim e se vira para guardar o livro.

— E aí, qual foi o livro que eu escolhi especialmente pra ela? — sussurro para Mina enquanto ela se aproxima.

— *A Amiga Genial*.

— Apropriado.

— Foi mal, eu entrei em pânico. Pensei que todo mundo traria presentes, então me senti estranha e…

— Não, você me salvou. Eu não trouxe nada.

Mina balança a cabeça.

— E não entendo como fui capaz de esquecer de contar pra ela sobre Michigan.

— Você curte cutucar a onça com vara curta, né?

— Todo mundo curte. Não é justamente esse o ponto da história? — Eu me aproximo depressa para participar do jogo e tomar a minha cerveja, depois me afasto novamente. — Qual é a dessa história de cachorrinha?

— Ah, nem me lembro mais. — O que chega muito perto de "Não é nada", mas deixo passar, porque Mina ainda parece tensa.

— Que bom que você veio — falo. — Ela ficou feliz, deu pra perceber.

— Não acredito que Quinn colocou minha casa no mapa — diz ela.

— Claro que sim. Não dava pra colocar a minha e não a sua.

— Onde ele está agora?

— Ah, está no serviço comunitário. Ele vai voltar umas nove horas.

— É um presente maravilhoso — fala Mina, olhando para a mesa.

— É. Eu até ajudei. Tirando Hollis de casa e tal.

Nessa hora, alguém pausa a música e duas garotas descem os degraus da varanda dos fundos carregando um bolo. Todos cantam parabéns para Hollis, que abre um sorriso radiante. Ela é a única pessoa que conheço que sabe exatamente o que fazer enquanto os outros cantam "Parabéns pra você". Mina me dá um empurrãozinho, e vou para perto de Hollis. Ela me beija, fecha os olhos e se demora, pensando no seu desejo. Depois que ela apaga as velinhas, todos comemoram. Alguém pergunta o que ela pediu.

— Não responde — falo na sua orelha. — Foda-se. Fica com o seu desejo.

Hollis pega a vodca que está sobre a mesa, ergue a garrafa e diz:

— Por mais seis meses de junho!

Alguém agita um espumante, que estoura e espirra em todos nós. Hollis dá um gole e passa a vodca para mim. A música volta a soar e logo todos estão dançando e se abraçando, até Mina.

84 *Daisy Garrison*

— FIQUEM DE JOELHOS! — grita um dos caras, despejando vodca na boca da galera.

Hollis está me beijando com a boca grudenta e molhada de champanhe. Abro os olhos a tempo de ver a cena, que se desenrola rápido em meio a todas as pessoas entre nós. Alguém levanta a garrafa para Mina, esticando o braço no meio da bagunça, e não dá para ver quem é. Ela balança a cabeça em negação, e talvez não tenham visto ou percebido, mas não param o movimento e continuam erguendo a garrafa e virando-a. E então vejo Mina se encolher, com a boca fechada, sem ter para onde ir, bloqueada pelas pessoas atrás dela.

Ela fica encharcada, assim como eu e todo mundo. Todos seguem rindo e dançando, mas vejo a mudança na sua expressão. Me afasto de Hollis e me aproximo de Mina um segundo antes de seus joelhos cederem. Ela está hiperventilando. As pessoas começam a prestar atenção na situação.

Eu vou com ela, servindo de apoio, para dentro da casa. Alguns se viram para olhar, naquela lentidão embriagada. Hollis vem correndo atrás de nós perguntando o que aconteceu. Eu a ignoro.

Assim que entramos, Mina começa a chorar. Carrego-a pelas escadas até o porão, onde tem um banheiro com chuveiro. Quando giro a torneira, ela volta a si. Ainda está respirando muito rápido e superficialmente, mas tira os óculos, abre a torneira de água quente e me diz para ir embora.

— Vou ficar.

— Vai lá, está tudo bem.

— Mina.

— Por favor, volta pra festa. — Ela está de costas para mim. — E finja que nada aconteceu, por favor.

Fico sentado do lado de fora da porta do banheiro, ouvindo a água cair e tentando descobrir se ela está chorando.

10

Mina

Tenho treze anos e está escuro demais para enxergar qualquer coisa, ou talvez meus olhos que estejam fechados. Estou em uma cama de hotel. Quem sabe quantas pessoas já se deitaram aqui antes de mim? Não consigo me mover, porque tem algo pesado em cima de mim. O ar tem um cheiro forte.

Tenho dezoito anos e, pela primeira vez, experimento o sentimento de pertencer a algum lugar. O ar também tem um cheiro forte, mas me contenho, respirando pela boca, tentando absorver as outras coisas ao meu redor. Globos dourados balançam em um céu índigo, velas compridas cor-de-rosa sujas de glacê branco queimam, o amor é confuso e brilhante. Alguém tenta segurar meu o braço e dançar comigo, mas preciso que meus braços me contenham. Então, estou coberta daquele cheiro forte. Fecho os olhos e tento me esconder em mim mesma, mas sempre cometo esse erro.

Tenho treze anos e está escuro demais para enxergar, não consigo me mexer. Tem alguém pesado em cima de mim. Quem poderia dizer quantas pessoas já se deitaram imóveis neste mesmo lugar antes de mim?

***

Estou esfregando minha pele com tanta força que queima. Tentando me limpar. Tentando voltar para mim. Estou sozinha, mas agora sei onde estou, e sei que Caplan está em algum lugar por aqui.

— Quanto tempo já se passou?

— Quase nada. Uns vinte minutos. Posso encostar em você?

Balanço a cabeça.

Caplan me entrega uma toalha.

— Sinto muito — digo.

— Não diga isso.

Ele atravessa a casa comigo e me leva até a porta. Eu me sento no meio-fio, me sentindo trêmula, gelada e um pouco ridícula.

— Eu sin…

— Por favor, não diga isso de novo, Mina.

— Bem, mas eu sinto muito mesmo.

— Não, eu é que sinto muito. Eu que te fiz vir.

— Isso é besteira. Ninguém me provocou. Não derramaram sangue de porco em cima de mim.

— Não, só um pouco de vodca.

— Foi engraçado. Todo mundo estava se divertindo. Eu estraguei tudo.

Ficamos ali sentados ouvindo a festa.

— Fazia tempo que isso não acontecia — comento.

— Deve ter sido o cheiro.

— É, acho que sim.

Apoio a cabeça nos joelhos.

— Posso encostar em você?

— Sim — respondo, olhando para o chão. — Estou bem agora.

Ele coloca a mão nas minhas costas e faz movimentos circulares.

— Posso te fazer uma pergunta?

— Claro.

— É por isso que você não quer ir pra Yale? Porque aconteceu bem na viagem que vocês fizeram com aquelas famílias do grupo de Yale?

— Sei lá. É, ele ainda estuda por lá.

A mão de Caplan de repente congela nas minhas costas.

— Ele está no penúltimo ano. Então ainda vai estar lá no ano que vem.

— Foi o que eu pensei. Você nunca me contou, não exatamente. — A voz de Caplan está estranha e rouca. Fico assustada. Finalmente o encaro. — Você nunca me contou que conhecia ele. Pensei que fosse um estranho. Um cara aleatório que estava no mesmo hotel que você.

— Eu não o conhecia tão bem — digo. — Mas, sim, era um daqueles caras. Por isso que ele me levou até o quarto. Foi assim... é isto. Não me olhe desse jeito. Você vai me fazer chorar.

Ele parece incapaz de dizer qualquer coisa.

— Não se atreva a chorar, Caplan.

Ele me envolve em um de seus braços. Depois de um tempo, apoio a cabeça no seu ombro. Se não fosse por Caplan, não sei como, e nem quando, eu teria aprendido a deixar as pessoas encostarem em mim outra vez.

— A porra do cartão de Natal deles está na nossa geladeira — digo, e depois começo a rir.

— Ah, meu Deus, Mina.

— É engraçado.

— Como assim engraçado?

Ele me deixa rir. Quando termino, Caplan pergunta:

— Por que você se inscreveu? Se sabia que ele ainda estudava lá?

— Não achei que fosse passar.

Então ele me deixa chorar.

— Sei que todo mundo pensou que eu estava delirando quando não me inscrevi para outras faculdades. Mas eu te disse. Michigan não era a minha segunda opção. — Fico aliviada por ele não conseguir ver meu rosto no seu ombro. — Só quero ir pra onde você for.

— Queria que a gente não precisasse ir pra lugar nenhum.

Ouço o barulho de rodas no cascalho. Quinn vem voando em nossa direção, saindo de cima do skate e pegando-o com a mão.

— Oi! — diz ele.

Caplan não responde, mas eu respondo e me afasto dele.

— Oi, Quinn.

— Vocês estão bem? — Ele nos observa no escuro.

— Sim, estamos — responde Caplan.

— Que bom. Porque as outras garotas estão todas atrás na garagem cochichando e olhando pra cá como se isso aqui fosse a cena de um crime.

— Ah, eu estava prestes a levar Mina pra casa — explica Caplan.

— Não — falo, me levantando. — A festa ainda não acabou. Vai lá ficar com a Hollis.

— Não tem problema. Vem cá...

— Não seja bobo. Você não pode ir embora agora.

— Para com isso. Vou te levar pra casa.

— Posso ir sozinha.

— Eu sei, mas eu só quero...

— Eu posso levar a Mina.

Ambos viramos para Quinn.

— Quero dizer... — começa ele, colocando uma mão no bolso e chutando o meio-fio. — Se você quiser.

Seus ombros ficam tensos e suas sobrancelhas se levantam. Ele parece nervoso. E eu nunca vi Quinn nervoso antes. Fico com vontade de rir de novo, me sentindo estranha. Esquisita e leve, como se estivesse flutuando.

— Mas você acabou de chegar.

— É, mas só vim pra ver se você ainda estava aqui. Ah, você e Cap. Se você está indo embora agora, é caminho pra minha casa. Quer dizer, mais ou menos.

— Beleza — digo.

— Tem certeza? — pergunta Caplan para mim. Ele também parece nervoso. — Não vou dormir aqui. Te dou um alô quando chegar em casa...

— Não, fica por aqui — digo, dobrando a toalha e entregando-a para ele. — E peça desculpas pra Hollis por eu ter ido embora. E desculpe pelo... ah, só dê parabéns pra ela por mim.

— Certo — concorda ele.

Caplan se levanta e fica ali segurando a toalha. Depois que Quinn e eu saímos pela rua, ele se vira para a garagem.

— E aí, por que você está toda molhada? — pergunta Quinn.

— Ah, é uma história longa e chata.

— A história explica por que Caplan estava olhando para você daquele jeito?

— De que jeito?

— Como se você fosse um filhote de passarinho?

— Ah, sei lá.

— Você quer, não sei... conversar?

— Hum.

— Também não precisamos...

— Não, está tudo bem...

— Não é da minha conta...

Falamos um por cima do outro. Ainda estou me sentindo estranha. Pela primeira vez, não é de um jeito ruim.

— Está tudo bem, sério. Não foi nada de mais, só fiquei ansiosa de repente — digo.

— Tipo, mais ansiosa que o normal?

— Você tá me zoando?

— Um pouquinho — admite ele, abrindo um leve sorriso. — Não consigo evitar. Mas também só queria saber mesmo.

— Alguém derramou vodca em mim. Entrei em pânico e tive que entrar no chuveiro, porque isso às vezes me acalma. Por isso estou toda molhada.

— Entendi. Faz sentido.

— Faz?

— Claro. — Quinn dá de ombros. — Todo mundo tem suas esquisitices.

— Não acho que as esquisitices dos outros deixem eles surtarem ou estragarem festas.

—Ah, eu duvido que você tenha estragado a festa.

— Eu definitivamente paguei um mico.

— Bem, na semana passada, naquele mesmo quintal, eu passei o dia todo bebendo e depois tentei fumar um e acabei vomitando pela garagem toda na frente de uma galera.

— Que horror.

—Agora está se sentindo melhor, né?

De repente, ele para sob a luz de um poste.

—Até que sim.

— Lembra no quarto ano quando o sr. Grant não me deixou dobrar meus papeizinhos durante uma prova e eu virei a carteira e fui mandado pra diretoria?

— Sim.

— Está vendo?

— Qual é o seu ponto? Que todo mundo vai se lembrar pra sempre do que aconteceu?

— Não. Que todo mundo surta de vez em quando.

— Obrigada, Quinn.

— Sem problemas, Mina.

— E obrigada por me acompanhar até em casa.

— Sem problemas.

— E obrigada por me convidar pro baile. Mesmo que você estivesse tirando sarro de mim.

— Você fica me agradecendo por coisas que eu quero fazer — diz ele.

Olho-o de canto de olho. Seu perfil fica sério à luz de um carro que vem dobrando a esquina. Subimos na calçada e ele toca a minha lombar antes de afastar a mão, provocando uma onda no meu estômago. Me pergunto se vou surtar outra vez. Me obrigo a ficar firme. Pela primeira vez na vida, tenho a sensação de que algo bom está acontecendo comigo e não quero perder o momento. Não é algo grande nem terrível, não é pesadelo ou uma tragédia, é só legal e normal. Logo depois de pensar isso, me sinto ridícula. Alguém só está me acompanhando até em casa. É só um cara. É só o Quinn.

Quando éramos crianças, Quinn era o menino mais barulhento e bagunceiro da nossa escola. Ele pintava as paredes, quebrava as coisas e derrubava todos os copos em que tocava. Ele costumava ter orelhas de abano, feições acentuadas, uma mecha de cabelo escuro. Eu não podia dar dois passos sem que ele esticasse o pé para eu tropeçar. Não podia responder uma pergunta na aula sem que risse de mim. Eu costumava pensar que ele era um pequeno elfo do mal. Eu começo a tremer.

— Você tá tremendo? — pergunta Quinn.

— Não, estou bem.

— Você tá toda arrepiada!

— Eu não…

— Tá, sim. E o seu vestido ainda está molhado.

Olho para baixo. Meu vestido está mesmo encharcado. Também está transparente.

— Aqui…

Ele começa a tirar o moletom dele. Sua camiseta se levanta junto, subindo pela cintura, revelando sua boxer xadrez vermelha embaixo do jeans. O abdômen dele é definido.

— Estou bem! — grito, abaixando seus braços.

— Beleza, beleza! — Ele ri. — Esquece, então.

— O quê?

— O flerte de quinto ano.

— Você não está flertando comigo — digo.

— Eu meio que estava.

Caminhamos em silêncio. Tento desesperadamente pensar em algo para responder a isso. *Depois do próximo poste vou dizer alguma coisa*, falo para mim mesma. *Na próxima esquina, vou dizer alguma coisa.*

— Está bem, me desculpe — solta ele. — Prometo que nunca mais vou te oferecer o meu moletom.

— Não é isso. Estamos chegando na minha casa.

— A gente chegaria mais rápido de skate — diz ele, com um tom de provocação de novo.

— Eu não sei andar de skate.

— Aposto que você nunca nem tentou.

— Eu não conseguiria nem ficar de pé nesse negócio.

— Tenho certeza de que você conseguiria. — Ele coloca o skate entre nós. — Vem.

— Quinn.

— Só fique em pé. O skate vai ficar parado.

Ele pega minha mão. Eu subo.

— Está vendo como é fácil?

Ele começa a caminhar devagar, ainda segurando minhas mãos.

— Tá bom, *isto* é um flerte de quinto ano.

— Não — fala ele, aumentando a velocidade. — Isto é andar de skate.

Seguimos assim por alguns metros, fico agarrada a Quinn com tanta força que a cena não é nada fofa. Minhas mãos estão suando. Não consigo olhar para ele, então encaro minhas pernas tortas e esquisitas, com os joelhos dobrados, e para seus pés ágeis, movendo-se um sobre o outro com uma graça surpreendente, enquanto a rua desliza abaixo de nós.

— Beleza, chega.

Pulo para fora do skate, tropeçando um pouco, e Quinn sai correndo atrás do skate.

— Você tem um talento natural para isso — fala ele, voltando para perto de mim.

— Idiota. — Cruzo os braços acima do peito.

Estamos quase na minha casa. Estou frustrada. Voltamos a caminhar.

— E aí, como foi o serviço comunitário? — pergunto.

Chata. Que pergunta chata do caralho.

— Foi bom. Eu dou aula no centro recreativo.

— Você dá aula?

— É. Acho que, tecnicamente, não é mais um serviço comunitário. Já cumpri meu tempo lá.

— Quando?

— Sei lá, no nono ano? Ou no oitavo, esqueci. Agora é só um trabalho, acho.

— Você dá aula do quê?

— Ah. — Ele dá uma risada nervosa, balançando o braço livre. — De costura...

— Você sabe costurar?

— Claro. Fiz isso aqui.

Ele aponta para a arvorezinha no boné de beisebol dele. Chegamos na frente da minha casa.

— Quinn, mas isso é tipo... bordado.

— Acho que sim. Não conta pra ninguém.

Ficamos parados, um de frente para o outro.

— Você dá aula de bordado no centro recreativo às sextas à noite?

— É. A maioria das alunas são meninas de dez anos. E duas velhinhas bem legais.

Ele me olha como se estivesse prestes a perder o equilíbrio, esperando o vento derrubá-lo. Algo se liberta dentro de mim. Então eu o beijo. Ou, pelo menos, tento. Pressiono a boca na dele. O boné dele cai. Então saio correndo sem olhar para trás.

11

Caplan

No momento em que eles vão embora, percebo que foi um erro abandonar Mina com Quinn daquele jeito, quando ela ainda estava em um estado tão frágil. Também sei que seria errado levar Mina em casa só para evitar Hollis. Pressiono a palma das mãos nos olhos e volto para a garagem. Minha cabeça está girando. Algumas garotas estão paradas no portão e não fazem o mínimo esforço para disfarçar que estão falando sobre mim. Ainda há algumas pessoas no quintal fumando em volta da fogueira. Pelas janelas da cozinha, vejo Hollis se movendo dentro de casa.

Ela não levanta a cabeça para mim quando entro pela porta dos fundos. Ela está empilhando copos sujos de plástico e despejando os restos de cerveja na pia.

— Quer uma ajuda?

— Tudo bem, estou quase terminando.

— Hollis. — Deslizo entre os armários, esfregando a cabeça. — Sinto muito.

— Não tem problema.

— Mina precisava de mim. É difícil de explicar.

— Você não precisa explicar.

— Por favor, não fique brava. Ou, se estiver brava, só grite comigo e acabe logo com isso. Assim é pior.

— Caplan, que tipo de pessoa você acha que eu sou?

— Como assim?

— Claro que não estou brava com você.

— Não?

— Não. Já vi um ataque de pânico antes, sabe.

— Ah.

— A Mina vai ficar bem?

— Sim. Quinn está levando ela pra casa.

— Que bom. — Ela se senta ao meu lado no chão. — Cap, por que você não me contou que entrou na Michigan?

— Sei lá. Esqueci. Me desculpe.

— Foi por isso que você saiu correndo do carro aquele dia? Pra contar pra Mina?

— Hum, não. Fui abrir o e-mail com ajuda dela.

Hollis balança a cabeça. Está sorrindo, mas parece muito triste. Abro a boca para dizer que eu nem sei por que fiz isso quando ela diz:

— Você quer ficar aqui hoje?

— Sério? Posso mesmo?

Ela se levanta e me oferece a mão. Com a cabeça no meu peito, diz:

— Pode mandar todo mundo embora pra gente ir pra cama?

Assinto, acertando o queixo na sua cabeça.

— Você não está mesmo brava comigo?

— Não, não estou.

— Então por que está tão quieta?

— Só estou cansada — diz ela.

Depois da minha performance de agradecer os pais dela, me despedir e sair pela porta da frente só para entrar de novo pelos fundos, ficamos deitados no quarto de Hollis. Ela está ao meu lado, então não consigo vê-la.

— Obrigado mais uma vez por entender. E obrigado por incluir a Mina.

— Desculpe por ter sido um desastre. Tomara que seja melhor da próxima vez.

— Próxima vez?

— Decidi que, se ela é sua amiga, também é amiga minha.

— Sério? Isso é... demais...

— E decidi não competir mais com ela.

Não sei o que responder a isso.

— Não acredito que você contou pra todo mundo o seu desejo.

— Ah, não preciso que ele se torne realidade.

— Como assim?

Ela se vira para me encarar, pensativa, com as mãos unidas debaixo da bochecha.

— Me senti daquele jeito, vendo todo mundo junto, mas só por um segundo. Querendo que a primavera do último ano dure pra sempre. Mas só por um segundo mesmo. Não quero isso de verdade.

— Não?

— Claro que não. Quero dar o fora dessa cidade. Estamos crescendo.

— Você acha?

— É, você não?

— Sei lá. Não tinha pensado nisso.

— Porque esse é o seu jeito. Você vai seguir como se nada fosse acabar e depois vai se esquecer de se despedir.

— Tchau, Hollis — murmuro, fechando os olhos.

— Mal posso esperar pra estar em Nova York. Vou ser a pessoa menos descolada de lá.

— Por que você ia querer isso?

— Posso crescer. Vou acabar me tornando descolada.

— Você não vai querer nada comigo — digo.

— É pro seu bem.

— Ei!

— O que foi? Você quer que eu acabe sendo a sra. Hollis Lewis?

— Ah, isso não soou nada legal. Não podemos fazer isso. Ficou péssimo. O que vamos fazer?

Hollis fica em silêncio por um segundo, mas sei que está escondendo o sorriso com as mãos.

— Na verdade, eu penso bastante sobre isso. Adoro o meu nome. Não quero mudar, mas também quero ter o mesmo nome da minha família, um dia.

— Hollis Cunningham. É um belo nome.

— Talvez eu faça o mesmo que a sua mãe. Passo o Cunningham pro meu filho e pego o sobrenome do meu marido.

— Desde que soe bem — falo, puxando-a para perto. — Você pode se casar com outra pessoa, se for alguém com um sobrenome melhor.

— Beleza, fechado — diz ela.

— Ei, Hollis — sussurro.

— Fala, Cap.

— Feliz aniversário.

Acordo às cinco da manhã com um pouco de ressaca e com uma sensação de vazio no peito. Hollis ainda está dormindo ao meu lado. Lembro que ela não está brava comigo. Tudo está bem. Dou-lhe um beijo rápido e saio da cama, passando por cima dela. Enquanto caminho para casa, escrevo uma mensagem para Mina. Ela está acordada. Uma coisa incrível sobre Mina é que ela está sempre acordada.

Ela abre a porta, vestindo uma velha camisa azul do pai, desgastada nos cotovelos e os botões presos nas casas erradas. Sigo-a até a cozinha e ela fica dando voltas na grande ilha de mármore enquanto me coloco na frente da despensa para dar uma espiada nos cereais. A casa de Mina é maior e mais bonita que a minha, mas parece que ninguém mora ali. É vazia, faz eco e é bizarramente limpa. Na minha casa, não temos um hall de entrada. Você abre a porta direto para as nossas tralhas, tênis e mochilas, pilhas de correspondências e uma enorme tigela onde largamos as chaves. Já quando se abre a porta de Mina, damos de cara com dois pilares da mesma madeira escura dos pisos e corrimões, com um painel de vitral acima deles. Quando eu era pequeno, não sabia se isso significava que a casa de Mina era chique ou assombrada.

— Que livro você estava lendo? — pergunto.

— O quê?

— Você está com aquela cara de quando está no meio de uma parte importante de alguma história.

— Ah. — Ela para de se mexer. — Não, só estava pensando mesmo.

Ela pega uma tigela para mim e o cereal que eu normalmente escolho.

— Valeu.

Ela se senta e se serve.

— E aí, como você está se sentindo?

— Hum?

— Com o que aconteceu ontem?

Ela me encara com uma expressão tensa.

— Como assim?

— Depois do seu... momento, sabe? E do que você me contou sobre Yale?

— Ah, isso.

— Você dormiu bem?

— Sim, claro. Eu me acalmei depois.

Mina se levanta, deixando o cereal intocado na mesa. E volta a zanzar.

— Vamos, fale comigo. Como você está?

— Eu beijei o Quinn.

Congelo com a colher suspensa no ar.

— Você... O quê?

— É isso mesmo, beijei ele. — Ela fica dando voltas na mesa da cozinha. — Feito uma extraterrestre que só tem uma vaga ideia de como é agir como uma adolescente humana...

Beijei ele do nada, e então simplesmente... simplesmente saí correndo... Tipo?

— Ei, ei, ei.

Eu a obrigo a se sentar na cadeira. Busco um copo d'água. Mina coloca o rosto entre as mãos e emite um ruído contínuo e sofrido.

— Esse é o menor dos nossos problemas! — digo.

— Sim, é verdade, obrigada pelo lembrete — fala ela, com o rosto ainda nas mãos. — Eu chorei na frente de todo mundo e estraguei a festa da Hollis quando eles só estavam sendo legais, e quando Quinn também foi legal comigo, fiquei completamente maluca e ataquei ele. Com a minha boca. E agora minha vida acabou. Eu nem tenho mais uma vida. Nem sabia que era possível acabar com uma vida se você não tem uma. Só que, aparentemente, isso pode acontecer, porque a minha vida acabou.

— Por que sua vida acabou?

— Você não está ouvindo? — Ela bate as mãos na mesa.

— Bebe a água.

— Não me diga o que fazer. — Ela dá um gole.

— Bem, Hollis não está brava com você. Não sei como, e nem por quê, mas ela não está. Quanto aos outros, você ficaria surpresa... ninguém realmente se importa com nada além de si mesmo, especialmente agora. Ninguém vai se lembrar dessa história na segunda.

— Você acredita mesmo nisso?

— Sim, acredito.

— E a Hollis disse que não ficou chateada? Você não está inventando?

— Na verdade, ela me perguntou se você ia ficar bem.

— Ah. — Mina fica remexendo o cereal, fazendo um montinho. — Nossa, que legal.

— E quanto ao Quinn...

Mina grunhe e cobre o rosto de novo.

— O beijo foi ruim?

100 *Daisy Garrison*

— O quê? — Ela abaixa as mãos. — Por que você está me perguntando isso?

— Só estou tentando entender por que você está tão chateada. Você não gostou? Vou ser sincero. Fiquei preocupado de ele tentar te beijar e de ser horrível, porque você estava mal. Mas, pelo visto, foi você quem beijou ele.

—Ah, definitivamente fui eu que beijei. Ele estava lá parado cuidando da própria vida e eu fui lá e beijei ele.

— E não foi bom?

Não faço ideia de como as coisas funcionam depois de algo como o que aconteceu com Mina. Como recuperar as primeiras vezes quando alguém as rouba de você. Como evitar que isso estrague essas coisas para sempre. Acho que tem nada que se possa fazer. Me dou conta de que estou pondo a colher na tigela e fazendo uma bagunça.

— Hum... — murmura ela. — Não, não acho que foi ruim. Foi, hum... rápido...

—Acho que é difícil um beijo rápido ser ruim — declaro.

— Você ficou preocupado que ele fosse me beijar?

— É, eu te contei que ele gostava de você, né?

— Bom... — solta ela, infeliz. — Ele provavelmente não gosta mais. Eu fui tão estranha, como se detestasse ele o caminho todo até em casa, então beijei ele do nada, e depois saí correndo.

— Mina? — suspiro.

— O quê?

— Parece que... — Sorvo o restinho de leite da tigela. — Você fez uma coisa meio fodona.

Ela arranca a tigela de mim.

— Não bebe assim. — Ela se levanta e se apoia na pia, olhando para mim. — Para de rir!

— Não estou rindo! — digo, dando uma risada. — Estou falando sério. Pelo que você disse, parece que você arrasou. Assim, foi uma noite complicada, claro, mas você tomou uma decisão. Isso foi irado.

— Vou te matar. — diz ela, mas também está rindo agora.

— E não vai ter consequência nenhuma...

— Não diga uma palavra...

— Porque estamos falando do Quinn. Ele nunca reconhece que beijou alguém depois que acontece. Ele só vai continuar agindo normalmente. Aposto que vocês ainda vão juntos pro baile, até. Ele vai fazer umas piadas, você vai fazer umas piadas, a gente vai dançar, tudo vai ficar bem. Sem problemas. Nada vai mudar.

— Certo. Beleza. Talvez você tenha razão.

— Claro que eu tenho. E, ei...

— O que foi?

— Pelo seu primeiro beijo! — Ergo a mão para cumprimentá-la.

Mina fica encarando a minha mão. Depois a mim. Então dá uma espécie de grito de guerra, e dispara na minha direção, correndo atrás de mim ao redor da mesa.

— Foi mal, foi mal... — ofego, fraco de tanto rir, levantando as mãos em rendição e segurando seus pulsos quando ela tenta me bater. — Mas, me conta, foi mesmo?

— Foi — resmunga. — Meio que foi. Sem contar aquele, você sabe. Enfim... — confessa ela, furiosa, com as costas apoiadas na geladeira e os pulsos nas minhas mãos, presos ao lado das bochechas.

— Me desculpa de verdade — falo outra vez.

Ela franze os lábios.

— Tudo bem. Mas fica esperto.

— Senão o quê? Você vai me bater?

Quis fazer uma piada, mas a frase sai meio estranha. Ainda estamos naquela posição constrangedora, comigo segurando seus pulsos. Do nada, fico com calor. Sinto as batidas do meu coração no rosto, nas têmporas. Solto os braços dela.

— Você está bem?

— Sim. — Eu me viro. — Estou cansado. E de ressaca.

— É, precisamos voltar pra cama.

— Eu sabia que você não tinha dormido ainda — digo.

Mina revira os olhos.

— Ei, posso dormir no chão, no saco de dormir?

— Você é grande demais pra caber nele agora — diz ela.

— Não sou!

— E estamos grandes demais pra fazer festinhas do pijama.

— Não é festa do pijama se já é dia. É só uma soneca. Vamos, podemos ler *Harry Potter*.

— Está bem — cede ela, com a cabeça inclinada, me avaliando. — Mas você vai ler primeiro. Senão vai acabar dormindo enquanto eu leio.

Ela vai em direção as escadas.

— Vai subindo, eu já vou. Vou lavar a tigela — digo.

— Você está tão estranho hoje — declara ela, se afastando.

Lavo a tigela e a deixo secando no balcão. Limpo seu pequeno monte de cereal e encho outro copo d'água para Mina. Depois, fico parado na frente da geladeira. Não há muitos cartões ali. Um é da minha família, outro é da prima dela, e há outros com algumas crianças. Vejo uma foto de Mina pequena, agachada com suas galochas vermelhas, apontando para as pedras nas margens do lago Michigan, segurando a mão do pai. A carta de admissão de Yale. E ali está, logo abaixo da carta. Uma família fazendo uma trilha — a mãe, o pai e três garotos. O mais alto carrega o mais novo nos ombros. Ele parece mais velho que eu, mas não por muito. Tem um rosto largo e bonito, e os olhos estão semicerrados por conta da luz do sol. Ele está até vestindo uma camiseta de Yale. O cartão diz: "Desejamos paz e alegria para este Ano-Novo, de Kate e Brian, Josh (16), Liam (17) e Daniel (21)". Tiro o cartão da geladeira e o rasgo em vários pedacinhos. Jogo os pedaços no lixo e o cubro com papel toalha. Mas não parece o bastante, então tiro a sacola, coloco outra no lugar, e subo as escadas atrás de Mina.

12

Mina

Não sou burra, apesar dos acontecimentos recentes. Na verdade, sou inteligente pra caralho. Então passo o fim de semana todo deitada reunindo fatos e números. Quinn com certeza está estranho. Ele parece estar se esforçando para falar comigo ultimamente. Está sempre me encarando. Provavelmente comentou alguma coisa sobre mim com Caplan. Ele se ofereceu para me acompanhar até em casa e não tentou me empurrar do skate nem me chutar para o meio-fio. Só que essa vontade de corrigir os erros que ele cometeu no passado, de subverter essa narrativa da nossa infância, não significa que ele está a fim de mim. E apenas a curiosidade de saber como a garota esquisita fica em um vestido de baile é uma história tão antiga quanto a roda. Ao mesmo tempo errada e grotesca, estranha e, em última análise, proibida. Tentadora. Como querer ver uma espinha ser espremida.

Explico tudo isso para Caplan quando saímos para dar uma volta no sábado, e ele diz que não consegue acompanhar a teoria que elaborei, mas fala que, se estou me comparando a uma espinha, preciso de mais ajuda psiquiátrica do que consegue oferecer. Ele continua dizendo que eu devo estar lendo livros muito esquisitos e que vai confiscar meu exemplar de *Jane Eyre*. Quase abro a boca para admitir que Quinn pode mesmo gostar de mim e para perguntar o que devo fazer, mas não quero parecer emocionada. Não que eu tenha vergonha de Caplan. Em algum lugar nas memórias da infância, entre ataques de pânico, enjoos no carro e aquela vez que ele riu tanto que fez xixi na cama, perdi a habilidade de me sentir constrangida na frente dele. Se não quero parecer esperançosa na frente dele, deve ser porque não quero me sentir assim, e torcer para não sentir esperança é praticamente a mesma coisa que ter esperança em primeiro lugar. No domingo, ele tenta me convencer a ir nadar com todo mundo no Curvinha. Respondo que não havia condições. Chega de diversão de típicas garotas estadunidenses para mim.

Naquela noite, minha mãe sai do quarto para me dizer que minha avó ligou perguntando se já enviamos o pagamento de Yale.

— Eu disse que sim — comenta, desviando o olhar.

— Mas não pagamos?

Ela toca suavemente a moldura do batente da minha porta, como se estivesse conferindo se ia desmoronar.

— Não pagamos, né? — insisto.

Ela suspira.

— Mãe — chamo.

— Teríamos perdido o prazo.

— Você não conversou comigo.

— O que é que eu podia falar?

Ela já está virada de lado, como se quisesse se afastar, se tornando uma sombra magra no corredor.

— Acho que não quero ir pra Yale — digo.

Ela finalmente olha para mim. Espero que me pergunte por quê.

— Eles se ofereceram para pagar — fala ela baixinho.

— Tenho dinheiro pra pagar Michigan.

Ela não se mexe. Só fica parada olhando para o batente.

— Não quero ir pra Yale. Prefiro ficar em casa do que ir estudar lá.

— Por favor, Mina, não vire uma adolescente rebelde agora. Você sempre quis estudar em Yale.

Se mais alguém me falar isso, vou gritar, penso enquanto ela se vira, mas abro a boca e solto:

— Então isso tudo é sobre o dinheiro deles?

— O quê?

— Bem, se eu não preciso do dinheiro deles, você precisa?

A expressão dela é de alguém que levou um tapa. Tento me sentir mal, mas não consigo. Obtive alguma reação.

— É sobre manter uma relação com eles. Uma conexão. Com o seu passado.

— Você pode apenas dizer que é com o meu pai.

— Mina.

Ela coloca a mão sobre os olhos. Como se já não estivéssemos dentro de casa com todas as luzes apagadas.

— Não é culpa minha que não somos mais próximas deles. Você não pode me mandar pra Yale pra compensar isso.

— Eu tentei... com os amigos dele, com aquelas famílias. Todas tinham filhos da sua idade.

Meu estômago se revira.

— Eles ainda nos convidam pra viajar com eles. Todo ano. Quando você disse que nunca mais queria ir, eu não te perguntei por quê. Não reclamei. Sei que você não tem muita facilidade pra fazer amigos...

Entro no meu quarto e fecho a porta. Fico parada ali, sentindo uma espécie de náusea crescer dentro de mim e belisco a parte interna do meu braço para me manter presente. Espero até ouvir o barulho da minha mãe indo embora.

— Não sou a única que nos isolou — diz ela para a porta fechada.

Está chovendo bastante na manhã da segunda-feira e o céu está tão escuro que nem o despertador me acorda. Esqueci os óculos no banheiro de Hollis, então preciso colocar as lentes de contato e, por algum motivo, esse pequeno inconveniente me deixa tão irritada que ignoro a caneca de café que minha mãe deixou para mim, mesmo sabendo que o gesto era um pedido de desculpas. Por conta da chuva, Caplan me oferece uma carona, mas ele chega atrasado depois de deixar a mãe no trabalho. Eu sei que estou sendo um pouco fria no carro e espero que ele diga algo em relação a isso, converse e brinque até eu ceder, mas ele também está quieto. Entro na sala de aula bem depois do sinal parecendo um rato infeliz e encharcado. Sinto que todos estão me encarando e suponho que seja porque estou atrasada. Mas, quando me sento e coloco a mochila na carteira, derrubo algo no chão com o movimento. É um elefantinho de origami azul. A voz de Caplan ganha vida no alto-falante. Equilibro a criaturinha na palma da mão. Sei que as pessoas ainda estão me olhando e considero guardar a dobradura na mochila, mas não quero amassá-la, então a coloco onde estava, no canto esquerdo da minha mesa, de frente para o quadro.

Encontro Caplan do lado de fora da diretoria, ainda mal-humorada.

— E aí, foi brega demais?

— O quê?

— Meu convite.

— Do que você está falando?

Fico de olho no corredor. Não quero ser surpreendida por Quinn.

— Convidei Hollis pro baile no alto-falante. Você não ouviu?

— Não — digo. — Foi mal, estava distraída.

Mostro o elefantinho azul para ele e pergunto:

— Ele está me sacaneando? Você o desafiou a fazer isso?

— O que é isso?

— Um elefante.

— É, estou vendo. Foi o Quinn que te deu?

— Acho que sim.

— Onde você achou isso?

— Estava na minha mesa quando cheguei.

UM VERÃO PARA SEMPRE 107

Caplan encara o elefantinho. Hollis se aproxima de nós segurando rosas. Ela bate o buquê na cabeça dele.

— Obrigada. E eu aceito.

Caplan ainda está parado feito uma estátua.

— O que aconteceu? — Ela segue o olhar dele até a minha mão. — O que é essa coisinha?

— Quinn deixou na carteira da Mina — explica ele finalmente.

— Ah, meu Deus. — Ela enfia as rosas nos braços de Caplan e pega o elefante. — Isto é tão fofo que eu poderia morrer.

Então, ela me devolve e pergunta:

— Espera aí, então você e o Quinn estão juntos?

— Não, o quê?

Minha camiseta parece apertada demais no pescoço.

— É só um elefante — fala Caplan de maneira brusca, segurando as rosas.

Por sorte, o sinal toca e Hollis se afasta, depois de me dizer que espera que eu esteja me sentindo melhor. Respondo que estou, sim, obrigada, estou me sentindo melhor que nunca, enquanto respiro pelo nariz e me lembro de que sei de cor as rotas mais curtas até os banheiros individuais a partir de qualquer lugar da escola.

Pretendo sumir durante o almoço, pois estou começando a aceitar que todo mundo perdeu a cabeça e não entendo mais nada nem ninguém. Só que ainda está chovendo, então ficamos todos presos no refeitório. Fico confusa ao entrar, dividida entre minha postura usual de encarar os pés e a ansiedade de saber onde Quinn está. Acabo em um lugar entre as duas opções, olhando para a frente, andando reto até uma mesa de canto onde Lorraine Daniels está sentada, e seus óculos vermelhos são como um farol de segurança. Por isso, não vejo Quinn até que ele esteja bem na minha frente.

— Oi! — diz, quase gritando.

— E aí? — respondo.

— Está sem óculos — diz ele, e aponta para o meu rosto como se fosse me tocar, mas rapidamente encolhe os braços.

— Sim, eu perdi.

— Você fica bem sem eles.

— Ah.

— Foi mal. — Ele coça a lateral da cabeça. — Estou agindo de maneira muito estranha.

— Tudo bem…

— Passei o fim de semana todo querendo te mandar uma mensagem e acabei deixando passar tempo demais. Então isso virou uma coisa muito maior na minha cabeça e aí mesmo que não consegui mais te escrever. Pensei que talvez você fosse no Curvinha, já que está saindo mais, mas você não foi. Então eu fiz o elefante pra você e tinha pensado em só te entregar no corredor, mas você se atrasou… Daí eu deixei o origami na sua carteira, só que todo mundo ficou me encarando e eu percebi que provavelmente era algo meio estranho de se fazer, mas já era tarde demais, então só deixei ele ali na sua mesa e vazei. Espero que não tenha te deixado constrangida nem nada do tipo.

Estou boquiaberta e me obrigo a fechar a boca.

— Tudo bem — digo.

Ergo o punho, que mantive fechado com cuidado ao redor do elefante a manhã inteira, e abro a mão para ele como uma flor. O elefante está deitado de lado. Quinn o segura com delicadeza.

— Você ainda curte elefantes, né? Lembro que você fez um trabalho incrível sobre eles, sei lá, no quarto ano, e a sua maquete deixou todas as outras no chinelo. Você disse que era seu animal favorito porque eles traziam sorte, eram espertos e eles se lembravam de tudo.

— É isso mesmo… eles lembram. — Eu me escuto dizendo.

— Irado — diz ele.

— Beleza, então.

— Quer sair essa semana?

— O quê?

— Tipo sair pra ver um filme ou algo assim?

— Tipo um encontro?

— Só se você quiser — fala ele, descruzando e cruzando os braços algumas vezes. — Olha, a gente não precisa, não tem problema...

— Não, eu quero sair — digo.

— Sério?

— Sim.

— Legal, maravilha. Eu te mando uma mensagem.

— Beleza. — Me viro para sair.

— Espera. Você quer, tipo, almoçar com a gente?

— Não, obrigada — falo depressa, me sentindo fraca. — Mas, por favor, me manda uma mensagem.

Caminho pelo refeitório tentando me acalmar, com uma vaga ideia de me sentar com Lorraine, mas não sinto que consigo alterar a rota, então sigo para a saída mais próxima. Quando me viro, posso ver Quinn com o canto de olho, e ele está com as mãos nos bolsos, dando um saltinho engraçado enquanto segue para a mesa dele. Alguém o cumprimenta, batendo a mão na dele. Eu me jogo contra as portas, saindo na chuva quente.

13

Caplan

— **Nossa, ela é bem esquisita** — fala Quinn, feliz, observando pelas janelas do refeitório Mina sair na chuva.

— Ela topou? — pergunta Hollis.

— Sim, que demais. Nem acredito. Valeu por me obrigar a fazer isso. Caplan disse que eu não tinha chance.

— Por que você disse isso? — pergunta Hollis, se virando dessa vez para mim.

Eu me sacudo para sair de um devaneio. Estou me sentindo estranho o dia todo. Meio entorpecido e cansado, como se estivesse sonâmbulo.

— Só não achei que a Mina quisesse sair com alguém. Tipo, ela nem quer ser amiga de ninguém.

— Pois é, lembra quando ela literalmente ficou sem falar nada por, tipo, um ano inteiro no fundamental? — comenta um dos caras, Noah.

Tenho quase certeza de que foi Noah quem derramou a vodca em Mina.

— Todos vocês, idiotas, poderiam falar menos — diz Hollis.

— Só acho esquisito ela não ter nenhuma amiga mulher — comenta Becca.

— É um sinal bem ruim — sugere Ruby. Ela sempre concorda com Becca.

— Ela não tem nenhum amigo além do Cap — diz outro garoto.

Hollis me dá uma cotovelada. Encaro ela.

— Ela tem outros amigos — falo.

— Quinn — diz Hollis, se virando para ele —, acho isso maravilhoso.

— Valeu, Holly — diz ele, olhando para mim, e não para ela.

— Eu também — solto.

Infelizmente, Becca caminha com a gente até a aula de História.

—Argh, então agora a gente gosta dela? — fala ela para Hollis.

— Becca, somos gostosas, não maldosas — retruca Hollis. — Ser ácida é coisa de idiota.

— Não sou ácida...

— Eu sei que você gostaria que o Quinn tivesse te convidado pro baile...

— É só que... eu nunca nem disse... — gagueja Becca.

— Mas vai dar tudo certo, porque Noah quer te convidar. Ele contou pro Caplan.

— Espera, isso é sério?

Hollis me cutuca com força nas costas.

— Sério — digo.

— O que ele disse?

Desligo quando Hollis assume a conversa e as duas começam a discutir a altura de Noah e se Becca pode ou não usar salto alto no baile. Eu me pergunto se Hollis já deu alguma pista para Noah ou se vou ter que desempenhar algum papel nessa história.

Eu me sento na aula de História e pego o trabalho que Mina editou para mim na madrugada anterior. Tudo está me irritando por nenhuma razão específica. Não posso fingir que a ideia de Quinn saindo com Mina me traga uma alegria profunda. Passei a maior parte da vida — pelo menos a parte de que me lembro, a parte depois daquele breve momento no fundamental — cuidando dela. Garantindo que ela estivesse segura e feliz. Agora vou ficar observando meu segundo melhor amigo sair com ela sem compromisso e potencialmente magoá-la. Quinn é um galinha. Ele flerta com todo mundo sem parar e depois parte para outra. Vou acabar me envolvendo. Eles vão me arrastar para essa história. Vai ser uma confusão. Na melhor das hipóteses, vai ser esquisito, constrangedor, e o que eu mais quero para Mina, cuja vida toda tem sido uma sucessão de eventos terríveis e injustos, é que ela experiencie algo tranquilo. Um pouco de diversão. Eu queria que ela fosse ao baile. Isso sem falar no apoio de Hollis. Conhecendo Hollis, sei que tem alguma outra coisa rolando. Não quero nada rolando. Quero que tudo continue normal e, ao mesmo tempo, estou cansado de tudo e todos. As duas sensações juntas são uma mistura bem ruim.

Pela primeira vez, me permito pensar que Mina realmente pode ir para Michigan. Que essa talvez seja, no fim das contas, a melhor coisa para ela. Que se tudo está prestes a mudar — e terminar —, a única coisa que permaneceria a mesma seria a nossa amizade. Eu me sinto aliviado diante da ideia. Quantas vezes aprendi a não presumir o que era certo para Mina? Se ela quer ir para a Universidade de Michigan, eu não devia convencê-la do contrário. Não sou bom em convencer qualquer pessoa de qualquer coisa, de todo modo.

Ela entra na sala apressada na hora em que o sinal toca, de cabeça baixa e ensopada, e se senta na minha frente. Dou um chutinho na cadeira dela. Ela me dá um dedo do meio ainda olhando para a frente. Chuto com mais força, e ela se vira com uma expressão engraçada de orgulho e constrangimento ao mesmo tempo.

— Que foi?

Sorrio.

— Está animada pro seu encontro?

— Sim. Não começa, senão você vai estragar tudo.

— Eu nunca faria isso.

— Eu sei que é... Mas se todo mundo ficar agindo que nem doido, eu vou enlouquecer também — fala, se voltando para o quadro.

Me inclino para a frente.

— Eu estava pensando...

— Por favor, muda de assunto.

— Eu sei. Ia fazer isso.

— Certo. Pensando no quê?

— Sei que o motivo de você não querer ir pra Yale é escroto e injusto, mas estou animado que você pode acabar indo para Michigan.

Ela se vira um pouco e a vejo de perfil, notando uma covinha aparecer em sua bochecha, então sei que ela está sorrindo.

— Sério? — pergunta ela.

— Sério. Bora fazer o que a gente quer pra sempre.

No dia seguinte, o sol aparece e, de repente, é verão. O ar-condicionado da escola está quebrado desde que nos entendemos por gente, o que significa que o prédio está bem desagradável, mas eu não me importo, porque também significa que estamos perto das férias e é divertido reclamar disso em conjunto, até os professores embarcando nessa. Deito no chão na aula de espanhol, porque o sr. Ochoa é legal e não liga para o que a gente faça, contanto que a gente entregue a tarefa. O calor se intensifica, é lógico. Quinn começa a falar da cadeira em que está sentado, desenhando um pinto na lateral da mesa:

— Não acredito que é a última vez que vamos ficar com as bolas suadas nessa escola abafada.

— Você acha que desenhou um número suficiente de paus nas carteiras?

— Nem perto disso — diz ele. — Mas o trabalho de um artista é eterno.

— Vamos assistir *Superbad* hoje à noite.

— Não posso — fala Quinn, usando a borracha para fazer alguns ajustes no desenho. — Vou no cinema com a Mina.

— Ai, caramba, é verdade. O que vocês vão ver?

— Aquele filme em que a Blake Lively luta contra um tubarão. — Ele olha para mim. — O quê?

— Nada. — Dou uma risada.

— Ei, ela que escolheu o filme. Era isso ou um outro chamado *Como Eu Era Antes de Você*.

— Parece romântico.

— Você acha que é um problema... — diz ele, franzindo o cenho para o desenho na sua carteira — ela não ter escolhido o filme romântico?

— Ah, não me pergunte isso. Você está indo onde homem algum esteve antes. Não existe um guia de instruções pra compreender a Mina.

Ele sorri.

— Sou um homem na lua.

— Não, você ainda está em uma caça ao tesouro.

Ele transforma o pinto em um foguete e começa a desenhar planetas ao redor dele quando o sr. Ochoa se aproxima e lhe dá uma detenção — não antes de gargalhar.

Por três anos seguidos, em algum momento do ensino fundamental, eu me vesti de astronauta no Halloween, e Quinn, de pirata. Minha mãe revelou e emoldurou fotos desses anos e as colocou no meu quarto. Este ano decidimos repetir as fantasias, em nome dos velhos tempos. Hollis quis me matar, porque tinha planejado irmos de Daphne e Fred do *Scooby-Doo*. Aliás, acho que terminamos por isso — na verdade, foi mais um sintoma que a causa —, mas logo voltamos na própria festa de Halloween. Ela estava de vestido roxo e lenço verde, e sou apenas um homem. Fizemos um monte de piadas aquela noite sobre ficar na coleira, como a cadelinha que sou.

Mando uma mensagem para ela:

> lembra quando a gente transou no banheiro no halloween e o Quinn entrou sem querer, e você chamou ele de intrometido e bateu a porta na cara dele

Ela responde na mesma hora:

> Lembro

E em seguida:

> Está tão quente que quero morrer. Estou de top na biblioteca

Eu mando:

> traje apropriado

Ela escreve:

> Não começa.

> começo

> Estou suando.

> eca

> Será que a gente devia transar na biblioteca?

> acho que sim, hein

> Vem pra cá

> sério?

> Não, claro que não.

E depois:

> O vestiário das meninas no terceiro andar
> está fora de serviço

> indo pra lá

Nós nos atrasamos para o almoço e não encontramos ninguém na mesa em que usualmente nos sentamos do lado de fora, então entramos no refeitório. Fico surpreso ao ver Mina sentada com o resto do pessoal. Ela está com um livro aberto à sua frente, mas está sentada ao lado de Quinn. Quando chegamos, ela está dando uma risada genuína.

— Por que estamos aqui dentro? — pergunta Hollis.

— Bem, a Mina se sentou aqui e eu vim com ela — diz Quinn. — Onde vocês estavam? E por que estão tão suados?

— Todo mundo está suando hoje — retruca Hollis, me puxando para o outro lado da mesa.

Todos estão aqui. Pelo visto, eles seguiram Quinn.

— Pare de pensar em sexo — diz Hollis.

— Impossível.

Mina dá uma risadinha de porquinho. Ele faz uma careta para ela, franzindo o nariz. Em resposta ela faz outra.

— Com certeza é estranho — fala Hollis baixinho para mim enquanto começam a falar de outro assunto, e Mina volta a atenção para o livro, segurando um sorrisinho. — Mas acho que eles combinam.

— Não sei, não. Mas ela parece feliz — digo.

— Sim, e o Quinn também. Eles ficaram trocando mensagens ontem até três da manhã.

— Como é que você sabe?

— Quinn me contou. Ele falou que se sentiu um garoto do sétimo ano, de um jeito bom, sabe? Sorrindo pro celular debaixo do cobertor. Ele me mandou uns prints das conversas.

— Eu não recebi print nenhum...

— Porque você não é bom com mensagens.

Não tenho como contra-argumentar, então pego a maçã na frente dela e dou uma mordida. A fruta está quente e meio mole.

— Ela é bem engraçada — diz Hollis, olhando para Mina, que está lendo e abrindo um sorrisinho. — Eu não sabia que ela era tão engraçada.

— Eu te digo isso há anos — falo. — Essa maçã está nojenta. Tudo aqui está quente e nojento, nós dois, inclusive. Estamos todos sentados em uma panela quente e nojenta, que fica cada vez mais quente, e vamos cozinhar até morrer e nem perceber.

— Na verdade, você nunca falou isso — continua Hollis, me olhando com a mesma expressão. — Você sempre disse que gostaria que nós fossemos amigas, mas nunca se esforçou pra que isso acontecesse.

— Eu faria qualquer coisa pra não ter essa conversa de novo.

— Está bem. Quer vir na minha casa hoje à noite, já que todos os seus amigos estão ocupados?

— Eu tenho outros amigos...

— Cap. — Ela segura meu rosto e me sacode de leve. — Só estou te provocando. Pare de ser tão ranzinza.

— Foi mal — digo, pressionando a minha testa na dela por um instante e então me afasto. — Sim, vou. Só preciso dar uma força pra Mina primeiro.

— Eu também deveria ir — fala Hollis. — O que você vai sugerir que ela use? O clássico All Star preto? Shorts de basquete com camiseta listrada?

— Ei, eu não recebi prints. Deixa eu ficar com esse momento, pelo menos.

— Está bem. Pode me ligar se precisar.

Nesse instante, Noah se enfia entre nós.

— E aí? Hollis deixou escapar que uma das garotas disse que estava a fim de mim, mas não quer me contar quem é por conta de algum código feminino ou qualquer bobagem do tipo. — Ele revira os olhos para Hollis. Ela dá uma garfada delicada na salada, o ignorando. — Só que preciso de um par pro baile, e Sophie da segunda série não topou ir comigo.

Uma risada escapa enquanto bebo água, e Noah dá tapinhas nas minhas costas. Hollis se levanta para jogar o lixo fora. Enquanto ainda estou engasgado, Noah diz:

— Pode descobrir pra mim quem é?

Pigarreio e o puxo para perto.

— Eu já sei. É a Becca. Mas você não ouviu nada de mim.

— Uma gata — diz ele, se juntando aos outros na mesa.

— Você merece a nota máxima por todo o trabalho que está tendo com o baile — falo para Hollis enquanto ela se senta. — É seu maior projeto até agora.

Sempre surge mais fofoca e conversa quando nos sentamos no refeitório, porque as mesas são mais longas, o que lembra um pouco *A Última Ceia*. As mesas de fora são redondas e intimistas. É mais difícil ficar de conversinha paralela quando todos estão de frente um para o outro. Hollis que me apontou isso, óbvio.

— Muito obrigada — diz ela. — A genialidade foi não contar pra ele logo de cara, porque garotos são naturalmente curiosos, feito criança, e gostam de resolver pequenas tarefas e desvendar mistérios. Além disso, depois de pensar intensamente sobre algo, nem conseguem entender que tipo de pensamento era. Simplesmente deixam rolar.

— Direto pro baile.

— Exatamente.

— Todo mundo devia saber quem foi a responsável por arquitetar esse plano. Eles deveriam te agradecer — digo.

— Só quero que todo mundo esteja junto. E é importante fazer uma boa ação — diz ela, toda séria. — Especialmente quando não tem ninguém olhando.

UM VERÃO PARA SEMPRE 119

***

Quando chego na casa de Mina naquela tarde, ela está no quarto, deitada com o rosto enfiado na cama, com todas as roupas espalhadas pelo chão.

— Vou ter que cancelar — diz ela, com a voz abafada pelo travesseiro.

— Tá... — digo, saltando sobre as roupas. — Como assim?

— Tudo que eu visto fica horrível em mim, estou toda suada e preferia só assistir um filme com você.

Sinto uma breve cambalhota de alegria no estômago.

— Nem me fale. É sempre o que a gente vai preferir — falo, pegando uns vestidos no chão. — Mas a vida vem e se impõe.

Ela se vira de barriga para cima e fica encarando o ventilador no teto.

— É a palavra do dia no aplicativo. *Impor*.

— Acho que essa é fácil — diz ela.

Ergo o vestido azul que ela usou na festa de Hollis.

— Você devia usar esse. Ficou ótimo.

— Como assim "ficou ótimo"?

— Ué, eu te vi e achei que o vestido estava ótimo, e não péssimo.

— Bem, não posso usar esse, senão vai ficar parecendo que só tenho um vestido, como se eu fosse a porra da Cinderela.

— A Cinderela é a princesa mais gata.

— A Cinderela era uma otária sem pai.

Não consigo pensar em absolutamente nenhuma resposta para isso. Mina me entrega o celular dela.

— Inventa uma desculpa convincente e gentil. — Ela se deita de bruços de novo. — E depois me deixe aqui pra morrer.

Abro a conversa com Quinn. Ele escreveu:

> tenho medo de tubarões e encontros,
> mas também estou animado pra te ver

> que bizarro, né?

— Você recebeu uma mensagem.

Entrego o celular de volta para ela.

Mina fica olhando para a tela. E faz uma expressão que dura um segundo, mas que eu literalmente nunca tinha visto antes, boquiaberta. Depois ela morde o lábio e se joga de volta na cama.

— Ai, caralho, caralho, caralho.

— Tá bem. — Fico de pé e pego o celular da mão dela. — Três caralhos. Hora da artilharia pesada. — Faço uma chamada de vídeo para Hollis.

— O que você está fazendo?

Hollis atende com a expressão mais presunçosa de todos os tempos. Ao ouvir a voz dela, Mina arregala os olhos e começa a sacodir a cabeça vigorosamente em negação.

— Oi — falo para Hollis, afastando Mina. — Você estava certa, e eu, errado. Precisamos de ajuda.

Eu me abaixo para desviar quando Mina atira um sapato em mim. Ela está sibilando algo sobre estar em um momento de vulnerabilidade.

— Certo, deixe eu falar com a Mina.

Estico o braço para ela. Mina bate o pé e pega o celular.

— Oi — diz ela para Hollis, totalmente recomposta. — Desculpe, isso é meio constrangedor…

— Está brincando? — diz Hollis. — É o que eu mais gosto de fazer. Você quer ficar gostosa ou fofa?

— Hum, acho que os dois?

— Beleza — diz Hollis. — Certo, você tem uma camiseta branca clássica? Daquelas que a gente usa na academia?

— Sim…

— Beleza, vista ela e peça pro Caplan fazer um pequeno corte na lateral, tipo logo abaixo dos seus peitos. Ou um pouquinho mais pra baixo, como você sentir que é mais confortável. Depois tire a camiseta e corte nesse comprimento.

— Certo...

— E sabe aquela saia branca que você usou no nono ano no concerto do coral de primavera?

— Hum, acho que sim.

— Estava pensando nela, queria usar uma parecida no meu jantar de formatura, mas não consigo achar nenhuma peça que seja simples, de algodão, acinturada, com uma vibe Lena na Grécia em *Quatro Amigas e um Jeans Viajante*...

— Comprei na Old Navy há dez anos.

— Você ainda tem? — pergunta Hollis.

— Talvez — diz Mina. — Preciso procurar. Mas deve estar apertada agora.

— Experimenta. Cap, busca a tesoura!

Quando volto para o quarto, Mina está apoiada nas mãos e nos joelhos, vasculhando as profundezas do seu armário.

— Beleza, achei! — anuncia Mina para Hollis.

Ela pega a saia, e um papelzinho amarelo e retangular sai flutuando até os meus pés.

— Maravilha. Então vista essa saia e o top com a jaqueta jeans escura do Caplan. Está no chão do carro dele, eu acho.

— O que é isso? — pergunto, pegando o papelzinho que caiu no chão.

— Não vai ficar grande demais em mim? — pergunta Mina para Hollis.

— Essa é a ideia — Hollis diz. — uma saia minúscula, um top minúsculo e uma jaqueta larga. Mas me liga se ficar horrível.

Hollis desliga.

O papel parece ter saído de um caderno antigo.

— O que é *Chrysanthemum*? E quem são todas essas pessoas? — pergunto.

Mina suspira.

— Não é nada. É só lixo. — Ela separa a saia e o top na cama.

Faço um gesto com a tesoura.

Mina fica me olhando.

— Boa ideia, me dá logo uma tesourada.

— Mina.

— Não precisa ser no coração. Pode ser na coxa ou na panturrilha. Mas tem que ser grave o suficiente pra gente ir pra emergência.

— Você não quer mesmo ir nesse encontro? Porque você não é obrigada.

Nós nos encaramos por um tempo.

— Está tudo bem. Pode me contar... — começo.

— Eu quero mesmo ir — fala de repente.

— Bem, então, beleza. Bora cortar esse top.

— Feche os olhos.

Ela se vira e começa a tirar a camiseta por cima da cabeça. Fecho os olhos. Do nada, me sinto estranho. Tipo, estranho demais. É algo intenso. Fico achando que, se eu não disser algo, o quarto vai explodir, ou vou perder o controle do meu corpo, abrir os olhos sem querer e ver as costas de Mina. Não tem nada de sexy nas costas de alguém, de qualquer forma, então esse pensamento não é importante, não sei por que estou pensando nisso tudo, talvez seja só porque ainda estou me adaptando à ideia de Mina querer ir em encontros. E parecer gostosa.

— Vou pegar a jaqueta — falo alto demais.

Tento sair ainda com os olhos fechados e dou de cara com a parede.

Sigo tropeçando pela rua e encontro a jaqueta exatamente onde Hollis disse que estaria.

Ofereço levar Mina até o cinema no meu carro, mas ela fala que não quer que eu faça isso, como se fosse o fantasma do seu pai. Então fico zanzando pela minha casa, indo de quarto em quarto, até minha mãe me mandar ir dar uma volta porque estou a estressando. Vou para a casa de Hollis.

— Acabei de ver a Mina entrando no carro de Quinn, é isso mesmo? — pergunta Oliver, passando por mim ao entrar.

— Sim.

— Nossa, como você é idiota.

— Como assim?

Ele apenas balança a cabeça.

— Vai bater uma — digo.

— Vai você.

— Não preciso. Vou encontrar com a minha namorada. Namorada é uma pessoa especial, que é uma garota e também uma amiga, mas quando vocês estão sozinhos juntos...

Ele se inclina para fora da porta e atira seu taco de lacrosse na direção da minha cabeça, mas erra o alvo.

No caminho, tiro do bolso o papelzinho que achei no chão do quarto de Mina e que ela chamou de "lixo". Pensei em jogá-lo em alguma caçamba na rua, já que amanhã vão recolher o lixo, mas percebo o que é. Mina tinha uma coleção desses papéis quando éramos crianças — são cartões antigos de bibliotecas. Fico parado lendo a lista de nomes. Em tinta desbotada, leio "Eleanor Jacobs, 16 de agosto de 1996". "April Halloway, 1º de setembro de 1996". "Maggie Briggs, 14 de setembro de 1996". Depois Eleanor novamente, umas seis vezes seguidas. E bem no final, "Kitty Jacobs, 11 de junho de 1997". Viro o cartão. Em uma letra parecida com a de Mina, porém menor e mais delicada, está escrito "*Chrysanthemum*, de Kevin Henkes, o primeiro livro favorito de Mina, 2001". Guardo o cartão de volta no bolso, tomando cuidado para não o dobrar nem amassá-lo.

— Como ficou a roupa? — pergunta Hollis quando me jogo na cama.

— Como as que você usa — digo.

— Não é verdade. Eu me esforcei considerar o estilo dela e elevá-lo sem impor o meu estilo...

— Estou só brincando. Ela não estava nada parecida com você, mas estava bonita.

— Não pareceu brincadeira.

— O que pareceu?

— Sei lá.

Ela se deita ao meu lado e começa a passar os dedos pelo meu braço.

— Posso te perguntar — começo, com cautela — por que você está tão interessada em formar esse casal?

— Não é óbvio?

— Não. Nada do que ninguém está fazendo é óbvio pra mim.

— Bem... pode ser um alívio não sentir que você tem duas namoradas.

Fico chocado.

— É assim que você se sente?

— Não exatamente. Tô dando uma exagerada.

Não falo nada, e ela continua:

— Está bem. De vez em quando, é sim. É como se a Mina fosse sua namorada pra suprir suas necessidades emocionais e eu fosse sua... sei lá. Sua namorada pra transar.

— Nossa, que horror. — Dou uma risada. — Não fale assim de você mesma.

— Tudo bem. Tenho minha parcela de culpa nisso também. Se eu fosse menos ciumenta, não me importaria que a sua melhor amiga é uma garota, e não teríamos problemas.

A autoconsciência de Hollis flui com tanta facilidade que me impressiona e me deixa até com um pouquinho de inveja, e quase não presto atenção no que ela diz a seguir.

— Eu também tinha certeza de que ela estava secretamente apaixonada por você.

— Ela definitivamente não está.

— Ela com toda a certeza estava, mas não acho que esse seja o caso agora.

Hollis para o carinho no meu braço de repente, suas mãos agora imóveis, e me dou conta de que ela está esperando que eu diga algo.

— Se você diz.

— Acho que... tudo pode ficar um pouco mais equilibrado agora — fala.

— Que bom, então.

— Eu costumava desejar que você e eu fôssemos aquele tipo de casal que chama um ao outro de *melhor amigo*.

— Esses casais são entediantes e provavelmente nunca transam.

— Verdade.

— Vamos tomar um banho juntos?

Ela dá risada, rolando para longe de mim.

— Venha aqui, namorada pra transar. — Puxo-a para perto de mim e a carrego nos ombros.

— Não tem graça nenhuma — diz ela.

— Então por que está rindo tanto?

Só que, no chuveiro, meu pau não fica duro. O que não é chocante ou inédito, mas não acontecia fazia um tempo. Na verdade, acho que não acontecia desde o primeiro ano. Eu me sinto com quinze anos de novo. Queria mesmo que ela parasse de me olhar. Tento pensar em algo engraçado para aliviar o clima.

— Foi mal — solto.

— Não tem problema — diz ela, se sentando na borda da banheira enrolada em uma toalha. — Só me preocupo quando você fica estranho e chateado.

— Está bem, mas não estou chateado agora.

— Mas está se sentindo estranho?

— Eu me sinto totalmente normal.

— Totalmente normal. Certo.

Ela me encara por um instante. Então se levanta e me dá um abraço.

— Foi mal — repito.

— Não tem problema.

— Quer que eu te dê uma dedada ou algo assim?

— Não, tudo bem. Quer escovar meu cabelo?

— Claro. Mas, pensando bem, está tarde. É melhor eu ir pra casa.

— Beleza.

Hollis vai até o espelho e fica se olhando, torcendo o cabelo para o lado em cima da pia.

Vou embora.

A caminho de casa, mando uma mensagem para Mina perguntando como estão as coisas. Ela não responde, o que provavelmente significa que está tudo bem e que ela não está se escondendo no banheiro do cinema nem nada do tipo. Dou uma espiada na janela do quarto dela quando chego em casa, mas está tudo escuro. E bem quando estou subindo a garagem de casa, vejo o carro de Quinn dobrando a esquina. Um adendo: Quinn não tem um carro próprio, mas seu irmão mais velho que estuda na State tem. Ele nunca o empresta para Quinn, a não ser que ele ofereça algo muito bom em troca, e mesmo assim Quinn ainda precisa pegar um ônibus para East Lansing para buscar o carro. Da última vez que pedimos o carro para alguma coisa, Quinn teve que bancar o motorista de toda a fraternidade do irmão dele por três fins de semana seguidos.

Paro na garagem e espero os dois descerem do carro e me verem ali para cumprimentá-los. Acho que vou perguntar para Quinn se ele quer sair para fumar, mas eles vão até a porta sem me notar. Mina está com os braços dobrados para trás, segurando os cotovelos. De repente, me sinto estranho pra caramba parado ali olhando os dois, mas também não quero que eles me ouçam abrindo a porta de casa, então me viro e num piscar de olhos eles estão se pegando. Tipo, se pegando pra valer, quase dançando agarrados um no outro. Entro em pânico e me escondo atrás das lixeiras no fundo da garagem. Fico agachado ali feito um psicopata, abraçando os joelhos e respirando rápido, como se tivesse acabado de correr dez quilômetros. Como se alguém tivesse derrubado algo bem pesado em cima da minha cabeça. Tipo o céu inteiro. Olho para cima. Parece que a rua está oscilando indo ao encontro das estrelas. Penso em como seria péssimo ser pego nessa posição, escondido atrás da lixeira. Decido que faz mais sentido sair rastejando pela entrada da garagem para que eles não me vejam, mas, assim que começo a fazer isso, me sinto ridículo demais, então me obrigo a ser normal. Me sentir normal e agir normalmente, me levantar e assobiar para eles ou algo assim, mas quando fico de pé, vejo Quinn com a mão na bunda dela. A saia branca está na cintura. A calcinha dela é branca também.

Eu me viro correndo e subo até a garagem. Evito sair correndo e bater a porta. Em caso de emergência, prosseguir calmamente em direção às saídas, e tal. Minha mãe tenta puxar papo quando passo por ela na escada, mas tem algo errado com meus ouvidos, então vou direto para o quarto e me deito do lado ao contrário da cama e fico olhando para o teto.

Hollis uma vez me disse que garotos são tão burros quando se trata dos próprios sentimentos que não percebem que têm um problema até ele já ter se transformado em um tumor. Por volta de quatro da manhã, decido não deixar que isso aconteça comigo. Não vou ser burro. Não vou entrar em negação. Vou resolver.

Sinto atração por Mina. Tudo bem. Acho que esse momento algum dia ia chegar. As pessoas podem ser amigas e se sentir atraídas umas pelas outras. Acontece todos os dias. Isso não estrega a vida delas. Eu só devo estar me sentindo esquisito porque ela está a fim de outra pessoa agora, um grande amigo meu, e isso faz parte da natureza humana. É natural, não tem nada de mais, e estou acima disso.

No dia seguinte na escola, saio da primeira aula e vejo Mina com Quinn no bebedouro. Quando ela se inclina para beber, ele coloca as mãos na cintura dela e bate o quadril no seu. Ela ri tanto que até cospe a água. Sigo para a sala de aula sem tirar os olhos deles e acabo batendo a cabeça tão forte que vejo estrelas. Me ocorre que talvez eu já tenha um tumor.

14

Mina

Depois do primeiro e único encontro que já tive, fecho a porta e me sento no chão. Coloco a cabeça entre os joelhos. Digo a mim mesma que o que estou sentindo não é ruim. Fico repetindo essa frase enquanto seguro minhas canelas. A sensação não é ruim. Percebo que estou sorrindo. Estou quase dando risada, sem saber exatamente do quê. Só lembro que a gente estava rindo e se beijando. Não é ruim. Claro que nas grandes obras cinematográficas e literárias, beijos são como fogos de artifício. Não senti nada disso. Então me lembro de que quando eu era pequena, chorava todos os anos quando chegava o feriado do Quatro de Julho, porque os fogos de artifício eram grandiosos, barulhentos e luminosos demais. Então é melhor assim.

Fecho os olhos outra vez e mando meu cérebro inspecionar meu corpo todo. Tudo parece em ordem. Não estou nem com dor de barriga depois de comer centenas de guloseimas.

Subo as escadas e vejo que as luzes do quarto da minha mãe estão acesas, vazando pelo corredor. Espio lá dentro, mas ela está dormindo. Apago as luzes.

— Tentei ficar acordada — resmunga ela. — Queria saber como foi seu encontro.

— Foi tudo bem. Volte a dormir, mãe.

— Sei que você disse que não era bem um encontro… — Ela suspira e enfia as mãos entre o rosto e o travesseiro.

—Acho que foi, sim.

—Ah, é?

— Sim.

Ela sorri, os olhos fechados. Espero que ela diga algo, mas ela já voltou a dormir. Vou ao banheiro para lavar o rosto e escovar os dentes, mas fico parada me olhando no espelho, tentando descobrir se estou diferente de alguma forma. Meus lábios estão inchados e meu rosto está corado. Estou dividida. Eu me sinto um pouco envergonhada, mas também bonita. Minha boca também está diferente. Talvez seja só minha imaginação, sei lá. Então me enfio debaixo das cobertas sem fazer minha rotina noturna. Caplan me mandou mensagem perguntando como foi o encontro. Peço desculpas pelo meu comportamento de antes e o agradeço por ter me acalmado. Digo que foi bem legal e que talvez eu seja uma pessoa normal, afinal de contas.

No dia seguinte, parece que estou entrando na vida de outra pessoa. Quinn anda comigo no intervalo das aulas, tão colado em mim que nossos ombros se tocam.

— As pessoas estão nos encarando — falo.

Ele tenta segurar minha mão, e eu o empurro para uma lata de lixo. Nem tenho tempo de me importar com os olhares, porque não consigo parar de rir.

Quando chegamos na aula de História, percebo que ele me acompanhou até a sala. Ele para na porta, na frente de todos, que já estão sentados em suas carteiras. Nossa professora ainda não chegou. Eles nos observam como se estivessem assistindo a um filme.

— Isto é maluquice — falo, desejando estar com o cabelo solto e que somente ele pudesse ver meu rosto.

— Mas não de um jeito ruim, né? — pergunta ele.

—Ainda não tenho certeza.

— Bem, quando tiver, me conta.

Ele respira fundo, como se quisesse se animar, e enfia as mãos nos bolsos.

— O que foi?

— Eu ia te dar um beijo na bochecha.

— Não. Vou morrer de vergonha.

Seus olhos cintilam brevemente e ele me dá um beijo na bochecha tão rápido que acaba batendo o queixo no meu, e literalmente sai correndo depois.

— Oi! — grita Caplan para mim quando me sento na frente dele.

Ele está se inclinando tanto para trás que as duas pernas da frente da cadeira ficam suspensas no ar.

— Calma — sussurro.

Ele arrasta a cadeira dele entre minha mesa e a da minha direita, onde está Lorraine Daniels que, felizmente, está desenhando em um caderno e nos ignorando completamente.

— E aí? Me conta tudo.

— Não tem nada pra contar. Já disse que foi bem legal.

— Vocês estão ficando?

Ele aproxima ainda mais a cadeira.

— Para com isso.

— A sra. Cane nem chegou ainda.

— Você está fazendo uma cena.

— E você não?

Uma professora substituta entra arrastando uma antiga TV em um móvel de rodinhas. Ela apaga as luzes e algo parece fazer sentido dentro de mim. Olho para a frente tentando não chorar. Uma coisa é sentir que estou fingindo ser alguém que não sou, me sentir boba. Outra coisa é parecer boba.

— Mina — sussurra Caplan. Balanço a cabeça. — Mina, desculpa, eu só estava brincando.

Ficamos sentados no escuro assistindo a um documentário sobre a peste bubônica. Sinto que Caplan está me observando o filme inteiro. Até que uma hora não aguento mais, então peço para ir ao banheiro. Sei que ele vai me seguir.

— Caplan, para.

— A sra. Fulana disse que precisamos ir juntos porque só pode nos deixar sair de sala uma vez.

— Que conveniente.

Quando finalmente olho para ele, vejo que seus olhos estão arregalados e que ele mastigou todo o lábio inferior. Também noto olheiras escuras debaixo dos seus olhos.

— O que está acontecendo com você? — pergunto.

—Ah, você sabe, a peste realmente não me caiu bem.

Deixo escapar uma risada.

—Você não está fazendo cena alguma. Quinn é que está. E ele devia mesmo, porque você é... sabe... Foi mal. Não sei mais o que estou dizendo.

— Tudo bem — digo. — É estranho. Ou melhor, é muito estranho.

— Não é.

Reviro os olhos, e ele diz:

— Para. Não é estranho. Posso te abraçar?

A pergunta é uma coisa bem nossa, do nosso passado. Durante anos, eu pulava de susto quando alguém tentava encostar em mim. Por isso, Caplan sempre me perguntava se podia antes de o fazer. Conforme fui melhorando, falei para ele que ele podia parar de perguntar, mas de vez em quando ele ainda faz isso. Nunca sei se é automático, instinto, ou um pouco dos dois.

— Claro — digo.

— Amigos de novo? — pergunta ele, me segurando por mais tempo que eu esperava.

— Só não seja um babaca — falo.

— Boa. Combinado.

Nos separamos e voltamos para a sala.

— Você não tinha que ir no banheiro? — pergunta ele.

— E você? — retruco.

— Não — fala, sorrindo. — Não de verdade.

— Eu também não.

No almoço, fico nervosa, achando que Quinn vai agir como se fosse meu namorado e que vai ficar um clima estranho, mas ele nem tem chance de fazer isso, porque todo mundo quer falar comigo. Eu me sento ao lado dele e, quando fico sem ter o que falar, ele me ajuda. Pessoas que nunca conversaram comigo antes me chamam do outro lado da mesa. Acho que estão me notando e sendo legais só por causa dele — por causa de um garoto —, e é assim que funcionam as coisas no ensino médio. Escrevo isso no celular e mostro discretamente para Caplan. Ele escreve que talvez estejam falando comigo porque eu não enterrei a cara em um livro hoje.

Balanço a cabeça quando Ruby me chama pela segunda vez.

— Quer vir, Mina?

— Foi mal, eu estava distraída.

Ela sorri para mim como se isso fosse típico e encantador. Como se me conhecesse.

— A gente vai fazer um esquenta em casa hoje à noite. Você vem?

— Ah.

Olho para Quinn, certa de que se ele quisesse que eu fosse para essa festa, teria me convidado.

É a estratégia que uso com Caplan. Eu nem costumava ir às excursões escolares a não ser que ele especificamente me chamasse, no caso dele não querer bancar a minha babá. Mas Quinn não me diz o que fazer. Ele só sorri para mim.

— Sim, claro, legal — falo para Ruby. — Obrigada.

***

— Não é demais a Mina estar andando com a gente agora? — pergunta Quinn para Caplan, com um braço em volta dos meus ombros enquanto saímos do almoço.

— Pois é, ótimo! É incrível mesmo.

— É um esquenta pra quê? — pergunto.

— Ah, pra uma festa de um cara do St. Mary.

— Será que não tem problema mesmo se eu for?

Quinn ri como se eu tivesse dito algo fofo, então me viro para Caplan, mas ele não fala nada. Ele está olhando para os pés. Quando chegamos à aula de francês, noto que eles me acompanharam até a sala.

— Caplan, espera aí um segundo.

Quinn dá um puxão de leve no meu rabo de cavalo e sai correndo.

— Tudo bem por você? — pergunto.

Caplan me encara. Abre a boca e fecha e abre de novo. Falamos ao mesmo tempo:

— Como assim? Você e Quinn?

— Tudo bem se eu for na festa hoje?

Ele fica me olhando.

— Não preciso ir. Na festa nem no esquenta. É a sua vida e são os seus amigos, eu não preciso...

— Do que você está falando?

— Você estava tão quieto hoje no almoço...

— Mina, isso é tudo o que eu queria, que você andasse com a gente. Eu te convido toda sexta pra sair comigo e com a galera.

— Então tudo bem por você se eu for?

Ele olha para mim com uma expressão estranha, mordendo o lábio de novo, e nem parece ele mesmo nesse momento. Estou prestes a dizer que na verdade não quero ir, se é tão importante...

— Sim, claro que tudo bem.

Então o sinal toca e eu o observo sair correndo só para ser parado no canto e receber uma advertência de atraso.

***

Na aula de Francês, estou com o computador aberto porque estamos fazendo uma espécie de quiz on-line. Do nada, recebo um milhão de mensagens, que não param de apitar. A professora me olha, e eu silencio o celular depressa. Um número desconhecido me adicionou em um grupo cheio de outros números que não conheço. Nunca fui colocada em um chat de grupo antes, com exceção de alguns para trabalhos escolares.

YAYyyy Mina!!!, diz alguém, com emojis de fogos de artifício. Então sou tomada por uma sensação muito intensa, não muito diferente de fogos de artifício. Uma sinfonia silenciosa de choque e deslumbramento.

Todo mundo coloca aqui os seus nomes, manda o número que me adicionou. E é o que eles fazem. Percebo que o primeiro número é de Hollis. Minhas mãos começam a tremer e eu fico digitando e apagando, digitando e apagando, até decidir seguir com um clássico: E aí!

O grupo se chama PROIBIDO PAUS. Passo o resto da aula de Francês observando uma peça de teatro se desenrolar no meu laptop:

> O que vamos vestir

> quando vamos sair

> Noah acabou de arrotar na sala

> Estou com dor de estômago e estou sendo muito forte, ok?

> Fui no banheiro tirar umas nudes, mas esse povo não vai embora odeio esse lugar

> Eu adoro isso aqui, o sr. Ochoa é gostoso ou só estou com fome?

> Ele tem cara de sugar daddy e você está com fome

> será que podemos matar aula e comprar comida

> não, vamos depois da aula

> quem tem carro?

> vamos pro Quickstop, quero um cachorro-quente

> eca

> perfeito, você é uma gênia

> Mina, vem!

> Estamos assustando ela

> Não estão! Topo o Quickstop!

> UHUUUL

> Temos carros suficientes?

> A gente se aperta

Depois da escola, vou até a porta lateral, onde sempre encontro Caplan, mas ele me manda uma mensagem dizendo que recebeu a quinta advertência de atraso e tem que ficar na escola para a detenção. Fico parada meio de lado olhando para o celular quando a porta se abre e todos saem ao encontro do sol da tarde. Quinn tenta segurar meu braço, mas Hollis me enlaça e me puxa para perto das garotas.

— Não é justo! — protesta Quinn.

— Nos encontre lá! — fala Hollis.

Acabo no carro de Hollis, que guarda para mim o banco do carona.

— O porta-malas é o rito de passagem — diz Becca, com a voz abafada enquanto descemos a rua.

— A gente não vai dar trote nela!

— Ainda bem — falo.

— Bem... — diz Hollis.

Ela estica o braço sobre mim e abre o porta-luvas. Ela pega um drinque de latinha. Todo mundo comemora quando aceito a lata.

— Tenho que virar? — pergunto.

— Se eu viro qualquer coisa gaseificada, vomito na hora — diz Ruby.

— Não precisa beber tudo — fala Hollis. — É só um ritual. Abro a latinha e dou um gole. Não é ruim. Sinto gosto de adoçante e um pouco de álcool, mas não é nada que eu reconheça. Todas as meninas estão inquietas em seus lugares, falando sobre as diversas pequenas vitórias e derrotas do dia, e listando as esperanças e os sonhos para a noite. Acabo derrubando um pouco de bebida em mim mesma. Fico tensa, mas percebo que vai secar logo, o que me faz querer dar risada e abaixar as janelas, então faço isso. Hollis é uma boa motorista, abrindo caminho cuidadosamente entre o grupo de jovens saindo da escola a pé. Ela pede para eu escolher uma música, me passa seu celular e entro em pânico por um instante antes de me dar conta de que ela tem várias playlists. Percorro as músicas de uma playlist chamada "Garotas se arrumando". Coloco "Roses", do Chainsmokers, que eu achava péssima. Hollis aumenta tanto o volume que sinto o grave nos meus pés e na minha garganta, e algo parecido com felicidade vibra nos meus ossos.

Chegando na escola do ensino fundamental, Hollis diminui a velocidade e para na frente de uma garota sardenta, alta e magra, que está segurando uma mala de treino. Ela dá uma olhada dentro do carro e fala:

— Então vou ter que ir andando pra casa?

— Foi mal, Kel. Vou compensar da próxima vez...

— Aqui — falo, abrindo a porta. — Podemos nos espremer.

A menina não espera nem um segundo e joga a mala aos meus pés, se sentando no meu colo. Depois prende o cinto de segurança ao redor de nós duas.

— Se eu levar uma multa... — fala Hollis.

— Tem duas garotas no porta-malas! E são só alguns minutos.

— Está bem. Mas se abaixe se vir uma viatura.

Coloco os braços em volta da garota que suponho ser a irmã de Hollis, porque não tenho onde mais apoiá-los, mas ela parece estar confortável e passa os próximos minutos conversando comigo. Fico um pouco incomodada com seu peso, mas não é tão ruim.

— E aí, você tem irmãs?

— Não — digo.

— Sorte a sua. — Ela suspira. — Adorei seus sapatos. — Ela olha para o meu All Star.

— E aí, quem é você? — pergunta ela.

— Kelly! — diz Hollis.

— O que foi? Desculpa!

— Tá tudo bem. Meu nome é Mina.

— Prazer, Mina. Obrigada por me chamar e me ceder um espacinho.

— Claro. Estou aprendendo que ir espremida com todo mundo é uma espécie de regra da sua irmã.

— É, quando ela está de bom humor e quer ser legal...

— Beleza, agora já dá para você ir caminhando pelo último quarteirão — fala Hollis.

Kelly revira os olhos e sai do carro.

Os garotos chegam no estacionamento no momento em que estamos descendo. Quinn está pendurado na lateral do jipe de Noah. Ele toma impulso e pousa no chão feito o Homem--Aranha enquanto eles estacionam. Quando nos aproximamos do Quickstop, vejo Lorraine Daniels sentada no muro baixo da frente da loja com uma galera que não conheço. Estou meio eufórica e um pouco agitada com a carga social recém-descoberta e aceno para ela. Ela fica surpresa, e depois Quinn me arrasta consigo.

Ele demora uma eternidade, sentado de pernas cruzadas na frente dos biscoitos salgados. Ele tira sarro de cada um: churrasco é coisa de piranha, Lay's original obviamente é para virgens, Cheetos é coisa do esquisito que não toma banho, Fritos para pessoas que batem palmas quando os aviões pousam.

— Vem! — grita Hollis do caixa, acenando para mim.

Quinn se levanta e fica brincando com a barra da minha saia. De repente, é como se estivéssemos ali sozinhos. As pontas dos dedos dele param acima do meu joelho, me tocando de leve. Me obrigo a não desviar o olhar primeiro.

— GENTE! — chama Hollis outra vez.

Quinn fica de pé sem descruzar os tornozelos, desenvolto e fluido, e pega um enorme saco de Lay's.

— Vou cumprimentar minha amiga lá fora — digo enquanto ele se junta à fila do caixa lotado.

Lorraine não ergue a cabeça até eu estar parada na sua frente.

— Oi — falo.

Ela está fumando um cigarro.

— Oi.

Lorraine me oferece um trago.

— Não, valeu.

— Bom pra você, eu acho — diz ela.

— Ah, sem julgamentos, eu só nunca fumei antes.

— Estava falando da sua ascensão.

Encaro seu rosto.

— Você conseguiu o que sempre quis.

— Como é que é?

— Está se pegando com aquele lá, né?

Quinn sai da loja balançando as batatinhas e um fardo de cerveja com orgulho evidente.

Fico olhando para Lorraine.

— Só vim te cumprimentar.

— Certo.

Ela se vira para o garoto à sua esquerda, que ficou olhando para a placa néon brilhante com a boca aberta ao longo de toda a nossa interação, e pede outro cigarro para ele. Alguém buzina para mim.

— O nome dele é Quinn — digo, olhando para os sapatos dela.

— Eu sei.

— Então por que está fingindo não saber?

Viro para ir embora antes que ela responda, bem dramática e um pouco constrangida. Sento no jipe dos meninos com Quinn. O mundo ruge enquanto voamos pela rua, o sol da tarde tornando tudo ao redor oblíquo e dourado. Passamos por uma lombada rápido demais, e um dos garotos que está atrás derruba o milk-shake de chocolate dele em mim por acidente. É o tipo de bagunça que acontece sempre, acho, com todo mundo perto demais. Alguém sempre derruba alguma coisa. Lambo o dedo e o gosto é delicioso.

Quando chegamos na casa de Ruby, ela e Hollis me levam para o andar de cima depressa e tiram minha camisa branca manchada de chocolate. Sento na cama e cruzo os braços sobre a barriga, então Ruby se aproxima com uma toalhinha molhada e começa a limpar o milk-shake do meu pescoço e da minha clavícula. O gesto é tão gentil, e a expressão em seu rosto, tão doce e concentrada, que descruzo os braços sem pensar muito. Hollis está vasculhando os vestidos do armário de Ruby.

— Não exagerem, por favor — digo.

Alguém no andar debaixo grita, dizendo que não consegue abrir o armário de bebidas, então Ruby desce e Hollis se vira para mim, segurando um pequeno tecido azul-claro.

— Muito engraçado — digo.

— Não estou brincando.

— Se eu usar isso, todo mundo vai rir da minha cara.

Hollis ergue as sobrancelhas.

— O que foi? — pergunto.

— Você é a gênia mais besta que já conheci.

De repente, fico infeliz e com saudade da minha casa — estou a menos de dez minutos do meu quarto, e isso andando. Mas estou pelada, grudenta e totalmente à mercê da pessoa mais aterrorizante que já conheci, Caplan está sabe-se lá onde e Quinn está no andar de baixo, provavelmente torcendo para que eu beba mais e me sente no seu colo de novo. Tudo que eu quero é ir para casa, mas não consigo me levantar, porque não estou vestindo nada e essas duas coisas estão conectadas, por algum motivo. Além disso, talvez eu comece a chorar se fizer movimentos repentinos.

— Ah, meu Deus, não precisa fazer essa cara — diz Hollis. — Vem cá, só experimenta, e se você se olhar no espelho e detestar, claro que não vou te obrigar a descer assim. Ninguém vai ver, nem eu. Vou fechar os olhos.

— Mas eu já sei que vou detestar.

— Então por que está com medo de experimentar?

Pego o vestido e me viro para o outro lado.

— E aí? Qual era o problema daquela garota do lado de fora do Quickstop?

— Você ouviu a nossa conversa? — pergunto, me atrapalhando com as alças.

— Só entre dentro do vestido. Não ouvi, mas ela revirou os olhos pra você, sei lá, umas quatro vezes.

— É uma amiga da escola. Ou melhor, acho que é só uma colega. Ela estava me sacaneando por estar andando com vocês.

Acho que digo isso porque quero ser cruel. Estou brava e me sentindo humilhada por Hollis estar brincando de boneca comigo.

Ela apenas bufa.

— Vingança das nerds — diz ela. E depois: — Sinto muito por você ter que lidar com isso. Isso é tipo... difamação social. As pessoas só falam essas coisas se você as ofender ou se elas estiverem com inveja. Você ofendeu ela?

— Não que eu me lembre.

— Exatamente. Então não deixe que ela estrague o seu dia.

— Se é assim, por que você sempre falou coisas ruins pra mim? Fico imóvel, perplexa comigo mesma. Será que é possível ficar bêbada com apenas uma latinha ou uma gota de atenção? Ela coloca as mãos nos meus ombros, e eu me encolho. Depois me vira para que eu possa me ver no espelho.

— Fala sério, Mina. O que você acha?

15

Caplan

Quando finalmente saio da detenção, nem me dou ao trabalho de ir para casa deixar as minhas coisas ou pegar o meu carro. Vou direto para a casa de Ruby e disparo nos últimos quarteirões, com a mochila sacolejando, o que me dá um ar de bobo. Estou convencido de que se deixar Mina sozinha com Hollis, ela vai arranjar um casamento para Mina e Quinn antes que eles consigam dizer "Aceito". Só que a corrida é um erro, porque chego todo suado e com uma sensação que não consigo identificar bem.

Todo mundo está amontoado na sala em volta de três caixas de pizza presas com fita adesiva e cobertas com anotações em canetinha, com nomes e desafios, e meu coração dispara. A última coisa de que esse sonho febril precisa é de um desafio de "Tire uma peça de roupa". Não vejo Mina nem Hollis em lugar algum e estou prestes a ir procurá-las quando Quinn me vê. Todo mundo se vira para me olhar, e logo estou virando uma cerveja com a mochila idiota ainda nas costas.

Já estou na terceira cerveja quando Quinn solta um uivo digno de um lobo. Ergo a cabeça e vejo Hollis descendo as escadas com uma pessoa que nunca vi antes, alguém que não posso ter passado a maior parte do tempo nos últimos anos. Ela está usando um vestido azul-claro de costas nuas e seu cabelo está preso, com algumas mechas soltas em torno do rosto. Ela olha para mim e dá de ombros, o movimento faz o vestido subir e descer, e depois encontra Quinn na base da escada. Ele estende a mão para ela, e eu fecho os olhos.

— Por que você está de mochila?

— Quê?

Hollis tira a mochila das minhas costas.

— Ah, é, obrigado.

— Não se preocupe com ela — diz Hollis, seguindo meu olhar. — Ela está bem, sério. Parece que ela está se divertindo. Mina ainda está falando com Quinn. Seus braços estão relaxados e suas mãos abertas para ele.

— Olha a postura dela. Parece outra pessoa. É o poder de um bom vestido.

— Ah — falo. — É, acho que garotos não prestam atenção nessas coisas.

Vou até a cozinha, que felizmente está vazia. Abro a torneira e coloco o pulso debaixo da água fria. Foi a Mina que me ensinou esse truque para lidar com o pânico e o enjoo. Torço para ficar doente. Torço para pegar uma gripe, porque assim tudo isso teria explicação. Na verdade, torço para que algo esteja muito errado comigo e eu precise ir para o hospital, porque daí não teria que pensar no que tenho que fazer. Viro os pulsos.

— Oi!

Dou um pulo de susto e me deparo com Mina se aproximando de mim feito uma patinadora artística.

— A torneira ficou aberta — diz ela.

— Ah, é! — Fecho e seco as mãos nos shorts.

De perto, ela se parece mais com a Mina que conheço, mas também não se parece. Suas sardas estão aparentes, e seus lábios, rachados, mas seus olhos brilham e suas bochechas estão coradas.

— E aí, está se divertindo? — pergunto.

UM VERÃO PARA SEMPRE **145**

— Até que sim. — Ela começa a andar pela cozinha. — É meio patético porque estamos só no ensino médio e nenhuma dessas coisas importa de verdade e isso não podia ser mais trivial...

— Sabe, não é sua culpa você estar no ensino médio. Você ainda pode curtir o momento às vezes. O que significa *trivial* mesmo?

— Isso, exatamente! É como me sinto. Pela primeira vez, estou curtindo o momento, depois de tanto tempo. É como se... eu tivesse tomado tanto cuidado pra me manter firme e me protegido tanto que sempre achei que tudo explodiria, caso eu respirasse fundo demais. Mas é como se ele tivesse encontrado uma brecha e agora está tudo desmoronando, mas não tem nada explodindo, e eu só... — Ela coloca as mãos no coração e olha para baixo, surpresa por encontrá-las ali, e então levanta os braços. Quando eles voltam para baixo, ela está sorrindo para o nada. — Estou respirando.

— Bem... — digo. — Isso me parece ótimo. Respirar é bom, né?

— É. E *trivial* significa, tipo, desimportante e comum.

— Hum. Você é o oposto de trivial, então. Assim como todas as coisas que você faz e diz. E sente.

— Por que você está me olhando assim? Estou ridícula com essa roupa? — Ela cruza os braços na frente do peito.

— Não, não, não faça isso — digo, puxando seus braços para baixo.

Eles ficam pendendo aos lados do seu corpo, mas Mina une os indicadores na frente do corpo.

— Você ainda está cruzando.

— Não estou.

De repente, sua boca se abre em choque:

— Você está mesmo agindo como um garoto? — pergunta ela.

— Hã?

— Por acaso você está me olhando desse jeito porque pode, sei lá, ver meus braços?

Não consigo pensar em nada para responder. Ela dá uma risada, e eu tento descobrir uma forma de retomar o controle da conversa. Trazer as coisas de volta para algo que eu entenda.

— Estou decepcionada — diz ela. — É só um pouco de pele, sabe?

— Bem... — digo, estendendo a mão e empurrando o pano de prato para a frente e para trás no suporte em busca de algo para fazer. — Acho que seus braços estão bonitos. O que tem de errado nisso?

— Bonitos?

— É, não sei, fortes?

— Ah, meu Deus...

— Bem, foi mal, mas acabou de rolar um momento digno de Hermione-nas-escadas-do-baile ali. Não aja como se não soubesse disso! — Eu meio que grito.

— Ah, eu detesto essa cena.

— Sério? Não sabia.

— Quer dizer, claro que é uma cena icônica — diz Mina, pegando o pano de prato da minha mão e dobrando-o com esmero. — Mas no filme tem aquela coisa estranha do Harry ficar olhando pra ela. O Harry do livro nunca olharia para a Hermione daquele jeito. A cena ganhou contornos totalmente hollywoodianos e desvaloriza a simplicidade e a força da amizade deles.

— Ué! Não pode ser os dois?

— Como assim?

— Tipo, ele não pode ser o melhor amigo dela e também olhar pra ela e perceber que ela é muito linda?

— Sim, claro. Ei, você está bem?

Esfrego as mãos no rosto.

— Sim. Eu só... acho que estou com uma febre ou algo assim.

— Febre? — Mina tenta tocar minha testa, e eu me afasto.

— É, ou alguma lesão cerebral...

— Caplan?

— Eu estou com saudades de você... mas não de um jeito estranho.

—Ah. — Sua expressão suaviza e ela diz: — Eu também.

— TODO MUNDO NA SALA AGORA! — grita Hollis ao que parece um universo de distância.

— Você acha que a gente pode voltar pra casa juntos hoje? Só a gente?

— Claro, mas você tem certeza que...

— Sim, estou totalmente bem, eu só quero... hum, é, só quero conversar com você sobre algumas coisas.

— Que coisas?

— Nada de importante...

— Se não é importante, por que não fala logo agora?

— GENTE! — grita Hollis da porta.

Quinn se enfia debaixo do braço dela.

—A mestra de cerimônias é impaciente — diz ele.

Hollis dá uma cotovelada na barriga dele e nos chama de novo.

Sinto Mina me encarando, mas vou atrás de Hollis e Quinn sem falar mais nada.

Nós nos sentamos em roda ao redor das caixas de pizza. Todos fazem um gesto exagerado para Mina adicionar seu nome no espacinho que resta, esmagado pelo meu. Temo que a coisa toda seja um pouco condescendente e lembre uma espécie de seita, mas ela não parece se importar. Então Hollis pega a caneta e desenha um círculo em volta do nome de Mina e do meu.

— Toda vez que a moeda cair no nome da Mina, Cap também precisa beber.

Há um rugido de aprovação.

— Não precisa beber se não quiser — falo baixinho para Mina, mas ela não está nem me ouvindo.

Ruby joga primeiro, e sua moeda cai em "Faça uma *lap dance* para alguém". Ela escolhe a Mina, claro, que cobre os olhos, mas dá risada de um jeito nada típico.

Uma vez, na aula de Educação Física do oitavo ano, tivemos que aprender a dançar quadrilha. Foi um pesadelo para todo mundo, pois fomos obrigados a formar duplas contra a nossa vontade para dançar de braços dados. Lembro que Mina ficou com Jim Ferraby, que era muito quietinho, nerd também e nada ameaçador. Mas quando ele tentou tocar seu cotovelo para fazer um passo, ela empalideceu tanto que ficou até cinza, e começou a suar sem parar. Cinco minutos depois, ela pediu para ir ao banheiro. Mina seguiu para a porta com uma expressão séria e passinhos determinados, mas, antes de atravessar o batente, vi que ela estava se preparando para correr. Depois disso, ela foi dispensada da aula de Educação Física com um bilhete dizendo que ela tinha ansiedade. Lembro das outras garotas dizendo que era porque ela ficava estranha com os shorts que as meninas tinham que usar. Não lembro se ela ficou sabendo disso. Também não me lembro se a defendi.

Ruby tira o suéter e o pendura no pescoço de Mina enquanto se inclina para trás. Mina estende a mão para apoiar as costas de Ruby para ela não cair. Quando Ruby se ergue, elas ficam cara a cara e dão tanta risada que não conseguem mais continuar.

Depois fazemos o que chamamos de cachoeira, ou seja, todos bebem em cascata. Deixo escorrer um pouco de cerveja no queixo. Quando chega a vez de Quinn de jogar, ele trapaceia e coloca a moeda bem em cima do nome de Mina. Todo mundo acha fofo. Antes de nós dois bebermos, ela encosta seu drinque em lata na minha cerveja, em um brinde. Mina me olha nos olhos e depois volta a atenção para o jogo como se não fosse nada.

Noah tem que assistir a um filme pornô com fones de ouvido e narrar a cena em voz alta. Becca cai em "Mensagem ou *shot*", e escolhe mandar uma mensagem para o seu tutor do vestibular: "E aí, papi?". E depois vira um *shot* só para tirar onda, acho.

Hollis tem que tirar a camiseta. Então, é a vez de Mina, e ficamos naquele jogo doentio de girar a garrafa. Tenho aquela sensação ruim de novo enquanto a garrafa vazia de vinho gira sem parar, como se algo imenso estivesse tentando escapar do meu peito. Eu me dou conta de que não sei se preferia vê-la beijar Quinn ou eu ter que beijá-la, então a garrafa cai decididamente em Jamie, que não tem muita personalidade nem qualquer participação no derrame prolongado que estou tendo. Ele deve ser a pessoa menos relevante nessa festa. Bom para ele. Digo a mim mesmo que não estamos em um filme. É só a minha vida, uma sexta à noite comum e uma brincadeirinha com bebidas. Não tenho muito o que perder.

Mina ergue as sobrancelhas para Quinn, e ele assente, como quem diz que não tem problema. Quinn sempre foi um bom jogador. Mina atravessa a roda engatinhando e dá um selinho no tal do Jamie tão rápido que perco a cena. Depois eles dão um *high five*, como se fossem velhos amigos. A sensação no meu peito piora, e sinto que a única coisa que me resta a fazer é pegar a mão de Mina, arrastá-la para fora, descer a rua para longe e apenas desabafar. Contar tudo o que sinto, como se ela não estivesse envolvida, como se tudo tivesse voltado ao normal, como se eu tivesse discutido com Hollis, tirado uma nota ruim em uma prova, ou feito uma ligação para o meu pai que caiu direto na caixa postal. Mina conseguiria fazer tudo ficar bem só com suas expressões e as coisas que ela me diria.

— Caplan?

Olho para Hollis.

— É a sua vez — diz ela, irritada.

Não sei o que é que posso ter feito de errado agora, já que não falei nada para ela a noite toda. Então algo parece se encaixar e percebo que deve ser exatamente por isso que ela está com raiva. Tento sorrir, mas meu rosto não está funcionando direito. Jogo a moeda para o alto sem olhar para baixo. Ela para no meio da grande estrela que contém duas letras: JJ.

— REGRA JACKIE JENESSEN!

— UHUUUU!

Quinn batuca no tapete e até Hollis bate palmas, deixando de lado seu mau humor.

— O que é "JJ"? — pergunta Mina.

— É minha regra favorita — fala Hollis, seu tom de voz mais alto que todos.

— Sim, porque você é uma sadista — digo.

— É assim, todo mundo fecha os olhos, Cap fica no meio da roda e, sem nenhuma ordem específica, ele precisa beijar a pessoa que acha mais atraente, a que ele acha que se sente mais atraída por ele e a que menos conhece — explica Hollis.

— A pessoa que ele acha...

— Quem ele quer, quem acha que quer ele e quem ele não conhece direito.

— Saquei. Maquiavélico.

— É engenhoso. Jackie Jenessen estava no último ano quando a gente estava no sétimo. Elu é uma inspiração.

— Elu tem, tipo, uns dez mil seguidores no Instagram agora — diz Ruby, tentando mostrar a tela do seu celular para Mina.

— BELEZA! — Fico de pé. — Vamos acabar logo com isso.

Quinn cobre os olhos com as mãos, mas seus dedos estão separados. Dou um chute nele, e ele fecha os olhos. Fico sozinho no meio da roda. De repente, me sinto melhor. Solitário. Termino a cerveja.

— Caplan sempre demora — conta Hollis para Mina. — É sua pequena rebelião.

Hollis está de olhos fechados e a cabeça inclinada, com o queixo para cima. Ela abre um sorrisinho e espera.

Dou uma volta no círculo, perdendo um pouco o equilíbrio. Pego a cerveja de Quinn e também a viro. Depois devolvo a latinha para ele.

— Vai logo, Cap.

UM VERÃO PARA SEMPRE **151**

Geralmente, quando jogamos, só dou um beijo em Hollis e me sento, já que ninguém saberia se cumpri as regras mesmo. Viro-me para observá-la. Não sabia que era possível revirar os olhos com eles fechados, mas é o que ela faz. Abaixo-me um pouco e encosto a testa na dela para não a assustar. Ela ergue a cabeça para me beijar e coloca a mão no meu rosto, mas as minhas mãos estão cerradas na minha frente, apoiadas no chão. Sento-me nos calcanhares. Mina está ao lado dela de olhos fechados, tranquila. Segurando a barra do vestido. Alguém passou algo branco e brilhante nas suas pálpebras. Parecem caquinhos de vidro. Me inclino um pouco para ver melhor. Percebo que não é branco, mas azul-claro como seus olhos. Ela coça o nariz distraidamente. Estico a mão sem pensar e toco o local que ela encostou. Ela abre os olhos. Abre a boca, surpresa. E como um ímã, como a regra de que tudo o que sobe tem que descer, e como se aquela fosse a coisa mais fácil que já fiz, eu me inclino em direção a ela.

16
Mina

Pela primeira vez na vida, minha mente se esvazia. Caplan está me beijando. Estou beijando Caplan.

17

Caplan

Eu me afasto. Mina está me encarando, perplexa. Sua boca ainda está aberta. Então, ela ergue o queixo como se fosse dizer algo, e não consigo evitar lhe dar outro beijo.

— Que porra é essa?

Nós nos separamos.

Hollis está nos encarando. Todo mundo está.

— Que porra é essa? — repete Hollis.

Minha mente não está funcionando como deveria. Ainda estou segurando o pulso de Mina. Ela se livra dos meus dedos e recua. Suas mãos estão tremendo. Não sei para onde olhar. Alguém solta uma risada nervosa. Hollis se levanta, me encarando. Tento dizer alguma coisa e não sai nada. Ela pega a camisa que tinha tirado mais cedo e sai, batendo a porta da frente.

— Puta merda — diz um dos caras.

— O que aconteceu? Meus olhos estavam fechados.

— Caplan! Caplan, vamos.

Alguém está me levantando, me segurando debaixo dos braços. É o Quinn.

— Você precisa ir atrás dela — fala ele, me empurrando para a porta.

Tento olhar para Mina, mas ela está com o olhar fixo em um ponto do tapete.

A porta bate com tudo atrás de mim.

— HOLLIS!

Ela não para.

— Hollis, por favor. Espera.

— Espera? — pergunta ela, sem se virar. — Esperar o quê?

— Por favor!

Saio correndo e ela continua andando, então a alcanço com facilidade. Tento tocar seu braço, mas ela se esquiva.

— Por favor, espere.

— Pelo que estou esperando?

Ela se vira tão rápido que quase nos trombamos. Ela está chorando. Não do jeito de sempre. Seu rosto está todo contorcido e com uma mágoa nítida, que ela se esforça para se conter.

— Eu sinto muito.

— Você sente muito.

— É...

— Sente muito pelo quê?

— Por ter beijado a Mina?

— Por quê? — diz ela, se soltando. — Era só uma brincadeira. Não é importante.

— Mas você está chateada.

Ela se vira de novo.

— Hollis, por favor...

— Não, *eu* é quem digo por favor.

Agora ela está chorando pra valer. Seu peito sobe depressa. Minha cabeça está girando e sinto que tudo está voando ao meu redor, feito um desastre em uma história em quadrinhos, ou como o tornado que arrasta todos para Oz. Tento abraçá-la e Hollis parece se entregar por um segundo, mas depois me empurra para trás.

— Estou cansada — fala. — Como é que você não se cansa?

— Do quê?

— Estou cansada de você — fala ela, bem devagar.

Não consigo pensar em nada para dizer. Ficamos nos encarando por um longo tempo. Quero reduzir o espaço entre nós, mas não sei como.

UM VERÃO PARA SEMPRE 155

— Aquilo foi humilhante.

— Eu sinto muito. — Arrisco de novo.

— Sente pelo quê? Fale a verdade. Sente muito pelo quê?

— Eu não... não sei o que você quer dizer.

— Você me ama?

— Eu... hum, você sabe que eu tenho, tipo, problemas com... Que merda, Hollis, eu... eu amo a minha mãe e acho que só, mas isso não significa que não... sabe... você é... a pessoa mais...

— Você ama a Mina?

Todos os meus órgãos parecem se contrair. Hollis fica esperando. *Não, penso, claro que não. Não amo a Mina. Ninguém disse nada sobre amor.* Mas as palavras não saem.

— Certo. Beleza. Tudo bem.

Ela não parece mais estar brava, mas a nova expressão em seu rosto me assusta. Ela me abraça. Abraço-a o mais forte que consigo. Do nada, como se estivesse em um pesadelo, percebo que também vou chorar.

— Estamos terminando, está bem? — fala ela, ainda me abraçando.

Não digo nada, porque não sei como minha voz vai sair. Ela recua.

— Pensei que eu tivesse mais tempo, sabe? — fala ela, rindo um pouco, apertando as palmas das mãos nos olhos. — Não muito, mas... pensei que você fosse perceber só com uns vinte e cinco anos, pelo menos.

— Perceber o quê?

Ela me olha como se tivesse pena de mim, e acho que só então percebe que também estou chorando. Ela abaixa a cabeça por um instante. Nunca chorei na frente de Hollis. Na verdade, nunca chorei na frente de ninguém. Ela estica o braço como se fosse tocar meu rosto e logo o abaixa.

— Você tem que me deixar ir agora — fala ela, olhando para o chão escuro entre nós. — Está bem?

— Está bem — digo.

— Eu vou te perdoar. Em algum momento. Porque... bem, só pra constar, eu te amei. Com todas as minhas forças. Só não te disse porque acho que você não aguentaria.

Então ela sai andando.

Fico ali parado, esperando, certo de que ela vai parar na esquina, porque ela sempre faz isso quando brigamos. Então vou poder ir atrás dela, porque é assim que as coisas funcionam. Ou, pelo menos, acho que ela vai se virar uma última vez para se despedir.

Mas Hollis não se vira. Ela entra à esquerda e desaparece.

A casa dela é descendo a Brighton. Ela não precisava entrar ali.

É quando eu entendo.

18

Mina

Espero até a porta se fechar atrás de Caplan para soltar o ar. Sei que todo mundo ainda está olhando para mim. Eu me viro e vejo o rosto de Ruby em uma expressão ridícula de perplexidade, digna de desenho animado. Ela fecha a boca depressa.

— Caramba, que drama — fala Quinn de algum lugar atrás de mim.

As pessoas dão risada e o ar volta a circular pela sala. Alguém sugere sem muito entusiasmo que continuemos o jogo. Não sei se as pessoas querem mesmo isso. A música volta a tocar. Sinto o mundo se mover ao meu redor em estranhos borrões de cor. Percebo que sou a única ainda sentada no chão em uma roda que não existe mais, então me levanto.

— Você está bem? — pergunta Quinn.

— Com certeza — digo.

— Aquilo foi intenso — declara ele.

Dou de ombros.

Ele joga a cabeça para trás e dá uma risada.

— Toda vez que acho que você vai fazer uma coisa, você vai lá e faz o oposto.

Sorrio.

— Está vendo? — diz ele.

— Não curti muito esse jogo.

— Justo. Quer ir pra algum lugar mais reservado?

Tento erguer só uma sobrancelha como Hollis faz, mas tenho certeza de que ergo as duas sem querer.

— Não pra isso — diz ele. — Só quis dizer que posso te acompanhar até sua casa. Ou você prefere ficar?

— Não, vamos embora. A não ser que você queira ir pra outra festa.

Ele bufa de modo zombeteiro e segue na frente. Paramos na porta. Quinn a abre e olha para os lados.

— É, parece que os dois já foram. Mas podemos pegar a rua Huron em vez da Brighton, só pra garantir.

Caminhamos em silêncio por um tempo.

— Beleza — começa ele. — Me conta o que você está pensando. Ou vou tentar adivinhar e errar.

Pego sua mão. Vejo a covinha dele com o canto do olho e o azul-marinho da noite.

— Sinto muito por você ter tido que ver aquilo — digo.

— Eu não vi. Meus olhos estavam fechados. Teve algo de importante pra ver?

— Não exatamente. Ele me pegou de surpresa.

— Pois é — diz ele. — Não brinca.

— Como assim?

— A sua cara!

Tento afastar a mão da dele, mas ele agarra a minha novamente logo em seguida.

— Foi mesmo a primeira vez que vocês se beijaram? Tipo…

— Sim, com certeza.

Ele ainda está meio que rindo.

— Não faço ideia de por que ele fez aquilo — digo.

— Ah, fala sério. — Ele levanta minha mão por cima da cabeça e me gira. — Eu sei por quê.

— Cala a boca.

— Cala a boca você.

— Cala a boca você.

Caminhamos alegremente. Ele, pelo menos, parece alegre. Sinto algo estranho, como quando saio de casa e acho que esqueci alguma coisa, mas não consigo me lembrar o quê.

— Você não tem que dar aula hoje?

— Arranjei alguém pra me cobrir.

— Ah, por quê?

Ele aperta minha mão.

— Não se faça de boba, nerd.

— Não acredito que você disse "Quer ir pra algum lugar mais reservado?".

— Merda, esquece isso, por favor.

— Não vou esquecer — digo, balançando nossas mãos feito um metrônomo.

— Você sabe o que eu quis dizer.

— Não sei.

— Tipo, eu não estou querendo te levar pra casa e te encher de vinho pra te comer depois ou...

— Não?

Nossas mãos ficam imóveis. O sorrisinho desaparece do rosto dele.

— Tudo bem se você não quiser — digo, com uma vozinha baixa que detesto.

— Não, tipo, bem, eu só... Você quer? — pergunta, olhando para a frente.

Eu me preparo para a enxurrada de perguntas e hipóteses que surgem dentro de mim. Vai acontecer, mais cedo ou mais tarde. É melhor que seja mais cedo, com Quinn. Melhor do que com algum estranho no ano que vem, na universidade. Melhor do que com Caplan.

Fico surpresa com esse pensamento e permaneço em silêncio. Meu cérebro se desdobra em caminhos diferentes, seguindo em dez direções, algumas voltando no tempo, outras subindo para as nuvens, outras dando voltas por um mundo imaginado onde transar com Caplan é uma opção. Percebo que Quinn está vários passos na minha frente, me olhando, esperando. Pisando no chão, no mundo real. Ali na calçada comigo.

— Quero — digo. — Acho que sim.

Ele me encara por um instante.

— Você já, sabe como é... fez antes?

Retorno a caminhada.

— Hum. Não. Quero dizer, não, não pra valer.

— Ah?

— Não — falo, com firmeza. — Ainda não. Você já, pelo visto.

— Certo, beleza. Sim, eu já. Tipo, não com muitas pessoas nem nada disso... só, sabe como é, com um número normal...

— Não precisa se explicar. Não ligo que você já tenha feito. Provavelmente é bom. Desse jeito, pelo menos um de nós vai saber o que fazer.

— Claro — concorda ele, parando de caminhar.

Percebo de repente que estamos na frente da minha casa. Olho em volta, mas Caplan e Hollis não estão em lugar algum.

— Você quis dizer, tipo, hoje? Tipo... agora? — pergunta ele.

— Ah, não sei onde a gente... minha mãe deve estar acordada, então...

— Certo, beleza — diz, um pouco aliviado. — Mas na hora que for bom, eu topo.

— Você quer mesmo?

— Mina — diz ele, balançando a cabeça e colocando as mãos no rosto. — Claro que sim — fala entre os dedos.

— Legal — digo.

— Legal?

— Maravilha. Ótimo. Tipo, em breve?

— É — responde ele. — Não é nada de mais, mas também deveria ser especial. Pra você.

— Ah, para com isso.

— A gente podia até... bem, é, ótimo.

— Podia até o quê?

— Deixa pra lá.

— Não, me fala.

— Você vai rir de mim — diz ele.

— Prometo que não vou rir.

— Podia ser, tipo, no dia do baile.

Ficamos nos encarando por um tempo.

— Você está tentando não rir — acusa ele.

— Não, não estou. Tudo bem, talvez um pouquinho. Mas você sempre me faz rir, então não é justo.

— Te falei que era bobeira — diz.

— Não. É um clássico.

— É bobeira.

— Clássicos são clássicos por um motivo.

Ficamos ali, no escuro. Olho para ele, para as feições do seu rosto agora com sombras, para seus ombros tensos, e penso, sem saber a razão, em mim explicando o significado da palavra *trivial* para Caplan. Lembro dele falando que não era minha culpa estarmos no ensino médio.

— Vamos — solto.

Ele ergue as sobrancelhas.

— Para onde?

— Não. *Fazer aquilo.*

— Ah, meu Deus.

— A gente vai *fazer aquilo.*

— Sim, a gente vai, literalmente.

— Na noite do baile!

Ele ergue os punhos no ar.

— Talvez! — acrescento.

— Beleza, talvez!

Ele me oferece a mão para selar o acordo. Ficamos ali sacodindo as mãos, e ele não me solta. E logo estamos de mãos dadas de novo. Percebemos na mesma hora alguém virando a esquina, uma figura alta e serpenteante descendo a rua Corey.

— A gente devia…

— Ir, é mesmo — concorda ele. — Na verdade, pode ir, eu vou ficar aqui mais um pouquinho.

Sigo até a porta mais rápido do que gostaria. Fecho-a, torcendo para que minha mãe esteja em um sono profundo e medicado.

Meu quarto está gelado e bagunçado. Deixei a janela aberta, as roupas espalhadas pela cama e a colcha no chão. É a primeira vez na vida que não tenho horas para preencher, um tempo infinito para limpar, organizar e manter cada coisa em seu lugar. Passei a vida toda ouvindo as provocações de Caplan, dizendo que eu era certinha demais, mas ver agora o quarto bagunçado me dá um prazer estranho. Parece o quarto de uma pessoa ocupada, que está sempre indo e vindo. Deito-me em cima das roupas e tento me imaginar transando com Quinn. É mais do que eu esperava — transar de um jeito normal pelo menos uma vez antes de ir para a faculdade. E até agora os beijos têm sido legais.

Caplan me beijou.

Por que o Caplan me beijou?

Viro de barriga para baixo e pressiono o rosto no colchão. Não é como se eu pudesse comparar os beijos. Caplan me surpreendeu, então não tive tempo de pensar. Quando beijo Quinn, definitivamente passo o tempo todo pensando "Será que estou fazendo a coisa certa? Será que está bom?". Mas eu podia estar pensando em coisas bem piores. Com uma onda de pavor, lembro que preciso arranjar um vestido para o baile. Será que Caplan me beijou só para seguir as regras do jogo? Mas qual regra se aplicava a mim? Não sou a pessoa que ele menos conhece. Não sou a pessoa por quem ele mais sente atração. Então só poderia ser a pessoa que ele acha que sente atração por ele. Um sofrimento antigo e familiar me domina. Ele sabe, é claro que sabe, todo mundo sabe. Mas ele me beijou duas vezes, lembro. Tenho certeza de que foram duas vezes.

UM VERÃO PARA SEMPRE **163**

Será que sou a pessoa que Caplan acha que se sente mais atraída por ele *e* por quem ele se sente mais atraído? Ou será que sou a pessoa que ele menos conhece? Claro que não. Nós nos conhecemos melhor do que ninguém. Será mesmo? Estou deitada aqui me perguntando sem parar por que ele fez isso e o que estava tentando me dizer. Não houve uma época em que eu simplesmente saberia? E desde quando existe algo que eu não possa perguntar para ele? Estremeço quando uma brisa sopra as cortinas. Talvez o segundo beijo não fosse parte do jogo. Talvez ele só quisesse fazer isso. Fecho a janela e congelo quando ouço suas vozes flutuando até mim.

19

Caplan

Não me recordo do momento em que decidi ir para casa. Só deixo meus pés fazerem seu trabalho. Hollis costumava dizer que eu era tipo um personagem de videogame, com vidas infinitas, que voltava para o mesmo lugar depois de perder. Então eu estava novinho em folha, pronto para a próxima rodada, invencível. Não importa quão bêbado eu fique, sempre encontro o caminho de casa.

Enquanto viro a esquina, percebo que provavelmente só cheguei em casa todas aquelas vezes por causa de Hollis. Também percebo que já estou na minha rua.

— Cap?

É Quinn, parado debaixo do poste na frente da casa de Mina. Por algum motivo, acho que ele vai vir até mim, mas não se move. Apenas coloca as mãos nos bolsos e espera.

— Oi — cumprimenta ele quando me aproximo.

— Oi.

— Hollis ficou bem?

— A gente terminou.

— Ah. — Ele me encara. — Você está bem?

— Sim.

— Hum, você parece péssimo.

— Engraçado. Porque me sinto ótimo.

— Logo, logo vocês voltam — diz ele.

— É. Sei lá.

— No máximo até o baile. Aposto vinte contos.

— Vai perder dinheiro.

— Aposto que vocês... Se vocês não dançarem juntos no baile, vou sem roupa debaixo da beca de formatura.

— Sem calça? Sem cueca?

— Com cueca, sem a calça.

Apertamos as mãos em um cumprimento.

— E aí, o que aconteceu? — pergunta ele.

— Pra gente terminar?

— Pra você beijar a Mina daquele jeito na frente de todo mundo.

— Não faço ideia.

— Sério?

Suas mãos ainda estão nos bolsos e seu tom é despreocupado, mas ele me olha com atenção.

— Porque, sabe, eu falei com você antes porque tinha a impressão de que você talvez... Sabe como é.

— Talvez o quê?

Quinn suspira.

Meu coração está batendo rápido e nem sei por quê.

— Se for isso, é só me falar. Pode me contar que eu vou deixar tudo pra lá.

Do nada, como um vislumbre de uma foto antiga na minha mente, surge uma imagem: Mina na cozinha, gritando com um braço para cima, explodindo de alegria, falando sobre encontrar uma brecha, sobre respirar fundo, e sobre Quinn.

— Você não acha que talvez... goste dela, né? — pergunta ele.

— Não.

— Não acha ou não gosta?

— Não gosto — digo.

— Então por que você deu um beijo nela?

Dou de ombros. Queria que ele só aceitasse a resposta que eu já dei e me deixasse em paz.

— Sei lá. Por que é que a gente faz qualquer coisa?

— Do que é que você está falando, Cap?

— Está bem, eu estava sendo cuzão. Talvez eu tenha ficado com um pouquinho de ciúmes. Não me orgulho disso. Mas é só. Não penso na Mina desse jeito. Não de verdade. Eu... É isso. Nunca pensei.

— Tem certeza?

— Tenho.

Ele assente.

— Foi mal por ter feito aquilo.

— Acontece. Eu beijei a Ruby na festa de Halloween do sexto ano.

— Quando eu estava namorando com ela?

— Bem, vocês tinham terminado aquele dia.

— Nunca soube disso.

— Eu errei quando fui beijar a boca dela — diz. — Fui com muita sede ao pote. Mas o ponto é que eu tentei.

Ele me dá um tapinha nas costas e desce a rua, dando um saltinho na esquina, e não consigo evitar uma risada.

Naquela noite, tenho sonhos estranhos. Estou em um ônibus parecido com o que nos levava para o acampamento de futebol. À medida que as pessoas sobem e descem, o ônibus vai diminuindo ou aumentando de tamanho. Tenho a sensação de que estamos viajando pelo país e as pessoas vão saindo uma por uma, estado por estado. Não conheço nenhum dos passageiros, mas me sinto mal toda vez que alguém desce. Eu me pergunto se vou ficar até o ponto final. Talvez não haja nem ponto final e eu fique no ônibus para sempre. Então ouço vozes baixas e calmas. Não consigo escutar o que estão dizendo, mas sei que são da minha mãe e de Mina. Eu me levanto para procurá-las, mas não as encontro em lugar algum. Procuro debaixo dos bancos e por um labirinto de pernas e bagagens. Enquanto procuro, percebo que só posso caminhar para a frente, e não o contrário.

UM VERÃO PARA SEMPRE **167**

Acordo todo suado e inquieto, com a boca seca. Lembro do que aconteceu e viro de lado, para caso eu vomite. Logo o mal--estar passa. Afasto Hollis da mente e me concentro no beijo de Mina, já que essa é a única coisa que pode ser remediada. Eu devia mandar uma mensagem para ela. Aliás, eu devia ir até a porta dela e pedir desculpas. Eu me sento e o quarto se move de maneira assustadora. Vejo a ponta do celular debaixo do moletom. Me parece impossível chegar até ele. Então percebo que Mina na verdade está bem perto, lá embaixo, com minha mãe. Elas estão falando baixinho. Minha mãe está rindo. Tento entender o que estão falando. Minha mãe diz: "Encontrei no bolso dele. Quase foi pra máquina de lavar. Eu também adoro *Chrysanthemum*." Mina lhe agradece.

Quando acordo de novo, a luz está diferente e meu celular está vibrando no chão. Fico encarando o aparelho e considerando voltar a dormir.

Até que minha mãe abre a porta.

— Ei, encrenqueiro.

— Não faça isso — peço. Ela acende as luzes. — AAAArgh.

— Você vai ter que levantar se quiser apagar as luzes de novo.

Ela se aproxima e se senta na ponta da cama.

— E aí, o que a Mina te contou?

— Nada — diz ela. — Ela só me falou pra não te acordar e pra te avisar que ela está indo visitar os avós e não vai poder olhar o celular durante o brunch, sob pena de morte.

Ela me oferece um copo d'água e dois remédios para dor de cabeça. Eu aceito os comprimidos.

— Você devia abrir a janela. Esse lugar está fedendo a desespero.

— Você pode abrir pra mim?

— Levante, querido. Você vai se sentir melhor. Diga oi para a manhã. Ou melhor, a tarde. — Ela para na porta. — Mina também me pediu pra te falar que está tudo bem e que você não precisa se preocupar.

— Hum.

— Quer me contar o que aconteceu?

— Só se você apagar as luzes.

Ela apaga.

— Hollis terminou comigo. Entre outras coisas. É isso.

Ela suspira. Se aproxima outra vez e afasta o cabelo da minha testa. Depois abre a janela.

— Vou pro hospital, tenho plantão duplo hoje. Pode organizar a janta com o Ollie? Chego pro café da manhã.

— Está bem.

— Tome um banho. Dê uma volta.

— Não prometo nada, mas obrigado.

Dou outro gole na água.

— Você voltou na hora que combinamos?

— Desculpa.

— Tudo bem. Um pedido de desculpa resolvido.

— Como é que você sabe que preciso pedir desculpas pra mais alguém?

Ela ergue as mãos. E vai embora, fechando a porta gentilmente.

Quando finalmente me levanto, vejo mais um remédio na bancada ao lado do chuveiro me esperando.

20

Mina

O sol faz meus olhos lacrimejarem no caminho de volta para casa. Os pais do meu pai moram em uma casa geriátrica de repouso chamada Casa do Rio, que parece mais um spa que qualquer outra coisa, em uma cidade chamada Grosse Pointe Shores — esse é o nome mesmo. Só que, para mim, eles parecem fisicamente aptos. E ocupados. Ocupados fisicamente. Pisco diante da luz intensa e ignoro o pavor familiar que a estrada me causa. É engraçado como é possível se acostumar com uma sensação ruim. Como ela se torna sua amiga. Penso em pedir os óculos de sol da minha mãe, já que estou dirigindo, mas não quero ver seu rosto.

Quando chegamos na nossa garagem, vejo Caplan sentado no telhado debaixo da minha janela. Ele acena. Saio do carro sem esperar a minha mãe ou falar com ela, contente com a desculpa.

Caplan olha para mim por cima do ombro enquanto desço do carro. Abre um sorriso tímido. Sento ao seu lado, deixando um pouco de espaço entre nós, mas minhas pernas pendem perto das dele.

— E aí, é verdade?

— O quê? — pergunto.

— Que está tudo bem entre a gente?

Seu cabelo está molhado e escuro. Sinto o cheiro do seu xampu. Ele está usando uma camiseta vermelha de mangas compridas, que estão arregaçadas até os cotovelos.

— Claro — respondo.

— Eu não mereço tanto.

— Pois é, talvez não.

— Olha, Mina...

— Se você começar a pedir desculpas, vou te empurrar daqui.

— Bem, eu te devo uma explicação. Sei que não sou bom nisso, sabe... nesse tipo de conversa...

— Não precisa se explicar. Eu entendo. Vamos combinar de não falar mais sobre isso, está bem?

— Isso é meio que contra o espírito do "nada de nada", não acha?

— Pode me fazer um favor? Deixa pra lá só essa vez. Sei que você também não quer falar sobre isso.

— Beleza.

Ele vira para a casa dele, para o sol, meio ali, meio escondido pelo telhado.

— Sei que você disse que está tudo bem, mas, sei lá, não parece.

— Bom, mas está — digo. — Estou de boa. Talvez você não esteja bem.

Ele me encara com uma expressão magoada e verdadeira.

Engulo em seco, e me obrigo a ficar inexpressiva quando digo:

— Você me beijou e não significou nada pra você, e você está mal por mim. Mas estou te falando que está tudo bem, e é isso. Pronto. Não precisamos discutir.

Fiz questão de chorar ontem à noite para não chorar ao falar isso na frente dele.

Caplan continua me olhando como se estivesse pensando em alguma coisa, tentando descobrir algo.

— Foi mal, mas não quero mais falar sobre isso. Foi um longo dia — digo.

— Como foi o almoço no círculo mais sofisticado do inferno de Satanás?

— Ah, como sempre.

— Você não vai receber dois passes seguidos — fala ele.

Deito e fico olhando para as árvores exuberantes e verdes acima de nós.

— Eles só falaram sobre Yale. E quando eu disse que não tinha certeza se queria ir ou tentei mencionar Michigan, eles riram, como se eu estivesse brincando. Ficaram falando sem parar sobre a neta de um amigo deles que também é caloura. Querem que eu vá para o mesmo dormitório que ela. O nome dela é, sem brincadeira, Arabella van den Gers.

— Nossa, ela parece divertida, hein. O que sua mãe disse?

— Merda nenhuma.

Ele se deita ao meu lado.

— Será que a gente não devia só fugir juntos?

Não falo nada. Se eu esticar os dedos, eles vão tocar alguma parte do corpo dele. Só não sei qual.

— Eles não podem te obrigar a ir pra Yale.

— Eu sei. Mas, quando estava lá, senti que eles podiam. Na verdade, parece que eles sempre puderam. Como se estivesse tudo combinado. Uma hora, minha avó até ficou toda emocionada dizendo que meu pai estaria orgulhoso se soubesse que eu estava seguindo os passos dele.

— O que você disse?

— Nada. Sou igual a minha mãe.

— Não fale assim.

— Nada disso estaria acontecendo se ele estivesse aqui. — Enxugo os olhos, irritada. — Bem, não sabemos nem se isso é verdade.

— Como assim?

— Sei lá. Dizem que as coisas das quais você mais se lembra são as menos precisas. Tipo, toda vez que você revisita uma memória, seu cérebro muda um pouquinho os detalhes. Então todas as minhas lembranças com ele provavelmente já viraram ficção à essa altura. Não faço ideia de como seria se ele estivesse mesmo aqui. Talvez ele me pressionasse pra ir pra Yale mais do que qualquer outro.

— Não consigo imaginar isso — diz ele.

— Como é que você poderia saber? — A frase sai dura demais, mas é verdade. Quero que ele saiba, mesmo que seja ilógico.

— A gente se conheceu, lembra?

— Você viu meu pai uma vez quando tinha sete anos.

— Bem, é verdade. Mas tive uma impressão dele. Uma ideia. Lembro de ver vocês patinando no lago no inverno, quando me mudei pra cá.

— Sério?

— Sim, você estava ensinando pra ele uma pirueta que tinha aprendido. Você estava com os braços cruzados na frente do corpo, e lembro de achar você incrível. Muito profissional. Ele ficou tentando e caindo. Você estava um pouco frustrada com ele. Você tentou colocar as mãos dele no lugar e mostrar como fazer, mas vocês caíram juntos e ficaram tentando se levantar. Dava pra ver que vocês estavam se divertindo muito. Acho que depois você pegou a mão dele e começou a dar voltas ao redor dele em um grande círculo, e ele ficou no meio, mas logo estava girando com você. Você ficou tão feliz por ele finalmente ter conseguido. Aí vocês giraram mais rápido juntos, você em volta dele, ele no meio.

Por um instante, fico chocada demais para falar qualquer coisa.

— Não me lembro de nada disso.

— Só lembro porque fiquei com inveja. Lembro de pensar que ele parecia... você sabe. Um ótimo pai. Também lembro que você estava usando um cachecol listrado. Era azul, vermelho e amarelo. Eu achei legal e quis um também.

— Acho que me lembro do cachecol.

Caplan pega minha mão. O gesto é rápido, mas nossos dedos se entrelaçam com naturalidade. É estranho e gentil. Não é algo que fazemos sempre. Ficamos deitados ali, olhando as folhas acima de nós, agora frias e azuis no crepúsculo, balançando com a brisa. Depois de um tempo, solto sua mão e apoio as minhas no colo.

— Já voltou com a Hollis?

— Não — diz ele, olhando para o céu e evitando olhar para mim. — Acho que dessa vez é pra valer.

— Mal tive tempo de criar laços com as meninas.

— Como assim?

— Bem, você vai ficar comigo depois do divórcio, é óbvio.

Ele sorri.

— Eu fico com você.

Ele vira a cabeça, e nossos rostos estão a apenas alguns centímetros de distância.

— Qual era a sua palavra do dia de ontem? — pergunto depressa.

— *Incandescente*.

— Hum. Essa é boa.

— É ridícula. Nunca vou usar. Você consegue me imaginar usando?

Dou risada.

— Não consigo.

Ele se senta. Pega o celular e verifica as horas.

— Quer jantar lá em casa? Ollie e eu vamos fazer macarrão.

— Não precisa — falo.

Ele percebe que estou olhando para a tela de bloqueio do celular dele. É uma foto de Hollis criancinha, vestida de bailarina, com seu cabelo ruivo-dourado e uma sobrancelha arqueada. Sinto uma onda bizarra de carinho por ela. Quero mandar uma mensagem para ela falando qualquer coisa, mas não sei o quê. Só que tenho certeza de que Hollis não quer saber de mim.

— Acho que eu devia trocar essa foto — diz.

— Acho que sim. A gente se vê amanhã.

— Essa... — começa ele, alcançando o topo do parquinho que nunca desmontamos, talvez porque foi meu pai que construiu, talvez porque Caplan sempre sobe nele. — Essa é a minha coisa favorita que você diz.

— Caplan?

— Sim?

Sei que é covarde da minha parte falar disso, agora que ele já está no chão.

— Acho que é melhor você não falar coisas assim pra mim, ou sobre a gente fugir juntos.

Ele fica me olhando boquiaberto.

— Só pra você não me passar uma impressão errada.

Entro no quarto e fecho a janela. Fico andando de um lado para o outro, arrumando tudo e fazendo barulho para que minha mãe me ouça e saiba que estou a ignorando. Fico entediada bem rápido. Ser rancorosa sempre me entedia.

Caplan e eu não falamos sobre o meu pai com frequência, mas todos os anos, no dia 22 de setembro, que é a data da morte dele, Caplan se mostra bastante interessado em planejar algo para fazermos juntos. Ele nunca menciona o fato explicitamente, a não ser que eu o faça, e acho engraçado, já que nos vemos todos os dias de qualquer forma. No fim das contas, o fato de eu poder rir disso já é muito mais do que a especialista em luto infantil que meus avós insistiram em pagar fez por mim. Ela basicamente pedia para que eu pintasse meus sentimentos. Não sei desenhar muito bem, mas, para o seu crédito, quando comecei um jogo da velha, ela jogou comigo sem me deixar ganhar.

No nono ano, no dia 22 de setembro, fomos até uma lanchonete. Caplan pediu um milk-shake de chocolate e ficou me olhando cheio de expectativa. Desde que éramos crianças, eu peço o de baunilha e ele, o de chocolate, e em algum momento ele teve a ideia de cada um beber metade e depois misturarmos o resto. Ele o batizou de "redemoinho de chocolate e baunilha" e disse que era mais gostoso que os dois sabores sozinhos.

Depois da formatura do quinto ano, nossas mães nos levaram lá e eu perguntei se ele pedia os dois milk-shake quando eu não estava com ele. Caplan franziu a testa e falou que jamais iria na lanchonete sem mim. Só lembro disso porque me voltou à mente quando vi uma foto dele com os amigos naquela lanchonete depois de uma festa na segunda série do ensino médio, em uma larica de bêbados. Hollis estava sentada no seu colo. Eles estavam dividindo um milkshake com dois canudinhos. Mas, no nono ano, em setembro, ainda havia poucos lugares onde íamos sem o outro.

— Um de baunilha pra ela — falou Caplan quando a garçonete me perguntou o meu pedido.

— Não estou com fome — comentei quando ela se afastou.

— Mas eu estou e vou querer misturar os sabores.

— Então você vai beber metade dos dois e depois misturar?

— Se for necessário.

Não sei sobre o que falamos aquele dia. Mas, uma hora, o assunto dos pais surgiram na conversa, e eu disse:

— E aí? Quem você acha que levou a pior?

— Como assim?

Ele tinha entendido, então só fiquei esperando, sem explicar.

— Sério? — Ele ficou brincando com o canudinho. — Não vou responder isso.

— Certo, deixa pra lá.

— Está bem. Boa jogada. Você, claro — disse ele.

— Você acha?

— Bem, você tinha um ótimo pai, e eu um péssimo pai. Você tinha mais a perder.

— Você ainda tem um pai, Caplan.

— Não pra valer. Ele nunca quis ser pai, então…

— Não é verdade — falei de maneira despretensiosa, aos meus quinze anos, achando que sabia de tudo.

— É, sim. Ele falou pra minha mãe.

— Ele disse isso na sua frente?

— Bem, eles estavam brigando. Minha mãe disse que ele podia pelo menos fingir que queria ser pai. — Ele mexeu no milk-shake com o canudinho. — Não ouvi a resposta dele, mas posso adivinhar.

Àquela altura, já estávamos havia quase um ano naquela dinâmica em que ele me sustentava diariamente. Eu queria poder fazer o mesmo por ele, nem que fosse por um segundo, mas não sabia como.

— Além disso — continuou ele —, pais vivem se separando. Acontece com mais frequência do que, sabe...

— Morrer?

— Nossa senhora, Mina.

— Foi mal. Era uma piada.

— Você tem um verdadeiro dom pra comédia. Devia fazer stand-up.

— Sim, claro. Vou ficar no palco na frente das pessoas. — Abri a embalagem do canudinho para ter algo para me distrair.

— Você não costumava ligar pra isso. Lembra do concurso de soletração intermunicipal?

— Bem, eu não costumava ligar pra um monte de coisa. Isso se chama *crescer*. Falando nisso, queria falar com você sobre o baile de boas-vindas.

— Ah, eu também, na verdade.

— Não, eu vou primeiro — falei. — Eu cansei, chega. Passei a minha pré-adolescência inteira deixando que você me arrastasse pra esses malditos eventos arcaicos que parecem cultos, mas estamos crescidinhos agora e isso não é mais fofo. Só é triste. É hora de aceitarmos que podemos gostar de coisas diferentes e ainda continuarmos melhores amigos.

— Adoro quando você diz que somos melhores amigos.

Ele estava com um bigode de chocolate. É como visualizo seu rosto quando lembro ele dizendo isso. Catorze anos, bigode de chocolate e a gola da camiseta de rugby com listras vermelhas e brancas com um lado aberto por acidente.

UM VERÃO PARA SEMPRE **177**

— Você está dizendo que gosto de cultos arcaicos? — perguntou ele.

— Bem, eu entendo. Todos os discípulos se reúnem lá.

— Não sei o que significa essa palavra, mas aposto que é algo cruel, então...

— É mais cruel pra eles do que pra você...

— O que eu queria falar com você é que...

— Se bem que acho que o rei dos idiotas deve ser o mais idiota de todos...

— Estava pensando em convidar alguém este ano.

Ele já tinha limpado o bigode e estava encarando o copo.

— Convidar alguém?

— Isso, uma menina. — Ele se deu conta do que disse na mesma hora. — Foi mal, claro é óbvio que você é uma menina. Quis dizer que, tipo, estava pensando em convidar alguém pro baile. Não como uma amiga. Então queria saber com você se tudo bem, já que sempre vamos juntos, mas parece que é uma situação perfeita para os dois, se você já sabe que nem quer ir.

— Ah — falei. — Certo. Com certeza. Perfeita. E aí, quem é a sortuda?

— Qual era a outra coisa...

— Vai convidar a Hollis ou outra menina pra deixar ela com ciúmes?

Eu sabia que ele ficaria surpreso, o que, no final das contas, era uma ofensa à minha inteligência. Qualquer um que estivesse atento sabia que eles gostavam um do outro. Sempre se gostaram. Desde que me lembro, sempre que Caplan fazia algo particularmente impressionante no futebol durante recreio, ele erguia a cabeça para ver se ela estava olhando.

— Estava pensando que, em nome da honestidade e maturidade, eu devia convidar a Hollis — disse ele.

— Acho que vai ser o melhor.

— Desculpe. Sei que ela pode ser, sabe...

— Terrível?

— Maldosa. De um jeito meio performático. Está bem, vai, terrível. Nem sei por que gosto dela.

— Bem, eu sei.

Hollis era uma pessoa que inspirava ação.

Não consigo me lembrar especificamente da minha decisão de não falar mais com ninguém na escola. Tenho certeza de que houve um período em que certos professores resistiram, mas, quando retomo as memórias dessa época de um jeito objetivo e cronológico, percebo que a maioria simplesmente parou de insistir. Talvez eu tivesse acumulado favores o suficiente depois de todos os anos puxando o saco deles. Talvez meu trabalho falasse por si. Nunca perdi uma aula ou deixei de entregar algum trabalho. Eu simplesmente me recusava a falar com qualquer pessoa, exceto Caplan, sua mãe e minha mãe. Depois, começamos o ensino médio e nenhum dos professores me conhecia direito.

Quando parei de falar, meus algozes tiveram que adaptar suas táticas, já que passei a lhes oferecer pouco com o que trabalhar. Preciso admitir que eles evoluíram de forma brilhante. "Mina, se você for uma doida, não diga nada" certamente não era a piada mais sofisticada, mas, como conceito, era infalível. E a coisa pegou: "Se você mora em um hospício, não diga nada", "Se seus peitos são uma tábua tão lisa que seu sutiã cai, não diga nada", "Se você dorme de cabeça para baixo, não diga nada", "Se quiser que a gente te segure pra arrancar sua monocelha, não diga nada", "Se estiver dando uma de Stephen Hawking, não diga nada". Na verdade, acho que essa última foi Quinn que inventou. Na primeira semana de aula do nono ano, enquanto saíamos do vestiário para a aula de educação física, Hollis gritou atrás de mim: "Se você for uma virgem surda--muda, não diga nada".

Naquela época, toda a questão sobre se eu era ou não virgem era confusa e perturbadora demais para mim, por motivos óbvios. De alguma forma, esse comentário improvisado e irrelevante me chocou tanto que entrei em modo de defesa e, por acidente, acabei falando. Respondi sem me virar: "Se você é uma garotinha previsível e uma grande bully, abra a boca agora". E sem brincadeira, ela abriu a boca em choque. Eu não me lembrava da última vez que me tinha me sentido tão bem. Ou da última vez que me tinha me sentido bem, aliás.

Depois disso, ela nunca mais tirou sarro de mim abertamente, mas o prazer dessa paz se dissipou depressa. Hollis sabe muito bem como ignorar alguém e ao mesmo tempo fazer a pessoa sentir que ela está gritando. Dando um soco na cara. É assim que parece quando ela ignora a sua existência, mesmo que ela não esteja fazendo ou dizendo nada. É impressionante. Foi nessa época que tive que encarar os fatos — não importava se ela estava me torturando ou não. Não era possível ignorá-la. Ninguém ignorava Hollis. Ela era uma dessas pessoas. Era difícil desviar o olhar dela. Assim como outra pessoa que eu conhecia.

— Você sabe por que eu gosto dela? — perguntou Caplan, finalmente puxando o meu milk-shake de baunilha para si. — Porque se souber, por favor, me explique.

— Porque ela é relevante.

— Não entendi.

— Ela é *aquela* garota.

Foi durante esse período do nono ano que eu voltei a falar de novo na escola. Pouco a pouco, dia após dia. Na minha memória, a provocação que fiz a Hollis foi o momento em que ultrapassei a fronteira para o outro lado, que não era um lugar necessariamente despovoado dos pesadelos ou ataques de pânico que me dominavam, mas era onde uma menina podia falar, comer, dormir e acordar, apesar de tudo.

— Saúde — disse Caplan, erguendo seu copo de milk-shake meio a meio.

Olhei para o meu copo e percebi que o meu também estava misturado. Estava bebendo sem nem notar.

Enquanto caminhávamos para casa, Caplan me perguntou quem eu achava que tinha levado a pior.

— Acho que eu — respondi. — Sua lógica é sólida. Sua situação é mais comum, estatisticamente.

— Sim, mas não foi isso que você pensou primeiro.

— Sim, bem, tanto faz.

— Nada de nada, Mina. Você pensou que era eu.

— Está bem. Pensei.

— Por quê?

Lembro de sentir meu estômago estranho. Fazia muito tempo que eu não comia tanto.

— Pode falar — disse ele. — Eu aguento.

— Beleza. Meu pai estaria aqui para me apoiar, se pudesse. Acho. O seu escolheu não estar.

Ele ficou me encarando por um longo tempo sem falar nada.

— Desculpe — soltei.

Ele assentiu e olhou para a rua para desviar o olhar. Estávamos parados na esquina da rua Corey. A entrada para a nossa ruazinha sem saída no mundo imenso.

— Esse é o objetivo do "nada de nada" — comentou ele. — Por que você parou de falar no ano passado?

Desta vez, eu não respondi.

— E de comer. E, tipo, de sorrir.

Dei de ombros.

— O que aconteceu com você naquelas férias, no inverno do ano passado?

Fiquei tão surpresa que o encarei diretamente. Acho que não devia ter ficado tão chocada. Acho que era óbvio para qualquer um que estivesse mais atento. Talvez eu tivesse murmurado durante o sono. Talvez ele tivesse lido meu diário. Talvez você sempre conte para alguém, de modos diversos e minúsculos e diferentes, todos os dias, sem nem notar. E é assim que você volta à vida. Contanto que seja a pessoa certa. Contanto que ela esteja ouvindo.

***

Enquanto finjo limpar o quarto, pego o cartão do livro da biblioteca que Julia me devolveu. Ela disse que o encontrou no bolso de Caplan e que quase acabou indo na máquina de lavar. Falei para ele que era lixo. É lixo. Ainda assim, o fato de Caplan tê-lo guardado e Julia ter salvado me deixou paralisada e aliviada na mesa da cozinha deles.

Meu quarto está tecnicamente arrumado, o que me deixa um pouco desanimada, então desço as escadas. Estou pensando em fazer uma faxina geral, então acho que estou querendo sofrer, mas, em vez disso, acabo olhando para a geladeira, procurando o rosto dele nos cartões de Natal para me testar, mas ele não está lá. Espio atrás da geladeira, no chão, no lixo. Procuro, mesmo depois de entender, de repente, que Caplan se livrou dele. O espaço na geladeira, estranhamente vazio, me confunde. É um presente, e um buraco chocante, também. Pego o ímã e penduro o cartão de empréstimo de *Chrysanthemum*.

21

Caplan

O sol se põe duas vezes aquela noite na cidade. Uma vez para todo mundo, às nove e quinze, enquanto estamos deitados no telhado. Depois, só para mim, às três da manhã, quando a janela do quarto dela finalmente fica escura.

Me dou conta de que fiz isso pela maior parte da minha vida e nem tinha percebido. Nunca vou para cama sem pelo menos me perguntar se ela também já foi dormir. Se fiz isso durante dez anos sem nem me preocupar com o que significava, não devia ser tão difícil voltar aos velhos hábitos.

As duas últimas semanas de aula são uma piada, mas uma boa, geralmente. Este ano, tudo é um borrão confuso. É a semana do espírito escolar, e cada dia tem um tema diferente. Cada noite alguém faz uma festa. Segunda e terça, fazemos as provas finais. Quarta é o Dia das Décadas. Quinta é o Dia dos Gêmeos. Sexta é o Dia do Cinema. A próxima segunda é o Dia de Matar Aula. Terça é o Dia do Espírito de Equipe. Quarta à noite é o baile de formatura. Tradicionalmente, nesse dia, os formandos usam pijama e todos os outros vestem coisas extravagantes e cafonas. Quinta não temos mais aulas. Sexta de manhã, nós nos formamos. E é isso.

Caminho para a escola com Mina nos dois dias das provas finais. Vamos fazendo perguntas um para o outro para revisar a matéria, e Mina pede para que eu faça um monólogo sobre tudo o que sei sobre diferentes revoluções e guerras, e eu leio as questões do guia de estudos de Física dela, uma língua que não entendo. Se conversamos, é sobre nada, e quanto mais normal ela age, mais louco eu fico. Apesar de ter decidido deixar o caminho livre para Quinn, me pego constantemente tentando descobrir como passar mais tempo com ela, como encontrá-la sozinha, como tocá-la por ao menos um segundo. Eu me sinto tão culpado que meu estômago até dói, mas também não paro. É como se eu estivesse fora do tempo, como se todo o ar tivesse sido sugado para fora das nossas vidas. Como se alguém tivesse acelerado os relógios e ninguém percebeu, apenas eu. Dificilmente temos um momento verdadeiro juntos. Quando temos, Mina é simpática e alegre, mas de um jeito fechado e duro. Não sei como ela consegue fazer isso. Ela não está sendo estranha nem fria, mas está mantendo uma distância. Não há espaço para que eu faça ou diga nada inusitado. Os planos — incompletos, egoístas e impossíveis — ficam martelando na minha cabeça. Tenho conversas imaginárias com ela antes de dormir, tentando imaginar o que ela diria, o que eu diria, e assim por diante.

Cada dia temático é um novo inferno. Bem, tirando o Dia das Décadas. Esse é tranquilo. Eu participo vestindo a jaqueta do time do colégio. Quinn usa uma toga, o que não faz sentido nenhum. Hollis se veste para matar, com uma jaqueta de camurça com franjas, botas brancas de cano alto e óculos escuros minúsculos. Ela fica oscilando entre me ignorar cruelmente e me cumprimentar aleatoriamente só para me ver pular de susto. Mina ignora o tema em nome de seus princípios, como sempre.

Na quinta, vou combinando com Quinn. É o dia da festa de Becca, na cobertura do único hotel bacana da cidade. Becca me desconvida de manhã e Hollis fica furiosa com ela, então ela me convida de novo durante o almoço.

— Pra você ficar ciente — fala Hollis no corredor sem nem se virar para mim —, eu não pedi pra ela te desconvidar.

— Ah, valeu.

— Porque eu não ligo pra onde você vai e o que você faz.

— Quer desistir da sua aposta do baile? — pergunto para Quinn, que está andando ao meu lado.

— Sou um homem de fé e acredito em finais felizes — responde ele.

— Vocês são dois idiotas — diz Hollis, vários metros à nossa frente. — E os dois usarem moletom preto não conta como gêmeos.

Mina não é convidada para a festa de Becca, e tento ver isso como uma oportunidade de relaxar e curtir com os meus amigos. Passo a noite toda me perguntando onde ela está e o que está fazendo. Não tem um jantar de verdade, apenas um fluxo interminável de comida minúscula e nojenta em bandejas de plástico brilhantes, então fico bêbado. Há quase cem por cento de chance de Mina estar em casa lendo um livro, e, se eu for embora agora, posso ir até lá e não seremos interrompidos, porque Quinn estará aqui ocupado e eu...

— Essas coisas embrulhadas em bacon até que são maneiras — diz ele, colocando uma na boca.

— São ameixas secas — esclarece Hollis, aparecendo na mesa alta em que estamos.

Quinn cospe dentro da sua taça de champanhe. Ela lhe lança um olhar fulminante e vai embora.

— O quê? — pergunta ele. — Isso não solta o intestino? Dou de ombros.

— Foda-se essa festa. Por que é que não tem lugar pra sentar? — fala ele.

Dois minutos depois, Becca enfia a cabeça sob a toalha de mesa branca e dura, onde Quinn e eu montamos um acampamento.

— O que vocês estão fazendo debaixo da mesa?

— Hum. Pegando um ar? — digo.

Quinn assente, sério, com os lábios comprimidos.

— Vocês estão se escondendo de Hollis?

— Sim, com certeza.

Ela revira os olhos e desaparece.

Quinn solta toda a fumaça da boca e tosse. Pego seu *pipe* no bolso do terno. Parte da maconha caiu. Junto o que derramou e faço uma pequena pilha no guardanapo de Quinn, ao lado do minicamarão e dos frios. Ele come uma azeitona e usa o palito para limpar o cachimbo.

— Pega outro negocinho de bacon pra mim?

— Tem certeza? Não tem planos pra mais tarde?

— Não, a Mina está no tal jantar de honra — fala.

Sofro de indigestão imediata por ele saber disso e eu não.

Ele pega o celular. Mina enviou uma foto para ele. Tento olhar sem ser óbvio, mas ele me mostra. Ela está parada em frente a um palco capenga decorado com flores de mentira verdes e amarelas no refeitório, segurando um certificado com as palavras *Prêmio Jane B. Emmett de Inglês* impressas em letras em itálico e montadas em um quadrado de couro preto e liso. Ela está usando um vestido roxo levinho que nunca vi antes. Ele tem bolsos e é sem alças. Há uma garota parada ao seu lado, de óculos de armação grossa vermelha, que reconheço vagamente. Ela está com os braços em torno de Mina. As duas estão sorrindo. Junto com a foto, ela escreveu para Quinn:

> Minha mãe tirou essa foto haha

> Não sabia pra quem mais mandar

— Quem é essa? — pergunto, apontando para a outra garota, só para ter o que dizer.

— Lorraine — fala Quinn. — Lorraine Daniels.

— Ah, certo.

— É, elas são meio que amigas, mas daí ela foi escrota com Mina na semana passada só porque ela estava, sei lá, socializando. Com a gente. Foi mal.

— Por que "foi mal"?

— Ah, aposto que você já sabe de tudo isso. Só quis dizer que acho que foi legal da parte dela entregar o prêmio pra Mina depois de ter sido escrota. Elegante, até. Código de honra nerd. Fico brincando com o *pipe* de Quinn na mão.

— Qual foi... hum, qual foi o prêmio? Que a Mina ganhou? — pergunto.

Ele olha para mim e depois para os sapatos antes de responder.

— Algum prêmio de Inglês, pelo trabalho final dela, eu acho.

— Entendi — digo.

— Foi sobre qual livro? Você sabe?

— Não faça isso — peço.

— O quê?

— Foi uma comparação de *Anne de Green Gables* com *Jane Eyre* — murmuro.

Eu me retiro com o máximo de dignidade que consigo rastejando de quatro.

Para o Dia do Cinema, o plano, criado há muito tempo, era irmos como Ferris Bueller, Cameron e Sloan: eu, Quinn e Hollis. Como Hollis já usou a jaqueta de franja no Dia das Décadas, aceito a dica nada sutil de que ela não vai mais fazer parte da nossa fantasia em grupo. Enquanto visto a roupa que ela comprou para mim meses atrás, me pergunto se Quinn também vai desistir, já que agi de modo estranho com ele ontem à noite. Fico tentado a desistir da fantasia, já que acho que não tenho coragem de aparecer sozinho com ela, mas, no final, não desisto. Na saída, minha mãe me lembra de pegar gelo no Quickstop quando estiver voltando para casa.

— Pra quê?

— Pra hoje. — Ela fica me encarando. — Pra festa?

— Ah, saquei. Precisamos de mais alguma coisa?

— Não, a família de Quinn já cuidou da comida. Talvez seja bom você vir pra casa depois da aula pra ajudar a arrumar as coisas. Não alcanço o topo da parede da garagem, e tenho uma faixa bem feia pra pendurar.

— Combinado — digo. — Ah, eu convidei o pai. Tipo, mandei um e-mail pra ele. Sei que ele provavelmente não vem, mas caso venha, queria te avisar antes.

Ela se recosta na porta e parece estar prestes a dizer alguma coisa brilhante e maternal que prefiro não ouvir, então logo mudo de assunto.

— Bem, obrigado por tudo. E por tirar uma folga no trabalho.

— Você só vai se formar no ensino médio uma vez. Não iria perder.

Volto para a porta para lhe dar um abraço.

Ela me abraça de volta com o braço que não está segurando o café.

— Por que isso? — pergunta ela.

— Você nunca perdeu nada, e eu nunca te agradeci por isso.

— Você já agradeceu, sim. Você faz isso todos os dias sem perceber. Agora vai, senão você vai se atrasar.

Estou deitado no banco na frente da diretoria quando ouço o diretor gritando do outro corredor, falando sobre violações de segurança e que não era tarde demais para uma suspensão. Então Quinn surge do canto com o skate na mão no clássico uniforme do Detroit Red Wings. Ele não diminui a velocidade ao passar correndo, mas me cumprimenta antes de desaparecer no banheiro feminino.

O diretor se aproxima batendo os pés e me vê ali no banco.

— Você viu Quinn Amick passar por aqui?

— Não, senhor. Não vi.

Ele fica olhando para a minha fantasia por uns segundos com as sobrancelhas franzidas. Quando ele entende, juro que quase abre um sorriso. Então manda eu me apressar para fazer os anúncios.

Ao terminar, vejo o corredor lotado de pessoas indo para a primeira aula sem pressa, se exibindo, posando para fotos. Uma pequena multidão se reuniu em volta do armário de Hollis, e me preparo para o que quer que ela tenha preparado como fantasia. Vejo Ruby, Becca e as outras garotas de lado, vestidas como Heathers. Mas há mais Heathers ali do que as personagens do filme. Por exemplo, não me lembro de nenhuma Heather de roxo. Então a multidão se movimenta e se abre, e vejo Mina vestindo um uniforme de líder de torcida, e Hollis com as inconfundíveis roupas de Mina: saia xadrez, colete de malha, meias até os joelhos e mocassins. Elas estão posando para uma foto, lado a lado de mãos dadas feito as gêmeas do mal de *O iluminado*.

— O que deu em você? — pergunta Mina enquanto o sinal toca e as pessoas começam a dispersar.

— Em mim? O que deu em mim? Que filme vocês são?

— Não somos personagens, somos arquétipos.

— Você nunca adere aos temas.

Ela dá de ombros.

— Foi ideia da Hollis. Achei divertido.

— Hollis nem é uma líder de torcida.

— Eu sei. Foi a Ruby que me emprestou essa roupa.

— O que foi que aconteceu com o "você vai ficar comigo no divórcio"?

— Relaxa — diz ela, seguindo pelo corredor. Vou atrás. — É só uma brincadeira. Nunca participei dos temas porque ninguém nunca me convidou.

— Porque você sempre disse que era uma idiotice!

— Bem, estou experimentando coisas novas.

— Estou vendo.

— O que você está querendo me dizer? — pergunta ela, com as mãos nos quadris.

Ela está de maquiagem e seu cabelo está preso com gel em um rabo de cavalo apertado, imitando Ruby nos jogos. Pressiono os olhos com as mãos, desejando que tudo isso não passe de algum sonho terrível, uma piada de mal gosto, e que quando eu abrir os olhos de novo, Mina seja ela mesma de novo.

— Você está deixando Hollis te manipular. Por quê?

— Como é que ela está me manipulando?

— Ela só está fazendo tudo isso pra me atingir! Ela está te usando.

O rosto de Mina vira pedra, e eu literalmente dou um passo para trás.

— É tão impossível assim considerar que nem tudo se trata sobre você?

— Meu Deus...

— Ou que alguém além de você queira ser meu amigo?

Ela entra na primeira aula e me deixa parado ali.

Hollis posta a foto com Mina no Instagram. Fico encarando a foto sem parar até que meu celular é confiscado.

22

Mina

Quinn dá um gritinho quando Hollis e eu saímos pelas portas do refeitório. Tento dar a volta e entrar de novo, mas Hollis segura meu cotovelo e me puxa para a frente. Tem sido um longo dia e ainda estamos na hora do almoço. Não sei dizer se estou me divertindo ou se quero ir para casa e me enfiar na cama para sempre. Mas decidi que se eu desistisse só provaria que Caplan estava certo ou confirmaria que ele me envergonhou. O que ele realmente fez. Estou com tanta raiva que não consigo nem identificar um motivo específico para estar me sentindo assim.

— Foi mal — diz Quinn, abaixando a cabeça e sorrindo para mim quando me aproximo da mesa. — Dá pra me culpar?

Na verdade, dá, sim. Eu poderia apenas ir para casa. *Beijar alguém que você nunca viu dessa forma* já é maldade. Pior que isso, é uma burrice. E o pior de tudo, é que o beijo grudou no meu cérebro feito chiclete no cabelo, e quando mais eu tento me livrar dele, mais pegajoso, bagunçado e estranho ele fica. Se é assim que me sinto ao beijar alguém que estava apenas testando e confirmando que sente zero atração por mim, alguma coisa deve estar clínica e emocionalmente errada comigo. Devo viver tudo errado, através de uma lente quebrada que inverte tudo. Nada de novo.

— Venham. — Ruby pega a minha mão e a de Hollis e nos puxa até a mesa. Ela coloca os meninos NO banco da frente. —

É a última, prometo — diz ela quando eles resmungam e reclamam.

— De qualquer jeito, já é tarde demais pra entrar no anuário — fala Quinn, deitado no chão na frente do grupo.

— Mas daqui a vinte anos, você vai ficar feliz por termos tirado essa foto — insiste Ruby.

— Onde está o Caplan? — pergunta alguém.

— Na detenção, eu acho.

— Será que esperamos por ele?

— Não, o anuário todo já vai ser uma homenagem pra ele.

Sinto uma pontada no estômago. O que estou fazendo ali? O que estou tentando provar? Como vou voltar para isso um dia e não me sentir humilhada, sabendo que por trinta segundos no fim do ensino médio eu fingi ter amigos?

— Sabe, você sempre foi essa pessoa — fala Hollis, ansiosa para ver a foto, com o queixo para baixo, quase sem sorrir.

— Como assim?

— Lembra quando a gente te chamou de bruxa no quarto ano e você apareceu vestida de bruxa no Halloween? Foi quando eu soube que você toparia isso.

Não sei se entendo a conexão, mas a ideia faz eu me sentir um pouco melhor.

— Não foi um exagero, né? — pergunta Hollis depois que a sessão de fotos termina. — Postar nossa foto no Instagram?

— Você postou?

— Ah, sim. — Ela pega o celular e me mostra a publicação. — Sabe, a gente precisa criar uma conta no Instagram pra você antes de você ir embora. Podemos deixar bem discreto, com uma foto da formatura e uma de você bebê, só pros seus potenciais amigos saberem que você é normal.

Mal escuto o que ela diz porque estou olhando fixo para a foto. Hollis e eu estamos paradas na frente do armário dela, de mãos dadas, e estou com um meio sorriso um pouco malicioso no rosto. Eu não sabia que podia fazer essa expressão. Não tinha percebido que meu umbigo estava de fora, que minhas costas estavam eretas. Dá para ver as mãos de alguém na ponta da foto, batendo palmas para nós.

— Temos a mesma altura. Nunca tinha percebido.

— Tá tudo bem? — pergunta ela. — Posso apagar agora...

— Não! Não apaga. — Coloco as mãos na cabeça.

— Você está abalada porque está muito descolada?

— É, acho que sim — falo entre as mãos. Ela dá uma risada.

— Só não sei o que fazer.

Hollis dá de ombros.

— Aja de acordo com o papel de fodona.

— E como é que eu faço isso?

— Sei lá. Comece com uma coisa: queixo pra cima, peitos empinados — diz ela.

— Não são duas?

— Sempre que estou me sentindo boba ou uma fraude, me obrigo a fazer algo que me assusta pra me sentir uma gostosa orgulhosa.

— Você deveria colocar essas mensagens inspiradoras pela sala de aula.

Depois do almoço, voltamos juntas e tento me concentrar na primeira parte do conselho, pelo menos. Para minha surpresa, até que funciona.

— Não acredito que você anda desse jeito o tempo todo — digo.

— Recomendo de seis a sete horas do dia. Senão você vai acabar com um complexo de deus.

— Então você tem ficado assim por quanto tempo? De oito a dez horas?

Ela me dá um tapinha no braço. Meu celular vibra.

— O que foi? — pergunta ela quando paro de caminhar.

— Nada — digo, guardando o telefone de volta na mochila.

— Caplan está surtando? Declarando o amor dele por você?

— Não. Não, claro é óbvio que não.

— Bem, uma hora vai acontecer. Pode anotar — fala, com o rosto impassível.

Não faço ideia se ela está brincando, me testando ou performando alguma cena de um código feminino, tão difícil de compreender que nem sei as palavras para nomeá-lo.

— Não vai rolar — digo. — Confia em mim. Ouvi em primeira mão.

Ela parece pronta para fazer mais perguntas ou ainda outras apostas, então mudo de assunto:

— Era só um e-mail de uma ex-aluna que me entrevistou pra Yale.

— Por que ela te escreveu?

— Não faço ideia — falo

— Você não quer estudar lá, né?

Olho para ela.

— O Caplan te contou?

Ela bufa.

— Você se contorce toda vez que alguém menciona Yale. E ainda matou o Dia da Camiseta da Faculdade.

— Eu estava doente. Peguei atestado e tudo.

— Hum.

— Está bem. É. Não quero ir pra lá. Mas já é tarde demais.

Será que estou falando sério? Sou tão passiva assim? Ou apenas dramática? Talvez seja eu quem esteja testando Hollis. Se eu estiver, ela passou no teste com mérito.

— Está tirando com a minha cara, Mina? A gente ainda nem se formou. As pessoas são transferidas no meio do segundo ano, tipo, o tempo todo. Ou tiram períodos sabáticos. Ou desistem, e inventam outra coisa pra fazer, às vezes até publicam o próximo grande romance de sucesso e se tornam ricas e famosas. Não existem regras e nunca é tarde demais. Você pode fazer o que você quiser.

O tráfego no corredor diminui. Não temos a próxima aula juntas e sei que preciso dar meia-volta e ir para a aula de Francês, mas não faço isso.

— Tá bem, beleza.

Ela pega minha mão e me puxa para o banheiro feminino. Algumas alunas da segunda série do ensino médio estão apoiadas na pia conversando.

— Se mandem daqui — diz ela. Elas saem correndo. — Então, pra quem você contou que não quer ir pra Yale?

— Hum... pro Caplan? E pra minha mãe, mas ela fica brava na mesma hora sempre que falo sobre isso.

— Pra quem mais?

— Bem, pra você. Agora.

— Certo. Por que não ligamos pra secretaria e avisamos?

— Ligar... pra secretaria?

— É, por que não?

— Porque... porque não podemos só... deve ser complicado achar o número certo para falar com eles e...

— Aqui. — Ela ergue o celular aberto na página de admissões, mostrando o link que diz "Entre em contato" em letras grandes e azuis. — Quer que eu ligue?

— Ah, meu Deus.

Deslizo pela parede lateral de uma cabine.

— Certo, não vou ligar. — Ela se senta ao meu lado. — Mas o que aconteceria se você ligasse e desistisse da aceitação? Hipoteticamente falando.

— Bem, eles provavelmente teriam que resolver a situação do pagamento e meus avós descobririam.

— E daí?

— Eles ficariam chateados.

— E daí?

— Sei lá. Isso seria difícil pra minha mãe.

— Você acha que ela quer que você vá pra faculdade que não quer por causa disso?

Penso um pouco e digo:

— Não. Acho que não. Quero dizer, espero que não.

Hollis suspira.

— Entendo a complexidade da sua situação.

— Obrigada.

— Mas vamos combinar aqui e agora, só entre nós duas, que se você não quer ir, você não vai. E uma hora você vai ter que lidar com esse aborrecimento. Concorda?

— Sim — falo devagar. — Concordo.

É engraçado, porque as palavras não significam nada. Posso retirá-las com facilidade, mas, assim que as digo, me sinto melhor. Menos esgotada por dentro. Mais uma brecha se forma.

— Que bom, é um começo — diz ela. — E já que você já concordou em fazer algo que te assusta hoje…

— Nunca concordei com isso…

— Vamos contar pra mais uma pessoa agora. Alguém além da sua família e da sua amiga que já foi inimiga.

Dou uma risada.

— Não posso ligar pra eles sem avisar para a minha mãe.

— Está bem. Então vamos responder essa ex-aluna e contar pra ela. Ela não trabalha pra Yale, né?

— Pra quê? Não faz sentido nenhum.

— É um passo na direção certa.

Abro o e-mail. O nome da mulher é Diana Morano. Mal me lembro da nossa conversa quando ela me entrevistou. Leio o e-mail rapidamente. Ela está me parabenizando e perguntando algo que não entendeu bem na minha redação.

— Não importa o que ela falou — diz Hollis. — Só responda e avise que você não vai pra Yale, mas agradeça por toda a ajuda e tal, e termine com "Tenha um ótimo verão, tudo de bom, Mina".

Faço o que ela diz. Fico encarando o celular. Sei que acabei de dizer que não faz sentido, mas, de repente, sinto que faz, que iniciei um movimento e que não posso voltar atrás.

Hollis espia por cima do meu ombro.

196 *Daisy Garrison*

— Parece ótimo — diz ela. — Quer que eu mande?

— O quê?

— Às vezes é preciso uma amiga pra apertar "enviar".

— Certo. — Entrego meu celular para ela.

— Tem certeza?

— Tenho.

Ela manda o e-mail, que faz um barulhinho — um som maravilhoso de liberdade e conclusão, percebo.

— Bem, então é isso — diz ela, devolvendo-me o celular e se levantando. — Ótimo.

Fico com vontade de abraçá-la ou de chorar, mas não quero deixar as coisas estranhas.

— Então... O que você ouviu em primeira mão sobre os sentimentos do Caplan por você?

— Você quer mesmo falar sobre isso? — pergunto.

Hollis fica pensativa. Então, relaxa a tensão terrível que se formou nas maçãs do seu rosto.

— Acho que não. Mas eu gosto de você. Foi um acidente. Eu não pretendia gostar. Agora é tarde demais, eu já gosto. E vou ficar puta se não puder ser sua amiga só por causa dele.

— Bem... não precisa se preocupar. Minha janela estava aberta e ouvi ele falando pro Quinn que ele nunca me enxergaria desse jeito.

Hollis reflete um pouco, se recostando na cabine e olhando para o teto.

— Sabe, a gente estava jogando um jogo em uma festa, e eu perguntei pro Caplan qual era o maior arrependimento dele. Ele falou sem pestanejar que foi incentivar todo mundo a fazer bullying com você no fundamental.

Começo a rir.

— Não faz sentido nenhum.

— Eu sei. Ele disse de um jeito tão sério e nobre que não tive coragem de dizer pra ele que eu estava fazendo bullying com você bem antes de ele se mudar pra cá.

UM VERÃO PARA SEMPRE 197

— Será que todos os garotos acham que são o centro do universo?

— Sinceramente, acho que todo mundo pensa assim. Pelo menos, todo mundo da nossa idade. Mas meu ponto é que o Caplan tem um pouco de complexo de herói.

Ficamos sentadas ali por um momento. Fico pensando no que isso significa e como se conecta ao que ele falou para Quinn.

— Por que está me contando isso? — pergunto.

— Porque foi quando eu soube que ele te amava. Tipo, de todas as formas. E que, se ele não tinha se dado conta ainda, um dia ele ia descobrir.

Ela fala com tanta convicção que não sei o que responder. E depois se levanta.

— Acho que a gente devia ir pra aula.

Ela se olha no espelho e passa um gloss.

— Vamos receber uma advertência de atraso.

— E daí? Não me diga que vai ser sua quinta advertência?

— Bem, não. — Mexo os pés. — Na verdade…

— Ah, meu Deus…

— Para. Não é como se eu me importasse…

— Você está brincando, Mina.

— É só que me parece uma pena, assim tão perto da formatura.

— Vai ser seu primeiro atraso este ano?

— Vai ser o primeiro em quatro anos.

Ela joga a cabeça para trás e dá uma risada.

— Venha, nerdzona. — Ela entrelaça o braço no meu. — Diga que você estava menstruada. Que estava criando laços. Queixo pra cima, peitos empinados, e ninguém vai te questionar.

23

Caplan

Não me dou conta do medo que sinto de Mina não aparecer na minha festa até ela chegar. Ali está ela, adiantada como sempre, abrindo a porta dos fundos com o quadril e carregando uma bandeja de brownies. Ela está usando um vestido branco com florezinhas vermelhas na barra, e tirou o gel do cabelo, que está solto, emoldurando seu rosto, e enfeitado com duas trancinhas na frente. Ela está parecendo uma daquelas elfas gatas de *O Senhor dos Anéis*. Vou até ela e pego a bandeja.

— Estava tranquilo — diz ela, mas me segue mesmo assim.

Estou colocando a bandeja na mesa quando minha mãe a pega e a coloca em outro lugar. Mina me entrega um pacote que eu não tinha visto que ela estava carregando debaixo do braço, embrulhado em papel de seda.

— Parabéns pela formatura — diz ela.

É um cachecol de tricô com listras azuis, vermelhas e amarelas. Parece velho, mas está limpinho e é muito macio.

— É um presente estranho pro verão — comenta Gwen, a mãe de Mina, se aproximando de nós.

— Ah, esses dois têm os segredinhos deles — diz minha mãe.

Como não falo nada, Mina pega o cachecol e o pendura em volta do meu pescoço.

— Não posso ficar com isso — solto.

— É falta de educação recusar um presente.

— Mina.

— Quero que você fique com ele e, se algum dia eu quiser de volta, vou pedir, pode ser?

Dou um abraço nela.

— Vou guardá-lo em um lugar seguro.

Quero que ela me siga para termos um segundo sozinhos. Quero pedir desculpas e nem sei bem o porquê, acho que por tudo, sem nenhuma ordem específica, mas Ollie precisa de ajuda para conectar a música na caixa de som. Quando volto, Quinn e sua família estão chegando, e Mina está apertando a mão de todos, e fico me perguntando se ele a apresentou como a namorada dele, e de repente estou com zero vontade de pedir desculpas. Eu me demoro nos degraus dos fundos feito uma criancinha de castigo, até que Quinn me chama. Nossos pais tiram fotos nossas e tento me lembrar de que nada disso é culpa dele. Então ele oferece a mão para Mina, que diz "Ah, não, não", balançando a cabeça, mas minha mãe lhe dá um empurrãozinho. Mina fica entre nós dois e tiramos uma foto humilhante que espero nunca precisar ver. Vou para dentro tentando me recompor. Tento respirar fundo, e como não funciona, pego uma cerveja do cooler da cozinha. Quando volto, mais pessoas estão chegando, e perco Quinn e Mina de vista na multidão. Mais tarde, entro de novo para fazer uma pausa e encontro minha mãe lá.

— Me ajuda?

Ela acena para o cooler. Cada um de nós segura um lado.

— E aí, por que não me contou sobre Quinn e Mina? — pergunta ela.

Resisto à vontade de soltar o cooler. Dou de ombros.

Ela desce os degraus de costas, olhando por cima do ombro.

— Eles são um casal?

— Um casal? — zombo.

— Eita. Tudo bem. Assunto delicado?

— Não.

— Então eles não estão namorando?

— Pergunta pra eles.

Minha mãe não fala nada, mas sua expressão faz com que eu me sinta péssimo.

Sei que Hollis vem, porque ela nunca perde uma oportunidade de perturbar a minha paz, mas, quando ela chega com os pais, que eu não tinha visto desde que terminamos, todos são incrivelmente gentis. A mãe dela me dá um abraço caloroso. O pai dela é assustador, como sempre. Hollis revira os olhos para mim e depois acerta meu colarinho, dizendo "Bem, parabéns".

Fico tentando descobrir o que responder, alguma forma de agradecer por ela ter vindo, por ainda estar aqui, mas ela dá um passo para o lado para abrir espaço para os outros convidados entrarem. Faço meu melhor para cumprimentar todos e agradecer a presença de cada um, fazendo o papel de anfitrião pelo bem da minha mãe. As mesas dobráveis cobertas com toalhas diferentes rangem sob as bandejas do supermercado, mas nunca vou até elas para experimentar a comida. Com o canto de olho, vejo Mina na rede com a mãe, dividindo um prato de sobremesa. Espero que isso signifique que elas se acertaram e chegaram a algum tipo de entendimento sobre a história da faculdade. Juro deixar todas as besteiras de lado e perguntar sobre isso assim que conseguir.

Algum tempo depois de escurecer, quando as pessoas estão dançando na garagem, o irmão mais velho de Quinn me entrega discretamente um cantil com uma piscadela, gravado com a palavra "Debi". Tenho a impressão de que "Loide" está em algum lugar, e como faz tempo que não vejo Quinn e estou cansado de falar sobre o futebol de Michigan com os pais dos outros, saio para procurá-lo.

Encontro-o com os garotos no canto da garagem, bebendo de um cantil que realmente diz "Loide".

— E aí, é hoje? — pergunta Noah.

— Não, estamos pensando em deixar pra noite do baile.

— Por que esperar?

— O que vai rolar na noite do baile? — pergunto.

Quinn vira para mim, mas todos estão ansiosos tagarelando e rindo.

— Nada...

— Um conto de fadas, porra. Uma virgem na noite do baile.

— O quê?

— Talvez não, tipo, no baile — diz ele, balançando a cabeça, mas dá para ver que está adorando a atenção. — Talvez depois.

— Mas aqueça o motor no baile — diz um cara mais velho, amigo do irmão de Quinn.

Ele faz um gesto nojento com os dedos, e antes mesmo de entender o que ele está sugerindo, meus nós dos dedos ficam brancos no cantil.

— Meu Deus, como será que ela vai ficar?

— Rígida feito uma tábua.

— Sem chance. Ela é esquisita. Sempre sei dizer.

— Ah, rígida não é tão mal. Assim você sabe que ela vai ser apertada.

Não é Quinn quem está falando, mas algo se rasga dentro de mim. Ele está rindo, sem olhar para mim, quando o empurro. Ele cai em cima das lixeiras. Uma delas sai rolando, espalhando o lixo em um arco perfeito.

— Que merda foi essa? — pergunta ele, olhando para as mãos machucadas e se levantando.

Agora ninguém mais está rindo.

— Cap, a gente só estava brincando.

Minhas mãos estão tremendo. Passo por eles e subo a garagem.

— Ei! — grita Quinn para mim. — Olha, se você estiver com ciúmes, tudo bem. Só converse comigo. Não precisa...

— Se é assim que você fala dela — digo, me esforçando para manter a voz uniforme —, não quero conversar com você.

— Ah, você está de sacanagem? — Quinn solta uma risada terrível. — Agora você é bom demais pra falar assim sobre garotas? Desde quando, Cap?

— MAS É A MINA. — Viro para ele. — É a Mina, você não pode falar dela desse jeito. — A Mina não é uma espécie diferente de garota, Caplan. — E você não pode só... transar com ela. — Me obrigo a sussurrar. Queria que os outros caras fossem embora. Quinn fica me encarando. Depois diz com uma voz normal:

— Na verdade, eu posso. Se ela quiser.

— Ela não vai querer, caralho.

— Ela quer, sim. A gente já conversou sobre isso.

— Se você a pressionar...

— Ah, meu Deus... não estou pressionando.

— Não, você não entende. — Sei que estou falando alto demais e os caras estão ouvindo, mas eu estou surtando. — Você não entende.

— Eu sei, está bem? Dá pra saber por como ela se comporta quando a gente se pega, pelo corpo dela, pela respiração e tal...

Acerto seu rosto com o máximo de força que consigo. Quinn cambaleia para trás, com uma mão sobre o olho. Nós nos encaramos com espanto. Acho que ele está prestes a parar, mas ele balança o outro braço e me atinge no nariz.

— Beleza, já deu — diz Noah. — Vou chamar alguém.

Uma dor aguda força meus olhos a se fecharem. Tento considerar essa sensação, procurar alguma comparação familiar, mas acho que existem coisas que não se parecem com nada conhecido.

— O que é que eu não entendo, porra? — Quinn está gritando para mim. — Você acha que tem algum direito delirante sobre ela? Alguma conexão mágica só porque vocês dois não têm pais? Porque isso é uma besteira, Caplan. Seu pai não está morto. Ele só foi embora.

Quando abro os olhos de novo, vejo sangue espalhado pela camisa que a minha mãe comprou para eu usar na festa, e então vejo Hollis.

UM VERÃO PARA SEMPRE 203

— Ah, meu Deus — diz ela. — Ah, meu Deus. Vem comigo. Agora. Levante-se, Quinn. Sim, eu sei que está doendo, caralho. Levanta agora.

Ela nos arrasta para a porta.

— Estou bem, para com isso — digo.

— Eu também estou bem — declara Quinn.

— Cresçam, os dois. Vocês não estão bem.

— Vá se foder — diz ele, afastando-a.

Ele sai, pisando com força em direção à garagem.

— Ele está bravo comigo, não com você — falo para ela.

— Não me diga.

Tento me afastar da porta.

— Não está nem doendo.

— Caplan, você está coberto de sangue. Se voltar agora, vai criar uma cena.

Ainda estou resistindo, mas ela segura meu pulso.

— Você vai deixar a sua mãe chateada.

Deixo que Hollis me leve para o banheiro do andar de cima. Ela me obriga a tirar a camisa e começa a me limpar. Pego o cantil do bolso e dou um gole na bebida. Quando ela protesta, digo:

— Meu rosto está doendo pra caralho, tá bem?

— Você disse que estava bem.

— Mas *não* estou.

Algo na forma como eu falo a faz hesitar. Ela está limpando o sangue do meu cabelo quando alguém grita, me chamando. Eu me levanto.

— Está tudo bem…

— É a Mina — digo, deixando-a para trás.

Mina está atravessando a casa com passos determinados. Ela para ao me ver nas escadas, sem camisa, ainda ensanguentado.

— O que você fez? — pergunta ela.

Abro a boca e a fecho de novo.

— O que você falou pro Quinn?

— Eu só… Eu não…

— Caplan. — Sua voz é dura feito gelo. — Me conte agora o que você disse pra ele.

— Eu... Bem, eles estavam conversando, os caras, sobre a noite do baile e sobre vocês dois, e eu só...

— O que você falou pra ele?

— Nada!

— Bem, você deve ter dito alguma coisa, porque ele terminou comigo.

Todo o ar parece se esvair do meu corpo.

— Ele... terminou com você?

— Ele disse... Ele disse que você deixou algo muito explícito e que a gente precisava parar de ficar e não devíamos ir pro baile juntos. — Mina está erguendo a voz e não consigo evitar de me aproximar dela. — Você contou pra ele... — diz ela, me empurrando com as duas mãos. — Você contou pra ele o que aconteceu e ele desistiu de mim.

— Não contei!

Dou um passo cambaleante para trás quando a ficha cai e entendo do que ela está me acusando.

— Bem, então o que foi que aconteceu? O que foi que você *deixou muito explícito?*

— Eu só surtei, está bem? Não gostei do jeito que ele estava falando sobre você, e eu só... eu nunca contaria aquilo pra ninguém, Mina. Você sabe.

— Então *por quê?* — pergunta ela, me pressionando. — Por que ele fez isso?

— AH, MEU DEUS! — grita Hollis atrás de mim. — Chega. Você, venha aqui, sim, sim, tenho certeza de que Caplan fez alguma idiotice, mas não adianta nada ficar tentando adivinhar. Senta aí.

Ela fez Mina se sentar no degrau.

— E você... — fala Hollis. — Você também. Não falem nada. Não gritem. Não se toquem. Não se *batam*. — Ela vira para mim. — Só fiquem aí parados.

UM VERÃO PARA SEMPRE **205**

— Você não pode nos colocar de castigo — falo.

— Me esperem.

— Onde você vai? — pergunta Mina.

— Vou chamar o Quinn — diz Hollis. — Pra gente perguntar pra ele o que aconteceu.

Eu me levanto.

— Não quero ver a cara dele!

— SENTA AÍ.

24

Mina

Caplan e eu ficamos sentados na escada em silêncio. Depois de um minuto, ele oferece o cantil para mim.

— Está tentando ser engraçadinho?

Eu me afasto dele e belisco a parte interna do braço para me impedir de ter uma crise.

Quando Hollis volta com Quinn, ele parece exausto. Seu olho já começou a inchar. Ele olha para nós dois sentados ali feito crianças.

— Sua mãe está te procurando — avisa ele, encarando os joelhos de Caplan.

— Ele já vai — diz Hollis. — Por que você terminou com a Mina? Foi por causa do Caplan?

— Foi — solta ele.

— O que ele te falou? — pergunta Hollis.

— Ele não precisou falar nada. Só ficou óbvio.

Um soluço sobe pela minha garganta. Como uma pessoa com uma longa lista de medos, este é o meu maior... que os outros percebam. Que eles sintam a minha parte quebrada. Que possam farejá-la em mim.

— O quê? — insiste Hollis, me olhando diretamente. — O que é tão óbvio?

Quinn respira fundo.

— Que mesmo que eles não saibam, estão completamente apaixonados um pelo outro, então estou caindo fora, está bem?

UM VERÃO PARA SEMPRE **207**

Não consigo lidar com isso. É demais pra mim. Essa vibe não é, tipo, nada normal, eu preciso que vocês saibam disso. Essa novelinha de merda. Isso é uma maluquice. E sinto muito, de verdade, Mina, porque eu te acho muito legal, mas vocês só precisam calar a boca e ficar juntos, porque estão deixando todos ao redor tristes, incluindo vocês mesmos, e não posso mais ser parte disso, está bem? Talvez vocês estejam certos. Talvez eu só queira ir pro baile sozinho vestido de palhaço. Me processem, porra.

Suas palavras são recebidas por um longo silêncio.

— Foi mal pelo seu rosto — fala Quinn para Caplan. — E me desculpe por ter rido quando os caras falaram coisas nojentas sobre você — fala ele para mim.

— O que eles disseram? — pergunto.

— Você não vai querer saber — diz Hollis. — Confie em mim. Já passei por isso.

— Bem, eles estavam dizendo de um jeito bem gráfico que você seria uma boa foda.

— E você estava fazendo exatamente o quê? — Eu me levanto para olhar para Caplan. — Defendendo a minha honra? Bom, talvez eu *seja mesmo* uma boa foda.

Não tenho ideia do que me faz dizer isso, mas agora realmente vou chorar. Sinto as lágrimas brotando e não sei o que mais vai transbordar.

Eles gritam meu nome quando saio correndo, mas disparo para a porta, atravesso a rua, entro em casa, subo as escadas e me enfio embaixo das cobertas, onde choro sem parar até que não reste mais nada em mim. Choro do jeito que fazia quando era pequena, quando não sabia falar e só soltava barulhos animalescos — choro o mais alto que posso, já que ninguém pode me escutar. Todo mundo está do outro lado da rua, a um universo de distância, em uma festa linda para o meu amigo mais antigo. Meu único amigo, que me conhece bem até demais, que sabe de tudo e não consegue evitar querer me proteger do resto do mundo, de pessoas comuns — ou, o que é mais provável, protegê-las de mim.

Fico me revirando por horas até estar encharcada, patética e exausta, até que ouço meu celular tocando entre os cobertores. Ignoro e ele logo volta a tocar. Quando o pego, vejo o nome de Hollis na tela.

— Oi?

— Oi, me desculpa, mas preciso da sua ajuda.

— O que houve?

— Não sabia pra quem mais ligar — fala ela.

— Você está bem?

— Sim, eu estou. É o Caplan. Pode vir aqui fora? Estamos aqui na rua.

— Já vou.

Coloco um moletom por cima do vestido e nem me dou ao trabalho de calçar os sapatos.

Não é difícil encontrá-los, porque Caplan está fazendo sons de ânsia. Quando me aproximo, percebo que ele não está vomitando nada. Hollis está atrás, tentando mantê-lo ereto com as mãos debaixo de suas axilas. Ela está péssima. O vestido está coberto de vômito. A cabeça de Caplan pendendo. Ajoelho-me diante dele e tento ajudar Hollis a mantê-lo em pé. Suas pálpebras tremem, e quando ele me vê, começa a chorar. Sua cabeça cai sobre o meu ombro e ele se agita em cima de mim incoerentemente.

Olho para Hollis, e ela me encara de volta.

— O que aconteceu?

— Sei lá — diz ela. — Depois que você foi embora, mandei ele ir vestir uma camiseta limpa, voltar pra festa e aguentar firme.

Caplan chora mais alto e me empurra de um jeito que quase caio na rua.

— E aí?

— Ele fez as duas primeiras coisas e depois acho que bebeu tudo o que tinha naquele cantil idiota que o irmão do Quinn deu pra ele. Encontrei ele no mato, vomitando em si mesmo, mas ele ainda estava meio consciente, e consegui fazer com que viesse pra rua comigo pra mãe dele não ver como ele está. Mas agora já está tarde e ela está ligando pra ele, mas não consigo fazê-lo ficar em pé.

Caplan está de quatro no chão, vomitando outra vez.

— Certo — digo. — Certo.

Vou para um lado e Hollis vai para o outro e o levantamos juntas. Balançamos um pouco.

— Desculpe — fala Hollis.

— Não precisa pedir desculpas.

— Beleza — diz ela. — Vamos, Cap. Anda.

Ele grunhe. Seus joelhos cedem e a gente o segura.

— Ele nem me respondeu — murmura ele.

— Está tudo bem. Você está bem — fala Hollis.

Seguimos pela rua praticamente carregando Caplan.

— Pelo amor de Deus. — Estou completamente sem fôlego, apesar de termos caminhado apenas seis metros. — Quando foi que ele ficou tão grande?

— É por isso que garotos não podem ser donzelas em perigo — fala Hollis, ofegante. — É uma questão de física.

— Ele não veio — solta Caplan.

Nós o conduzimos pela escada e seus pés parecem estar funcionando um pouco agora.

— A porta deve estar aberta, se Julia sabe que Caplan ainda não foi dormir — digo.

Mas Hollis já está abrindo a maçaneta. Claro que ela sabe disso. Óbvio. Ela conhece esta casa, seus ritmos e o próprio Caplan mais intimamente que eu.

Nós o levamos até a porta, mandando-o calar a boca e recuperando o equilíbrio, então uma luz no topo da escada se acende.

Julia está parada, de pijama, olhando para nós três. Ela absorve a cena: Caplan quase inconsciente, Hollis e eu lutando para mantê-lo de pé. Hollis abre a boca para dizer alguma coisa e Julia levanta a mão. Ela desce as escadas e o puxa para si. Ele cai em seus braços, apoiando nela todo o seu peso.

— O meu pai... — chora ele. — O meu pai nunca me respondeu. Ele nem me respondeu.

De alguma forma sobre-humana, ela o conduz pelas escadas. Lá de cima, ela se vira para nós.

— Estamos... — fala Hollis. — Podemos...

— Obrigada — diz ela. — Vão pra casa. As mães de vocês devem estar preocupadas.

Quando chegamos na calçada, Hollis desaba e coloca a cabeça entre os joelhos. Primeiro, acho que ela está chorando, mas depois percebo que está rindo. Eu me sento ao seu lado.

— Até parece que minha mãe está preocupada — diz ela. — Eles trancam a porta meia-noite, quer eu esteja em casa ou não.

— Onde você vai dormir?

Ela dá de ombros.

— Vou ficar ligando pras meninas até uma delas atender. Ou vou bater na porta de casa até alguém abrir. O que eles vão fazer, me botar de castigo? Vou me formar na semana que vem, e depois vazar daqui.

— Você pode dormir na minha casa.

Ela me encara.

— Sério?

— Sim. Tipo, você já está aqui. Você pode tomar um banho. Está fedendo.

— Bem... e você está toda inchada de tanto chorar.

— Jura?

— Posso mesmo tomar um banho às duas da manhã?

— Claro. Minha mãe também não está preocupada.

***

— Junho do último ano de colégio é tipo a Terra do Nunca — diz Hollis. Estamos deitadas na minha cama.

— Como assim?

Estou bastante desperta, apesar de ser três da manhã. Acho que é porque tirei um cochilo às dez.

— Bem, é tudo mágico, claro. É quente e borbulhante.

— Borbulhante?

— De repente, podemos beber champanhe. Só que todo mundo começa a agir como se nunca fosse crescer. Quando é exatamente isso que estamos prestes a fazer.

Não falo nada por um momento. Estou envergonhada. E pensar que passei toda a minha vida observando Hollis e pensando que a conhecia.

— Você não concorda?

— Você está certa — digo. — Garotos terminando relacionamentos, enchendo a cara e chorando quando nem é a vez deles de chorar...

— Exatamente.

— Então você é a Wendy — digo.

— Não, Mina. — Ela suspira. — Por mais que eu tente ou peça pras estrelas, você é a Wendy, e eu sou a porra da Sininho.

Dou uma risada.

Ela se vira para me encarar, mas seus olhos estão se fechando.

— *Peter Pan* era minha história favorita quando eu era pequena. Qual era a sua?

— Hum, acho que *Harry Potter*.

— Não vale, você e Cap leram essa juntos. Me fala uma que seja só sua.

— *Cinderela*, talvez.

— Um puta clássico.

Ficamos em silêncio por um tempo.

— O pai dela também morreu. Acho que é por isso que eu gostava dessa história. O que é bem brega.

— Não é — diz Hollis. — Queria pedir desculpas por falar aquilo sobre os seus sapatos no quarto ano.

— O quê?

— Quando você usava All Star preto todos os dias e eu disse que era porque seu pai morreu… bem, me desculpe.

— Foi você que inventou isso?

— Tipo, era a primeira vez que eu não estava tentando ser escrota. Eu tinha lido num livro, acho, que as pessoas usavam preto quando estavam de luto, e eu estava tentando mandar as outras meninas pararem de dizer que eram sapatos de menino, mas você me ouviu e chorou, e eu me senti péssima.

— Tudo bem — digo. — Isso foi até fofo.

— Essa sou eu — murmura ela. — A garota mais fofa que conhecemos.

Ficamos deitadas em silêncio.

Acho que Hollis pegou no sono, mas então ela diz:

— Certo. Agora que somos amigas…

— Somos?

— Sim, e agora que somos…

— Você vai começar a cantar "Popular", do *Wicked*?

— Cala a boca, me conta um segredo.

— Um segredo?

— É — diz ela. — Algo que ninguém sabe.

— Certo. Bem. A mulher de Yale me respondeu.

— O que ela disse?

— Ela me perguntou quais são meus planos pro ano que vem. Acho que no primeiro e-mail ela estava querendo saber se eu estaria interessada em publicar minha redação.

Hollis se senta na cama.

— Como assim? Como ela leu a sua redação?

— Bem, há algum tempo, um membro do conselho da faculdade me contatou e perguntou se poderia incluir meu texto em uma espécie de guia de redação. Mostrando alguns exemplos e...

— E o seu texto foi escolhido? Como um exemplo? Sobre o que você escreveu? Vida e morte?

— Sobre nada. Fiquei esperando que alguém me dissesse que não era uma boa redação de inscrição. Só escrevi sobre como foi ajudar Caplan a aprender a ler. Enfim, acho que ela encontrou meu texto no guia, a esposa dela trabalha em uma revista literária e querem publicá-lo, mas depois que eu disse que não iria pra Yale, ela perguntou se eu tinha interesse em fazer um estágio...

— Ah, meu Deus, e o que você disse?

— Ainda não respondi.

— Qual é a revista?

Procuro o celular.

— *The Nerve?*

Ela pega o celular.

— Ah, meu Deus, Mina. O escritório deles é em Nova York. Vai ser perfeito. Vai ser tipo aquela série *Girls*. Olha as imagens do Google Maps...

— Não posso deixar de fazer uma faculdade pra ir pra Nova York — falo. — Nunca estive lá. Nunca assisti *Girls*. E não conheço ninguém por lá.

— Você me conhece — retruca ela, ofendida. — E não é que você não vai fazer uma faculdade: você só vai tirar um ano sabático.

— Você vai fingir que nem me conhece.

— Claro que não. Você é aquela pessoa que vai florescer depois do ensino médio. Não que você já não seja, sei lá, uma flor. Ou algo assim. — Ela boceja e se ajeita debaixo das cobertas. — Desencosta os pés de mim, eles estão congelantes.

Depois de alguns minutos, ela continua:

— Vou embora logo depois da formatura. Vou dar o fora daqui e começar uma vida de verdade. Bora.

— Bora?

— Foi o que eu disse.

— Você quer que eu faça parte da sua vida de verdade?

— É. Você pode pegar emprestado umas roupas minhas.

Dou uma risada.

— Porque as minhas são péssimas?

— Não. Eu só gosto de emprestar roupas — fala ela, se aconchegando mais. — Porque sou arrogante e tenho ótimo gosto. Acho que é minha linguagem do amor ou algo do tipo. Qual é a sua?

— Sei lá. Recomendações de livros, talvez.

— Aliás, obrigada pelo presente de aniversário que o Caplan me deu. Adorei. Já estou relendo.

Apenas sorrio, mas seus olhos estão fechados de novo.

— Você devia ir pra Nova York, Mina.

Não respondo.

— Está fingindo dormir? — pergunta ela.

— Não. Só estou pensando. É sua vez de me contar um segredo.

— Eu também fui violentada — diz ela.

— Ah...

— Não chegou a ser, tipo...

— Como você...

— Eu só adivinhei pela forma como você chorou no meu aniversário. Você fez uma expressão que reconheci. O jeito de chorar, de segurar os joelhos... E hoje você deixou escapar uma coisa... que você pensou que Caplan tinha contado alguma coisa pro Quinn. Talvez tenha algo de errado comigo. Eu não devia... não devia ter adivinhado desse jeito.

— Não, tudo bem — digo. — É verdade, eu fui. Violentada. Também. Eu conheço quem... quem...

— Não — fala ela, bocejando, encostando a testa no meu ombro. — Foi há dois anos, no acampamento de verão. Ele era um dos monitores. Eu tinha o maior *crush* nele quando era mais nova. Que desperdício de gostosura.

Bufo.

— Nossa, eu sinto muito...

— Não, por favor, pode rir. Eu me sinto invencível pra caralho quando dou risada disso.

— Sinceramente, eu te acho invencível. Sempre achei.

— Sinto muito pelo que aconteceu com você — diz ela.

Viro para ela e fecho os olhos.

— Sinto muito pelo que aconteceu com você também.

— Você tomou a pílula do dia seguinte? Essa foi a pior parte pra mim. Tipo, conversar com a enfermeira do acampamento. Ela não tinha nenhum comprimido, o que acho bem bizarro em um acampamento misto.

— Ah, não. Não precisei.

— Então até monstros usam camisinha?

— Não — digo. — Não, quer dizer, bem... Eu ainda não tinha menstruado. Então...

Hollis não diz nada. Ela procura minha mão debaixo das cobertas, aperta com força e depois a solta. Então diz:

— Já pensou melhor? Sobre Nova York?

— Não. Tipo, isso que você acabou de mencionar foi meio que... algo importante.

— Bem, vou me mudar no verão com outras meninas da Universidade de Nova York. Elas disseram que tinham dois quartos vagos. O outro pode estar livre ainda.

— Ah.

— Não precisa surtar. Só pense a respeito.

— Tudo bem.

— Tudo bem. Boa noite, Mina.

— Boa noite, Hollis.

— Mina?

— Hum?

— Também te acho invencível. Eu não ia querer que você fosse pra Nova York se eu não tivesse certeza disso.

216 *Daisy Garrison*

25

Caplan

Estou no chão do banheiro, deitado em posição fetal, quando Ollie abre a porta.

— A mamãe está dizendo que você mora aqui agora.

— Vai embora.

— Ela também disse que você tem até às nove pra se levantar e limpar todo o vômito na calçada da frente da casa dos Morgan.

— Que horas são?

— Quase oito.

Resmungo.

— Posso limpar pra você... — diz ele.

Eu me sento, apoiando na borda do vaso sanitário.

— Por quanto?

— Cinquenta.

— Vinte.

— Trinta. E... — Ele inclina a cabeça. — Você vai ter que arrumar minha cama todos os dias até ir embora.

— Por uma semana.

— Duas.

— Que horas?

Ele fica pensando.

— Só precisa ser antes de eu voltar pra cama à noite.

— Combinado.

Apertamos as mãos em acordo. O movimento me deixa enjoado mais uma vez. Apoio a testa no vaso.

— A mamãe não liga se arrumamos a cama ou não, sabe. Eu nunca arrumo.

— Bem, você está dormindo no banheiro. O meu padrão é mais alto.

— Pode ir agora — falo. — Você precisa limpar um vômito.

— Eu gosto da cama arrumada — diz ele. — Faz com que eu me sinta bem. Você devia tentar.

Ele sai e fecha a porta com cuidado. Deito no azulejo e volto a olhar para a parte de baixo do vaso sanitário toda empoeirada. Não é tão ruim ficar aqui, acho. Não vou arranjar confusão nenhuma daqui. Não vou decepcionar ninguém.

Uma hora, a luz da janela fica mais forte, e estou considerando me levantar para fechar a cortina quando ouço a porta da frente se abrindo.

— Parece que ele rastejou pra longe do chão. — Ouço Ollie dizer alegremente. — Vai lá ver.

Não sei direito quem estou esperando que seja. Acho que Quinn, mas não ergo a cabeça para ver quando a porta se abre.

— Ouvi dizer que você mora aqui agora — diz ela.

— Estou experimentando — respondo.

— Não é muito bom pra um garoto que adora telhados. E o topo das árvores.

Viro e a encaro. Ela está parada na porta segurando um Gatorade e um pacote de biscoitos de água e sal.

— Posso entrar?

— Não sei se você vai querer.

— Lembra quando a gente tentou dormir na barraca no seu quintal e eu tive apendicite, então você me deixou vomitar em você dentro do carro a caminho do hospital?

Sorrio. Os músculos do meu rosto estão estanhos e rígidos. Sinto uma dor irradiando pelo nariz. Mina fecha a porta atrás de si e se senta na minha frente, apoiada na banheira. Ela me oferece o Gatorade e abraça os próprios joelhos.

— Não mereço isso.

— Ah, pare de sentir pena de si mesmo.

Abro a garrafa e dou um gole. Para minha surpresa, é maravilhoso. Dou outro gole. Depois, fecho a garrafa e a pressiono na testa, porque está gelada.

— Você está agindo como se fosse a primeira pessoa do mundo a encher a cara.

— A gente ainda está brigado? — pergunto.

— Sei lá — diz ela.

— Mas você está aqui.

— Sim. Porque você está fraco e vulnerável. Então nossa briga está pausada.

— Minha mãe disse que você e Hollis me carregaram pra casa.

— Sim, e depois ela dormiu na minha.

— Sério mesmo? Hollis detesta dormir fora.

— Foi estranho, mas legal. Me senti melhor sobre… sei lá. Acho que sobre tudo.

Ela abre um sorriso. Um sorriso verdadeiro, digno de Mina, suave e duro ao mesmo tempo.

— Não — falo de uma vez. — Nada de pausa. Nada de pena. Pode me dar o que eu mereço.

Seus olhos avaliam lentamente o meu rosto e corpo. De repente, percebo que só estou de meia e cueca.

— Não consigo. Você está patético demais. Não seria justo.

Ela estica o braço para limpar um pouco de sangue velho e seco na minha clavícula.

— Mina…

— Eu sei. Tudo bem.

— Não está. Eu… sinto muito. Pelo Quinn.

— Sinceramente… — Ela se recosta na borda da banheira. — É melhor assim. Acho que eu acabaria usando ele pra transar.

Caio na gargalhada.

— Sem chance.

— É, esse com certeza era o plano.

Estamos ambos gargalhando agora. Eu me dou conta de que estou faminto e pego os biscoitos.

— Só porque não consigo ficar brava com você não significa que você não deva se sentir péssimo — fala ela.

— Eu me sinto péssimo demais.

— Tipo, seria legal terminar a escola tendo transado pelo menos uma vez.

— Não acredito que você estava só... só...

— Com tesão?

— Puta merda.

— Ah, cresce — diz ela.

— Você estava com tesão.

— Isso é tão surpreendente assim?

Mina apoia a bochecha nos braços dobrados sobre os joelhos. Há um brilho engraçado nos seus olhos.

— Não — digo, engolindo o biscoito com dificuldade. — Não, claro que não, tipo, é normal que você... que você se pergunte como... sabe... seria...

— Você está bem?

— Claro que sim...

— Você está vermelho feito um pimentão.

— Não estou.

— E eu sei como seria — diz ela. — Não, não por causa do que aconteceu. Óbvio. Tipo, já descobri o que eu posso fazer. Sozinha. O que é?

Abro a boca e depois a fecho, então abro de novo, tentando me lembrar de como falar qualquer coisa.

— Fala sério. Você é tão sexista assim sobre masturbação?

— N-não, eu... sei lá, claro que não. Eu só...

— Aposto que você faz.

— Ah, sim, tipo, mas eu só...

— O que foi? Você acha que só garotos podem fazer isso?

— Não, não. Eu sei que garotas, quero dizer, mulheres podem... Elas também podem... Para de rir de mim!

— Você é engraçado! — retruca ela.

— Essa conversa não faz mais sentido! —

Não consigo desviar os olhos dela. Faz semanas que ela não me olha nos olhos.

— Você costumava ter crises de pânico se alguém acidentalmente te tocasse no corredor! — digo.

— Sim, bem, isso é diferente. Não sou só "alguém". Posso me tocar. Tá bem, fecha a boca. Você está ridículo. Obedeço.

— Eu sei que meio que entrei em pânico depois do que aconteceu. E você viu o meu pior. Mas não é como se eu não tivesse tentado lidar com isso em todos os níveis.

— Como assim, em todos os níveis?

Ela olha para além de mim.

— Tipo, sei que você estava preocupado por eu não estar falando nem comendo nem dormindo, mas eu estava preocupada de nunca ser capaz de gostar de fazer sexo ou de não amadurecer como os outros e não querer transar. Eu decidi não ficar pra trás, sabe, pra me desenvolver direito, então me adiantei, pesquisei e li livros, e precisei de um pouco de tempo e prática, obviamente.

— P-prática?

— Hoje em dia existem recursos bem incríveis que não existiam alguns anos atrás, coisas que não são, sabe, pornográficas nem nojentas... coisas muito educativas e pouco intimidantes.

— Você está... está dizendo que superou as expectativas... apenas com uma siririca? — Ela está gargalhando de novo, e eu fico na defensiva. — Eu só estou... me dê um tempo, ok? É um assunto novo! Nunca conversamos sobre isso antes!

— E por que a gente teria conversado sobre isso? Você por acaso queria me contar quantas vezes por semana você se masturba?

— Bem, eu teria contado, se você me perguntasse!

— Beleza. Quantas vezes?

— Ah, meu Deus. — Cubro o rosto com as mãos.

— Está vendo? — diz ela, satisfeita.

— Está bem! — grito entre os dedos. — Está bem. Podemos, por favor, falar sobre outra coisa? Podemos voltar pra nossa briga?

— Certo, certo. Chega.

— Chega dessa conversa? Ou da briga?

— Os dois.

— Ótimo.

Ficamos sentados no chão do banheiro por um momento. Por algum motivo, consigo olhar para qualquer lugar, menos para o rosto de Mina. Queria estar vestindo uma calça.

— Quer dar uma volta? — convida ela. — Essa bolacha água e sal parece que desceu. Talvez você consiga comer algo mais substancial.

— Com certeza — digo.

Ela se levanta e me oferece a mão para eu me levantar. Não a aceito. Meus braços estão cruzados no colo.

— O que foi?

— Nada — falo.

— Vamos lá.

— Já vou.

— Por quê? O que houve?

— Só preciso, sabe… me vestir. Já vou.

— Por que você está assim esquisito? — pergunta ela.

— Não estou.

— Então se levante.

Ela oferece a mão de novo.

— Não! Não posso.

— Por que não?

— Só não posso, está bem?

— Só não pode?

Ficamos nos encarando.

— Ah, meu Deus — solta ela.

— Para com isso.

— Você está...

Ela me olha, e eu olho de volta. Então ela coloca a mão na boca.

Eu me levanto com o orgulho que consigo reunir, com as mãos cruzadas à frente do corpo.

— Ai, meu Deus. Ai, meu DEUS!

— O QUE FOI? O que você quer de mim?! Você chegou aqui... sendo legal comigo e... falando sobre... estar com tesão e... sabe...

— Masturbação?

— PARA! PARA DE FALAR SOBRE ISSO.

Viro de costas, mas não tenho para onde ir no banheiro minúsculo, então só dou uma volta e me deparo com Mina exatamente no mesmo lugar.

— Desculpe — digo.

— Não precisa pedir desculpas. É um elogio.

— Isso. É, sim.

Ela está apertando os lábios para não dar risada. Então um pensamento brota na minha mente e vai crescendo de um jeito insistente, mesmo que não pudesse haver hora menos propícia para tal. Estou todo suado e sujo de vômito, só de cueca, tendo basicamente acabado de me levantar do chão do banheiro, precisando desesperadamente tomar um banho.

— Certo. Que tal... você ir na frente e eu te encontrar lá embaixo?

Mas ela não vai embora. Ela inclina a cabeça para o lado. Nada no mundo poderia me obrigar a desviar o olhar agora. Cada batida do meu coração reverbera na minha garganta como um gongo. Ela olha para as minhas mãos, ainda cruzadas estrategicamente. Por um segundo que pode ser muito longo ou muito curto, não sei bem, não consigo me mover nem falar nada. Mina pega meus pulsos e os afasta. E fica me olhando. Depois, ergue o olhar para o meu rosto. Então estamos nos beijando. Ela coloca meus braços em volta de si. O tempo acelera, e nos agarramos

UM VERÃO PARA SEMPRE **223**

com tanta intensidade que perco o equilíbrio e acho que acabo puxando a cortina do chuveiro. A cortina cai em cima da gente, Mina começa a rir contra a minha boca, afasta a cortina e me beija mais. Logo estamos no chão, ela está atirando a camiseta em algum lugar, e rolamos juntos e chutamos o Gatorade. Mal ouço a batida na porta, mas ela ouve e se afasta com tudo.

— Caplan? — chama minha mãe. — Posso entrar?

Congelo, mas Mina se move depressa, pegando as roupas e saindo silenciosamente pela outra porta, que dá no quarto de Ollie.

— Caplan?

— Pode entrar! — digo, me ajoelhando na frente do vaso, porque não consigo pensar no que mais fazer.

Ela abre a porta e vê a cortina amassada na banheira e a poça vermelha de Gatorade.

— Meu Deus. Pelo visto as coisas ficaram violentas por aqui.

Solto um grunhido evasivo sem tirar o rosto do vaso. Ela se aproxima e se ajoelha ao meu lado, afastando o cabelo da minha testa.

— Nossa, você está queimando!

— Estou bem, mãe.

— Querido, você está todo vermelho…

— Não é nada…

— Parece que está com febre.

Ela coloca a mão na minha testa e depois começa a remexer o armário de remédios.

— Mãe, eu juro que estou bem.

— Tome isto — manda ela, me entregando um remédio para febre. — E vá pra cama, está bem?

— Está bem.

— Aqui, eu vou…

— Mãe! Pode deixar!

Praticamente a empurro para fora do banheiro. Apoio a mão na maçaneta de Ollie por um instante e depois me jogo no quarto dele.

Ele está sentado na cama com os deveres de casa espalhados ao redor de si, olhando para a janela de boca aberta. Ele se vira para mim e aponta para o vidro.

—A Mina — diz ele — entrou aqui, meio sem roupa, só de sutiã, piscou pra mim. E saiu pela janela.

Corro até a janela e olho para baixo, mas não vejo ninguém ali.

— Vocês estavam... prestes a...

— Sei lá — digo, tentando organizar os pensamentos, mas o rosto de Mina fica aparecendo na minha cabeça em um ritmo constante, feito o baixo de uma música.

— Então POR QUE você está parado aí falando comigo? — Ele fica de pé e os papéis saem voando, flutuando pelo quarto. — VAI LOGO! CHEGOU!

— CHEGOU O QUÊ? — Não sei por que estou gritando, mas estou me sentindo bem.

— CHEGOU O MOMENTO!

— PORRA! BELEZA!

Saio correndo do seu quarto e desço as escadas, passo pela minha mãe, amarro os sapatos na entrada de casa e saio porta afora. Atravesso a rua com determinação, sem prestar atenção em nada nem ninguém, concentrado na porta azul da casa de Mina. Esmurro a aldrava de latão. A princípio, nada acontece, e sinto que meu coração vai sair pela boca, então a mãe de Mina abre a porta.

— Caplan?

— Gwen! Sra. Stern! Mina... está aí?

— Caplan, por que você está sem roupa?

Olho para a minha cueca.

— Merda.

— Está tudo bem?

— Sim — digo. — Quero dizer, acho que sim. Desculpe por ter falado um palavrão. Não era pra ter dito em voz alta. Na verdade, acho que as coisas podem estar mais do que bem.

Ela ainda está me olhando de um jeito inexpressivo, bloqueando meu caminho, e estou tão agitado que abro a boca e digo:

— Mina e eu acabamos de nos beijar e daí minha mãe chegou, então ela saiu correndo e eu vim aqui falar com ela e só estou de cueca porque bebi demais ontem à noite e vomitei na minha roupa toda, não porque estava beijando sua filha sem roupa, essa parte foi só uma coincidência.

Espero ela bater a porta na minha cara. Só que ela dá um passo para o lado com uma expressão que não consigo ler bem. Não espero pra ver se vai mudar de ideia. Disparo pelas escadas e sigo direto para o quarto de Mina. A porta está aberta e ela está parada, parecendo completamente normal, vestida e com uma expressão bastante similar à que a mãe dela acabou de fazer ao abrir a porta para mim, com as sobrancelhas erguidas.

— O que está acontecendo?! — sussurra ela.

— Desculpe!

— O que você está fazendo aqui?

— Não sei!

— Por que não vestiu uma roupa?

— NÃO SEI!

— Shhh!

Ela coloca a mão sobre a minha boca e nós dois nos viramos para a porta, mas ouvimos uma música subindo pelas escadas. Ela inclina a cabeça, confusa, e não consigo evitar esticar o braço e tocar seu rosto.

— Meu Deus! — diz ela, e me dá um tapa.

Dou um pulo para trás e cruzo as mãos nas costas.

— Desculpe!

— O que você falou pra minha mãe?!

— Eu só... fui bem casual e sutil. Falei pra ela que eu... que a gente se beijou...

— Ah, meu Deus...

— E que eu queria conversar com você.

— E o que ela disse?!

— Bem, ela não disse nada, mas me deixou subir.

— Ai, meu Deus — repete ela, olhando para a porta. A música está ainda mais alta agora. — O que você estava pensando, Caplan?

— Hum, bem... que talvez o momento tivesse chegado? E eu não... queria perder?

Ela me lança um olhar severo.

— Meu Deus — fala ela. — Não acredito que você ficou duro...

— Pare! Pare de falar sobre isso, senão vai acontecer de novo!

Ela dá uma risada, cobrindo os olhos com as mãos. Seus ombros sacodem.

— Mina — falo baixinho.

Ela respira fundo e solta o ar, trêmula. Abaixa as mãos e olha para mim.

— Não tem problema — diz ela.

— O quê?

— Se acontecer de novo.

— Mesmo?

— Mesmo.

26

Mina

Então acontece de novo, e minha mente fica vazia e parece zumbir.

— Tem certeza de que você está bem?

— Sim — repito. — Tenho certeza.

— Beleza.

Algo na voz de Caplan me faz parar e olhar para ele.

— E você?

— Sim — responde. — Eu só estou... nervoso, acho.

Puxo sua mão, então ele fica de joelhos também. Encosto a testa na dele.

— Sou só eu.

Ele coloca a mão no meu cabelo, atrás da minha orelha.

— Exatamente. É você.

Depois, ficamos deitados na minha cama, sem fôlego, em um estado bizarro de choque.

Não vou fingir que nunca tinha imaginado esse momento antes. Mas o que sinto agora é uma imobilidade de surpresa, uma humilhação total em antecipação porque um de nós vai ter que quebrar o silêncio e um pavor absoluto do que será dito.

Acho que se for eu a próxima a falar, vou abrir a boca e algo gigantesco e irreversível vai sair.

Quando éramos pequenos, antes de ficarmos grandes demais para dividir a minha cama, costumávamos dormir um virado para os pés do outro. Sempre que eu não conseguia pegar no sono, fechava os olhos e imaginava o rosto de Caplan na ponta da cama. Seus cílios longos e claros, as sardas esparsas e definidas, a pinta sob o olho direito, os cabelos na têmpora, tão loiros que pareciam quase brancos. Faço isso desde tão nova que nunca me pareceu errado ou romântico. Então, uma noite, quando eu tinha doze anos, naquele estranho momento entre o sono e o despertar, com a meia listrada dele a um centímetro do meu nariz, imaginei como seria beijá-lo. Fiquei com tanta vergonha que despertei na hora e fui vomitar no banheiro.

Posso senti-lo me olhando agora, mas não consigo virar a cabeça. Fico encarando o teto, observando a luz da manhã contra a moldura escura.

— Que música é essa? — pergunta ele.

Prestamos atenção. Tento me concentrar nas palavras e nesse sentimento enorme se instalando sobre mim, ou talvez vindo de dentro de mim, abrindo caminho para fora, depois de tantos anos.

Where has the time all gone to?
Haven't done half the things we want to

— É do meu pai — explico. — Ele tinha uma baita coleção de discos. Ele adorava musicais antigos.

— Nem sabia que vocês tinham um toca-discos.

— Não consigo nem lembrar a última vez que usamos.

— Que música é essa? — pergunta ele.

Estou prestes a dizer que não faço ideia, mas então reconheço.

— "Some Other Time".

A letra soa tão límpida que é como se a música estivesse tocando ali dentro do quarto. Ela deve estar absurdamente alta para a minha mãe lá embaixo.

— Por que você acha que ela colocou essa música? Pra criar um clima? — pergunta ele.

—Acho que foi só pra nos dar um pouco de privacidade. — Sento-me e pego a camiseta, tentando agir com normalidade. Coloco os pés no chão. — Não me lembro da última vez que ouvi música nesta casa — digo, só para preencher o silêncio.

Fico de pé, visto os shorts e me viro para ele.

Caplan está deitado na cama com as mãos atrás da cabeça, me observando. Quando vê o meu rosto, sua expressão murcha.

— O que houve? — pergunto.

— Nada...

— Você devia colocar uma roupa...

— Vim só de cueca. — Ele dá risada.

Tento rir também, mas tenho vontade de chorar. Dou uma olhada ao redor e encontro uma camiseta grande que ele pode usar. Ele fica me observando atentamente enquanto a veste.

— Ei, você está bem?

A camiseta é das Olimpíadas de Ciências da Escola de Ensino Médio de Two Docks, e tem uma tabela periódica estampada na frente. Logo abaixo, está escrito "FAÇA COMO UM PRÓTON E FIQUE POSITIVO".

— Sim — digo. — Mas acho que você devia ir.

Ele fica me encarando, perplexo.

— Ir?

— É.

—Agora? Depois que a gente...

—Ah, não fica assim. — Viro as costas e finjo que vou arrumar a cama. — Você já transou várias vezes antes.

Estou em pânico. Sinto que, se não ficar sozinha nos próximos trinta segundos, vou explodir.

— Não desse jeito.

Continuo dobrando os lençóis.

— Olha, se você quer que eu vá embora, eu vou, mas acho que a gente devia resolver isso juntos — diz ele.

— Isso o quê?

— Quer, por favor, olhar pra mim?

Eu tento.

— Seria difícil de qualquer jeito — fala ele. — Sabe, seria confuso e diferente, mas se a gente quer que funcione, então...

— Como assim, se a gente quer que funcione?

— Bem... se a gente for, tipo, ficar juntos...

— Caplan, não podemos ficar juntos.

— Por quê? — Ele me olha com uma expressão genuína de confusão.

Fecho os olhos.

— Porque sim. Você não me vê desse jeito.

— Vejo, sim!

— Desde quando?

— Sei lá. Desde que...

— Desde que você ficou com ciúmes do Quinn? Desde que Hollis terminou com você?

Escolha uma, penso. *Alternativa A ou B, entregue sua prova e vá para casa.*

— Não sei quando as coisas mudaram, mas elas mudaram, está bem?

— Então podem mudar de novo! Mas isso não importa, porque vamos nos formar em seis dias e não faz sentido... dar as mãos e ir pro baile e depois se despedir.

— A gente... não vai se despedir — diz ele devagar. — Vamos dar um jeito.

— Dar um jeito como? Vamos começar a namorar? À distância?

— Você não vai pra Michigan?

— Pra gente se apaixonar e viver felizes pra sempre?

Ele fica me encarando por um longo tempo.

— Você não gosta de mim desse jeito?

Quando não respondo, ele fala, abalado:

— Você não... não queria... você se arrependeu que a gente...

— Não — falo. — Não. Você me perguntou, tipo, a cada dez segundos se eu tinha certeza de que queria fazer isso.

— Te perguntei duas vezes.

Volto a atenção para os lençóis.

— Não importa se eu gosto de você desse jeito ou não.

— Mina, se você não gosta, é só me falar, está bem?

— É como Quinn disse! Tem alguma coisa de errado com a gente. Não é normal.

— O que é tão ruim assim? — questiona ele. — A gente é, sabe... Sim, beleza, talvez isso seja um pouco intenso e incomum, mas...

— Um pouco intenso? — Estou rindo sem achar a menor graça. — Caplan, um terapeuta teria um banquete com a gente. "Um pouco intenso"... seria errado, doentio e imprudente...

— Imprudente? Nossa, o que tem de tão ruim assim?

— É só escolher! — grito. — Os seus problemas paternos ou os meus?

— Ah, fala sério...

— Seu complexo de heróis ou as minhas questões com intimidade? Não importa se é culpa nossa ou não, é assim que as coisas são.

— MAS QUEM SE IMPORTA? — Fico aliviada por ele estar gritando agora, e não me olhando daquele jeito de antes. — Por que você tem que bancar a esperta com tudo o tempo todo? Por que precisa analisar as coisas assim? Nada disso importa!

— Claro que importa! Não estamos em patamar de igualdade! Ele fica paralisado.

— Você não pode ficar com alguém que não é seu igual — completo.

— Como é que você pode dizer isso? Do que é que você está falando?

— Só estou viva por causa de você.

— Mina... fala sério, isso é...

— É verdade! — grito. — Você sabe que é. É por isso que você dormiu aqui tantas vezes, e você sabe...

— Mina, para...

— Você passou uma semana dormindo no chão do meu quarto no oitavo ano porque sabia o que eu faria se você fosse embora. Você sabia. Não tinha ninguém aqui me impedindo, além de você.

Ele não diz nada, mas não desvia o olhar de mim.

— Admita, não minta pra mim — pressiono.

— Eu não tinha certeza. Mas eu... sim, estava preocupado. Isso é tão ruim assim? Eu ter medo de... Eu ter tomado alguma atitude? Pra te manter aqui?

— Não. Não é ruim. Mas isso não é amor.

— Bem, e o que é então?

— Uma obrigação.

Ficamos nos encarando por um longo tempo. Sua expressão poderia me virar do avesso.

— Então o que eu devo fazer? O que eu devo fazer com todos os meus... sentimentos por você?

Queria ter dado outra camiseta para ele vestir. Ele está engraçado demais. Real demais. Caplan demais. Sinto um soluço subindo pela minha garganta.

— Lide com eles — falo. — Fiz isso por anos.

— Mina, se você sente por mim o que eu sinto por você... não me importo se acha isso ruim ou bom. Preciso que me diga.

— você não sente de verdade o que acha que sente!

— o QUE VOCÊ QUER DIZER?

— *Cuidar* de alguém não é a mesma coisa que gostar de alguém! Você... você se enganou acreditando que tem algum tipo de *crush* por mim quando... quando isso é só...

— Eu não tenho um *crush*. — Ele vira para a parede. — Às vezes queria que você desligasse seu cérebro.

— Está vendo? Aí está. Você não gosta de mim. Se eu fizesse isso, não seria eu mesma.

Caplan não está me olhando. Eu me preparo para o que ele vai dizer em seguida. Mas ele só vai embora sem olhar para trás. Ouço-o descendo as escadas e saindo pela porta. A música para. Tranco a porta para caso minha mãe tente vir conversar comigo. Minhas mãos estão tremendo. A casa está em silêncio outra vez. Como uma maluca obediente e treinada, ligo o chuveiro, entro debaixo d'água e espero o ataque de pânico me atingir. Mas ele não vem. Eu me sento no chão e apoio a cabeça na porta de vidro. Tento não pensar na expressão no rosto dele, no jeito como ele se virou, na sua mandíbula cerrada, como se ele estivesse segurando o choro. Pressiono a testa com mais força contra o vidro. Como pude dizer aquelas coisas? Como pude deixá-lo daquele jeito? Que tipo de pessoa eu sou?

Pressiono a cabeça no vidro com força demais e a porta se abre. A água respinga no chão do banheiro. Fico observando por um tempo e depois me levanto. Desligo o chuveiro, seco o azulejo com a toalha e me enfio na cama toda molhada. Não somos nós o problema, eu acho, nem a nossa amizade que é intensa demais, ou carregada demais, ou mesmo errada. Sou eu. E, seja qual for o tipo de pessoa que eu seja, é por isso que tive que fazer aquilo. Porque Caplan merece coisa melhor.

Minha mãe bate na porta baixinho. Ignoro-a. Hollis me escreve perguntando se eu gostaria de ir ao seu jantar de formatura na noite seguinte. Ela explica que só vão as meninas. Me dou conta de que não conheço as regras de amizade para isso. Transei com o ex dela. Se ela soubesse, talvez não me convidasse, então não seria justo ir. Respondo na mesma hora dizendo que tenho um compromisso familiar, porque se eu esperar muito, vou acabar cedendo e indo. E é isso, inexplicavelmente, que finalmente me faz chorar.

Em um círculo vertiginoso, meus pensamentos ficam se perseguindo. Quero ir até Caplan e pedir desculpas, mas não posso retirar o que disse. Não vale a pena machucá-lo mais uma vez, e talvez eu não consiga fazer isso uma segunda vez, mas devo poder, repetidamente, se quiser continuar a ser amiga dele, então chego ao cerne da realidade. Nunca mais seremos amigos, não da mesma forma. Fecho os olhos e tento deixar meu corpo o mais imóvel e pesado o possível para não me levantar e sair correndo até a porta dele.

Quinn me manda uma mensagem perguntando se pode passar aqui para conversar. Falo para ele não se preocupar comigo. Minha mãe me escreve do andar de baixo querendo saber o que quero jantar. Respondo que não estou com fome.

Mais tarde, quando já está escuro e pego no sono, ela bate na porta.

Sonolenta, esqueço que estava me isolando e abro.

— Posso entrar? — pergunta ela segurando uma caixa de pizza.

— Você está parecendo uma entregadora.

Dou um passo para o lado e minha mãe entra, colocando a pizza no chão. Ela se senta e me espera, e como estou cansada demais para protestar, me sento também. Ela pega um pedaço.

— Você não gosta de pizza — digo. — Seu estômago fica zoado.

— É verdade.

Ela dá uma mordida e oferece o resto do pedaço para mim. Como devagar, torcendo para que ela não me pergunte sobre o circo e o todo drama que se desenrolaram aqui em casa hoje. A música, a porta batendo, a gritaria digna de um espetáculo da Broadway. Mas ela não fala nada. Só fica sentada, em silêncio, até ficar satisfeita por eu ter comido dois pedaços. Depois, leva a pizza para o andar de baixo, dizendo que vai guardar o resto na geladeira, para caso eu tenha fome mais tarde.

Não me sinto melhor, mas estou menos vazia e menos trêmula, e lógico, me dou conta de que não estou totalmente sozinha, como às vezes finjo estar.

À meia-noite, desço no escuro para pegar outro pedaço de pizza. Paro na frente da geladeira. Há dois cartões novos ali, debaixo do *Chrysanthemum*. Tiro-os dos ímãs para dar uma olhada no verso. Na caligrafia cursiva da minha mãe, com a tinta desbotada de anos atrás, leio *Jane Eyre* e *Anne de Green Gables*. São os livros que estudei para o trabalho final de Inglês. Minha mãe deve saber, já que estava na cerimônia de premiação. O cartão de *Anne de Green Gables* é dos anos 1980. O de *Jane Eyre* é de 1923. Levo-os para a mesa e devoro mais dois pedaços de pizza enquanto me familiarizo com a lista de nomes. Então volto para o quarto e vasculho o armário até encontrar o que estou procurando. Está amassado e desgastado nas bordas — um cartão de biblioteca da coleção original de contos de fadas dos Irmãos Grimm, o último que ela me deu antes de parar de trabalhar. Uma Bíblia desconcertante e sanguinolenta para uma criança de sete anos, mas eu não largava o livro e minha mãe não se importava. Mais do que não se importar, ela entendia. Ela me entendia mais do que eu imaginava, já que guardou *Jane Eyre* e *Anne de Green Gables* para mim, tantos anos atrás, sabendo que um dia eu os leria e adoraria. Pego o cartão dos Irmãos Grimm e coloco-o junto com os outros, aumentando nosso pequeno cemitério.

Apesar de ter passado o dia todo na cama, ainda consigo pegar no sono pensando em órfãos, pés ensanguentados em sapatinhos dourados, e por que Cinderela teria fugido do baile quando se deparou com tudo o que sempre desejou.

Na manhã seguinte, tomo outro banho — não para chorar, mas para acordar desta vez. Durante a noite, fiquei pensando nas semanas, ou melhor, nos meses em que minha mãe não fazia ideia se ou quando eu estava comendo. Entendo que ela está tentando, e eu também estou. Escovo o cabelo, faço uma trança e desenterro um par de óculos velhos e horríveis para me sentir como eu mesma, porque os óculos que tenho usado ainda estão na casa de Hollis.

Desço as escadas, faço café e uma torrada e encontro um novo cartão na geladeira, um pouco distante dos outros. Percebo imediatamente que o número está no mesmo grupo decimal de *Jane Eyre*: 823.8. Ficção inglesa, 1837—1900. O título é *Middlemarch: Um Estudo da Vida Provinciana*, de George Eliot. Ainda não li este, e não sei quem é George Eliot. Vou até a estante da sala e a vasculho por dez minutos até perceber que o livro já está separado na mesinha de centro. Faz semanas que não começo um livro novo. Eu planejava, mas andei ocupada demais discutindo com pessoas de verdade e lidando com a bagunça incontrolável e irreversível que elas criam. Não sei o que me leva a fazer isso, mas carrego *Middlemarch* comigo para o escritório do meu pai e ligo o toca-discos. Escolho o primeiro que encontro sem nem olhar direito. Então começo a ler.

Algum momento depois, minha mãe aparece e fica parada na porta.

— Essa música estava tocando quando você nasceu — conta ela.

— Sério?

— Seu pai levou o discman pro hospital pra me distrair.

— Qual o nome?

— "La Vie en Rose".

Presto atenção na letra.

— Não é muito parecida comigo, né? — digo.

A minha intenção era ser engraçada, mas a frase soa triste.

— Você entende a letra?

— Eu faço francês desde o nono ano.

Por um instante, fico com medo de que minha mãe vá chorar, mas ela se aproxima e se senta ao meu lado, no braço da grande poltrona. Ela lê por cima do meu ombro um pouco mais devagar do que eu, mas espero uns minutos antes de virar a página para garantir que ela concluiu a leitura. Eventualmente, descanso a cabeça no seu ombro.

— Te devo um pedido de desculpas — diz ela, de repente.

Percebo que ela acaba o capítulo antes de mim. Termino de ler a página antes de responder.

— Pelo quê?

— Eu não queria te deixar preocupada nem te magoar mais do que você já estava sofrendo, então eu só...

— Me evitou?

— Pensei que estava ajudando. Ao esconder algumas coisas de você. Mas acho que não ajudou.

— Tudo bem — digo. — Eu também escondi coisas de você.

Ela assente e espera, com as sobrancelhas erguidas. Me sinto firme e confortável com ela ali do meu lado, no braço da enorme poltrona de couro do meu pai. Na nossa frente, na escrivaninha, há uma foto do casamento deles, com todos os seus amigos erguendo minha mãe sobre a cabeça, como se ela estivesse mergulhando na multidão.

— Posso te contar outra hora?

— Claro — fala ela. — Não vou a lugar algum.

Quando minha mãe se levanta para preparar o almoço, vou atrás dela e me sento no sofá com o livro.

Percebo que, no meio de toda essa distração, por um milagre, esqueci de ler a última página primeiro, como sempre faço quando começo um livro novo. Viro a página.

Mais tarde, enquanto lavo as mãos na cozinha e viro para a janela, um pouco alheia ao mundo, vejo Caplan e Quinn descendo a rua. Eles estão estranhos e sérios, mas não estão se atacando, pelo menos. Caplan ainda está usando a minha camiseta da tabela periódica. Me afasto da janela conforme eles se aproximam e volto para o sofá, para a minha mãe, que agora está dormindo profundamente, e para o meu livro, que é, apesar da minha infelicidade, excelente.

Fico irritada com o longo e solitário dia. Era assim que eu costumava passar todos os meus dias antes sem me incomodar.

Quando começa a escurecer, alguém toca a campainha. Caplan sempre usa a aldrava. No quarto ano, ele disse que se sentia como um cavaleiro em um castelo, mas talvez tenha escolhido a campainha agora para me fazer abrir a porta. Com cuidado, dou uma espiada no olho mágico, mas não é ele. É Quinn. Ele acena para mim. Eu gostava dele. Gostava do fato dele gostar de mim. Isso significa que gostava dele? Será que todo mundo precisa se perguntar isso? As pessoas não sabem quando gostam de alguém? Seja como for, aquilo foi um lampejo. Caplan é um incêndio florestal. Abro a porta.

— Oi — fala ele.

— Oi.

— Desculpe aparecer assim do nada. Estava por perto e você não respondeu minhas mensagens.

— Tudo bem — digo.

— Eu só, sei lá, queria te pedir desculpas.

— Não precisa, está tudo bem.

— Certo, mas eu queria fazer isso.

— À essa altura, eu realmente não sei dizer de quem é a culpa por toda essa situação — falo, olhando para a casa de Caplan, onde felizmente vejo as janelas escuras.

Quinn sorri.

— Acho que eu também não sei.

Tento pensar em algo para falar e acabo olhando para os meus pés.

— Também queria deixar claro... que, sabe, sem ressentimentos, e... se você ainda quisesse ir ao baile, eu iria com você.

— Você está tentando arrumar alguém pra transar?

Ele me encara por um momento, então cai na gargalhada. Ele leva um tempo para se recuperar.

— Nossa, Mina, você é muito engraçada.

— Valeu.

— E, não, quis dizer como amigos mesmo. Não sou idiota.

Fazia um tempo que eu sabia.

— Sabia do quê?

— Bem, depois que você e Caplan se beijaram naquela noite na casa da Ruby, você nunca mais me beijou.

—A gente se beijou depois, eu acho...

— Bem, claro — diz ele. — Eu te beijei e você foi legal e retribuiu e tal, mas não é a mesma coisa, sabe. Dá pra saber quando alguém está, tipo "Puta merda, quero muito isto" comparado com "Legal, por que não?".

Ele está com as mãos nos bolsos, como se não estivesse falando nada de mais.

Hesito por um tempo, e depois jogo os braços à sua volta.

— Obrigada por entender — digo.

Quinn me abraça de volta.

—Acho que é, não sei, o mínimo, né?

— É.

Me afasto e tento me recompor.

— E aí, o que acha? Amigos indo ao baile?

Ele tira algo do bolso — é como um pequeno buquê de flores, feito de um tecido transparente e papel de seda rosa, azul e verde, as flores estão presas a um pedaço de fita.

— Você que fez? — pergunto.

— Era pra ser um *corsage* — explica ele.

Não preciso nem dizer que ninguém nunca me deu flores antes. Nunca pensei que queria ou que me importava com isso, mas acho que muitas pessoas pensam o mesmo, até alguém estar parado na sua frente te oferecendo flores. Mesmo que seja a pessoa errada.

— É tão... é tão... Obrigada — solto. — Mas acho que seria melhor pra todo mundo se tudo voltasse ao normal. Além disso, eu nem comprei um vestido.

Ele abre um sorriso um pouco triste e olha para o *corsage*.

— Pode ficar — digo. — Dê pra outra pessoa. Você merece o seu "puta merda" — falo.

Ele assente.

— Beleza. Justo. Você também merece.

— Espere — digo, me lembrando de repente de uma coisa. — Fique aí.

Subo até o meu quarto e volto com as mãos nas costas.

— Também tenho uma coisa pra você. Não seria certo dar pra outra pessoa ou que você fosse ao baile sem isso.

Abro a mão, mostrando-lhe uma bolinha vermelha.

— Isso é...

— Um nariz de palhaço.

Ele fica olhando para o nariz vermelho e depois me encara.

— Mina, você pode ser estranha, mas tem um jeito muito legal de fazer as coisas.

Então Quinn vai embora, em direção ao skate que deixou no meu gramado. Ele desce a calçada e dá um pulinho no meio-fio, desaparecendo no crepúsculo com o nariz de palhaço em uma mão e as flores na outra.

Na segunda é o Dia de Matar Aula, o que parece ótimo. Tento não ficar entrando nas redes sociais o tempo todo — um mau hábito que adquiri desde que Hollis publicou nossa foto e criou uma conta no Instagram para mim — para ver os stories de todo mundo no Curvinha. Assisto vídeos deles se balançando na corda com um grande nó na ponta e pulando na água. A corda está amarrada no galho mais alto de uma árvore de bordo na margem, que se projeta na curva do rio, onde é mais fundo. Eles se deitam na grama e comemoram quando alguém se balança no alto ou solta a corda no topo do arco. Não vejo Caplan nos vídeos, mas tenho certeza de que ele está lá. Especialmente se ele e Quinn fizeram as pazes. Em um dos vídeos, Hollis sobe na corda como se estivesse na aula de Educação Física, até o topo, onde ela alcança o tronco. Depois, salta na água daquela altura inacreditável. Digo a mim mesma que eu detestaria estar lá, considerando tudo aquilo. Eu nunca pularia. Nem em um milhão de anos.

Sei que depois disso eles vão para o lago. A tradição é que os alunos do último ano, pelo menos os que curtem aventura e diversão, façam uma fila na doca oeste, em direção ao pôr do sol, pulem e saiam nadando até a doca do outro lado. Eu costumava ir para o lago com Caplan e as nossas mães para observar os alunos quando era mais nova. É o tipo de coisa que toda a cidade quer ver. Em algum momento do fundamental, decidi que a tradição era brega e parei de ir até lá para assistir. Ainda assim, vejo o sol se movimentando, invento tarefas para mim mesma e tento não pensar no ano de que mais me lembro: eu nos ombros do meu pai com uma vela que parece um fogo de artifício na mão, observando os adolescentes que na época me pareciam tão adultos. Eles se jogavam na água cintilante, escura contra o brilho rosado do céu, naquele espaço intermediário e impossivelmente vasto para mim.

Bem no momento em que estou me preparando para me sentir pacificamente entediada e com pena de mim mesma, o telefone da minha casa toca, um som estridente e dissonante. Ninguém nunca liga para esse número, exceto os meus avós. Sento-me em uma cadeira à mesa, onde estava fingindo ler e estava, na verdade, vendo os stories dos meus colegas como uma stalker, e olho para o telefone na parede enquanto ele toca sem parar.

Sem nenhum plano em mente, me levanto tão rápido que derrubo a cadeira com o movimento e atendo o telefone.

— Oi, vó. Sim, estou bem. Na verdade, estou ótima. Decidi que não vou pra Yale no outono. Sim, sim, eu sei. Não. Estou prestando atenção. Só não vou mudar de ideia.

Ela pede para falar com a minha mãe.

— Claro. Só um minuto.

Levo o telefone escada acima e entro no quarto dela sem bater. Ela está deitada na cama, no computador. Estendo o aparelho para ela.

— Quem é?

— Quem mais seria? — falo. — Contei pra ela que não vou pra Yale. Agora ela quer falar com você.

Minha mãe fica olhando para o telefone por um longo tempo. Consigo sentir minha avó ficando irritada a quilômetros de distância, mas não ligo. Não me importo com nada a não ser minha mãe assumindo seu papel, pegando o telefone, se colocando no comando. Ela afasta as cobertas como se estivesse afastando de um pesadelo, se levanta e passa por mim. Fico parada ali, segurando o aparelho, certa de que ela vai voltar. Então ouço a porta da frente se abrir e fechar. Desligo.

Tento me convencer de que isso foi uma vitória. Tomei uma decisão, a anunciei e não precisei de ajuda nenhuma para fazer isso. Não precisei de ninguém.

Então, me enfio na cama dela, onde não estive mais desde que era criança, e choro. Estava convencida de que já tinha chorado tudo o que uma garota poderia chorar na vida, mas me supero. E realmente me entrego. É quase impressionante. Grito e soluço nos travesseiros, marcando os lençóis de seda, chuto o telefone para fora da cama, e prometo a mim mesma, juro, que nunca mais vou colocar a cabeça no ombro da minha mãe outra vez.

Meu celular vibra no bolso. Pego-o só para desligar, mas vejo que há uma ligação perdida e várias mensagens de Caplan.

> oi

> sei que não estamos nos falando e você obviamente precisa de espaço e estou tentando respeitar isso

> mas sua mãe acabou de entrar na nossa casa surtando

então eu queria saber se está tudo bem
por aí e dizer que se você precisar de alguém,
podemos dar outra pausa

se não, ignore essas mensagens

beleza, elas estão entrando no quarto da minha
mãe e estão falando sobre você, então vou lá escutar,
porque eu gostaria que você fizesse isso por mim
se fosse comigo

se não quiser saber, pare de ler agora

espera

é sobre yale

elas estão ligando pros seus avós

meu deus

sua mãe acabou de contar pra eles que você não vai

ela disse que a decisão é sua e que
você precisa de um novo começo

puta merda

ela disse

"frances, foda-se o que você pensa"

frances é sua avó ou avô?

foi mal, isso não importa

beleza é isso

espero que não tenha problema eu te mandar mensagem

aposto que o que quer que você tenha feito, foi incrível

arrasou

saudade

Fico digitando e deletando respostas diferentes. Cada uma parece que estou dizendo coisas demais e ao mesmo tempo não o suficiente. No final, agradeço pelo espaço e por ele me mandar mensagem. Ele responde quase na mesma hora.

> quer ir pular na doca?
>
> sei que não é o tipo de coisa que você gosta mas resolvi perguntar mesmo assim

Fico de pé e lentamente vou organizando os destroços do meu colapso para adiar a resposta. Coloco o telefone na mesinha de cabeceira, recolho os travesseiros do chão e arrumo a cama da minha mãe. O laptop dela está aberto no tapete. Quando o pego, a tela acende. Não consigo evitar ler o assunto do e-mail. Alguém quer abrir uma biblioteca infantil em East Lansing. A tela brilha para mim feito uma janela para o museu de uma outra vida, onde vivia uma irmãzinha distante, em um universo longínquo. Eu ficava deitada na cama entre meus pais pela manhã e fazíamos perguntas um para o outro sobre os números decimais de Dewey: 398.2 para os meus contos de fadas; 741.5 para os quadrinhos do meu pai; 823.7 para o favorito da minha mãe, todo dedicado a Jane Austen; 567.9 para livros sobre dinossauros. Eu não sei dizer por que me lembro desse.

Então minha mãe diria "Precisam de mim na biblioteca de Oklahoma, Arizona, Califórnia", e meu pai e eu responderíamos "Não, Oklahoma é longe demais, não vá", mas era só uma brincadeira e ela sabia disso. Eu diria "Volte com novas histórias", e ela sempre voltava.

Quando o quarto está em ordem e a cama perfeitamente arrumada, fico olhando para ela por um instante e resolvo me deitar outra vez. Fico ali até minha mãe voltar para casa.

Ela se deita ao meu lado.

— Já resolvi tudo, não se preocupe — avisa ela.

— Obrigada — falo.

— Desculpe ter saído daquele jeito.

— Tudo bem. Às vezes, é preciso de uma amiga pra apertar o "enviar".

Ficamos deitadas por alguns minutos.

— Estamos bem de dinheiro? — pergunto.

— Ah, acho que sim. Não sei se percebeu, mas nós não saímos muito.

Abafo a risada com as mãos, que estão debaixo da minha bochecha.

Então minha mãe fala:

— Estou pensando em voltar a trabalhar. Vão abrir uma nova biblioteca para crianças.

— Eu sei. Espiei seu e-mail. Seu computador estava aberto.

— Bem... também estão procurando uma nova bibliotecária pras escolas públicas de Two Docks.

— Interessante — digo.

— Também achei.

Ficamos em silêncio por um tempo. Nossas respirações ficam sincronizadas.

Uma hora, ela fala:

— Não quero que você se preocupe com dinheiro. Essa casa é nossa. Eles não podem fazer nada em relação a isso.

— É mesmo? — pergunto.

Corro os dedos pela costura fina e perfeita da fronha.

— Ah, sim. Seu pai deixou isso organizado há muito tempo. Ele vivia preocupado e planejando coisas, como você. De um modo quase apocalíptico até.

Meus dedos congelam. Não me lembro de ela já ter me falado algo do tipo sobre ele.

— Acho que não é muito justo caçoar dele agora, quando ele não pode se defender.

— Acho que ele não se incomodaria.

246 *Daisy Garrison*

Não consigo enxergar seu rosto, que está meio escondido sob o cobertor, na penumbra do mundo escuro de cortinas fechadas que é o seu quarto. Acho que ela está sorrindo.

Ela diz:

— Então o que você está pensando em fazer?

— Sobre Caplan?

— Sobre a faculdade. Onde você vai estudar? Em Michigan?

— Ah. Certo. Não sei ainda.

— Bem, mal posso esperar pra ver o que você vai fazer.

Para minha surpresa, me pego dizendo:

— Eu também.

Adormecemos assim, às cinco da tarde, e assim termina meu Dia de Matar Aula.

27
Caplan

A melhor coisa sobre o verão de Michigan é que, assim que chega junho, o sol não se põe até depois das nove horas. Os dias duram para sempre. É o que parece.

Diante desse cenário, é patético eu perder o salto porque estou esperando uma resposta de Mina. Não era o que eu pretendia. Fico parado nos degraus da frente de casa por uma hora, me comportando como se eu fosse partir a qualquer momento, torcendo para que ela saia da casa dela no último minuto, só que de repente já está escuro e sei que já é tarde demais para ir. É isso que ganho por ignorar o céu e deixar o sol nascer e se pôr com ela.

Minha mãe chega em casa às dez.

— Não precisava me esperar pra comer — diz ela enquanto eu coloco a mesa. Dou de ombros. — Como foi o salto?

— Ah, acabei não indo.

— Sério?

— Não estava com vontade.

— De pular? De conversar?

Como não respondo, ela insiste:

— De se formar?

— Você vai ficar chateada se eu for comer no meu quarto?

— Vou, mas entendo. Onde está Ollie?

— Ele foi até o lago com os amigos pra ver o pessoal pulando. Estão na lanchonete agora. Quer que eu vá buscar ele?

— Coma antes — fala ela.

***

À meia-noite, estou mais acordado que nunca. Não quero admitir, mas o pulo na doca é importante. Muito importante. Nunca perdi nenhum. E perdi o meu. Não consigo deixar de ficar puto com Mina, mesmo que ela não tenha culpa de eu ter ficado esperando por ela. Então fico irritado comigo mesmo. A ideia de que isso é um mau presságio se aloja no meu cérebro e se estende até os meus pés, e começo a andar de um lado para o outro. Se eu não pular, se virei alguém que fica sentado esperando e perde a vez, serei para sempre alguém que faz isso e nunca vou seguir em frente. Vou passar o resto da minha vida como um perdedor estagnado, pensando que atingi meu ápice no ensino médio, pensando em Mina, pensando nas duas docas e todo mundo pulando delas, avançando e se desenvolvendo, atravessando o espaço entre elas sem mim.

Desço até a cozinha e escrevo um bilhete para Ollie, para caso ele acorde. Minha mãe já voltou para o consultório com o carro, então saio pela porta dos fundos e sigo para o lago a pé.

Quando chego lá, a água está escura e assustadora. Vou até o meio da doca oeste, tiro as meias e os sapatos e tento não pensar nos peixes. Será que esse lago tem peixes? Nunca notei. Tiro a camiseta. Coloco o pé na água. Está mais gelada do que pensei que estaria. Acho que ainda não é bem verão. Isso é uma idiotice. Não sei o que estou fazendo.

Encaro a outra doca e tento avaliar a distância. Então a vejo. Ela está sentada na ponta, com uma camiseta branca que reflete o luar. Está escuro demais para enxergar seu rosto, mas reconheço a postura. Conheço o formato dos seus joelhos dobrados debaixo do queixo. Fico parado, em pé, ela sentada, e nos encaramos. Quero chamá-la, só que, ao mesmo tempo, não quero interromper o que quer que seja que está acontecendo entre nós. A noite está tão silenciosa e imóvel que parece que estou

UM VERÃO PARA SEMPRE **249**

sonhando. Fico ali pelo máximo que posso, esperando que ela diga meu nome, faça qualquer coisa, até que não aguento mais. Mergulho. A água está fria, mas o choque é bom, e avanço bastante antes de precisar levantar para respirar. Depois, volto a nadar. A outra doca é mais longe do que eu imaginava, mas não paro para avaliar meu progresso. Continuo avançando. Ali é melhor, penso, na escuridão silenciosa da água. É mais significativo do que se eu tivesse pulado com o resto do pessoal, no pôr do sol. Era para ser assim. Só nós dois. Levanto o braço da água mais uma vez e alcanço a madeira velha com a ponta dos dedos. Eu me levanto e olho para a esquerda, depois para a direita, tremendo. Mas ela se foi.

Na terça de manhã, acordo com o cabelo pegajoso do lago, então pelo menos sei que estive mesmo lá durante a noite. Arrumo a cama de Ollie e volto para a minha. Algumas horas depois, minha mãe aparece na porta.

— O Dia de Matar Aula era ontem — diz ela.

— Acho que estou doente.

— O que você tem?

Olho para ela, medindo os prós e contras de lhe contar a verdade. Então ouço uma buzina lá fora. Só existem um carro e uma pessoa capaz de fazer aquele som. A buzina continua sem cessar. Finalmente me levanto, passo pela minha mãe e vou para fora, onde encontro Hollis estacionada na frente da minha casa naquele tanque branco que ela chama de carro. As janelas estão pintadas para o Dia do Espírito Escolar. Ela para de buzinar e abre a janela.

— O que você está fazendo, Hollis?

— Te buscando. Vamos. Já está quase na hora do almoço.

— Não vou pra escola hoje — digo. Ela buzina de novo. — Meu Deus, qual é o seu problema?

— Hoje é, tipo, seu último dia de aula — diz ela. — Eu entendo, você está deprimido.

250 *Daisy Garrison*

— Eu não estou...

— Mas quer saber? Meu primeiro namorado, com quem fiquei por muito tempo, e eu terminamos recentemente, e também queria ficar deprimida em casa, mas não estou, porque isso é importante e está quase acabando.

Ela tem duas listras verdes sob os olhos e parece um jogador de futebol pronto para me atropelar.

— Hollis, olha...

— Vão distribuir os anuários hoje, e eu mereço ter sua assinatura, depois de tudo.

— Hollis...

— Eu já chorei e abandonei os meus sonhos, alimentados durante *anos*, aliás, de pular da doca de mãos dadas e dançar com você no baile, mas não vou desistir disso. Trate de se recompor e entrar no carro.

— Preciso me trocar.

— Estou com as suas roupas que preciso te devolver lá atrás.

Ela abre o porta-malas. Dobrados cuidadosamente em cima de uma pilha em um saco de papel marrom estão meus shorts favoritos com os quais ela costumava dormir e minha camiseta do uniforme de Educação Física.

Não trocamos uma palavra ao longo do caminho, mas ela coloca uma música e abre a janela. É gostoso sentir o vento. Percebo que, tirando aquela caminhada com Quinn, eu mal saí durante o dia desde a festa.

Chegamos à escola logo após o início do almoço, e ignoro a sensação de déjà vu de sair do estacionamento com Hollis depois de me vestir no seu carro.

Paro quando vejo à distância a melhor mesa, debaixo das árvores, onde todos os nossos amigos estão borrifando espuma verde uns nos outros e tirando fotos.

— Ela não está aqui — diz Hollis. — Não sei onde ela está almoçando. Ela não está me respondendo.

— Não é pessoal — falo.

Quando nos aproximamos da galera, todo mundo comemora como se eu tivesse voltado para casa depois de ter ficado longe por muito tempo. Só perdi um dia, feito um merda, penso. Então fico tentando me lembrar da última vez que passei um dia sequer sem ver pelo menos uma daquelas pessoas, e não consigo. Quinn faz uma barba de espuma verde em mim, e, apesar de ser irritante pra caralho, sei que isso quer dizer que estamos numa boa. Quando ele foi na minha casa no domingo, eu pedi desculpas primeiro, já que foi ele quem me chamou para conversar, e essa é a parte mais difícil. Talvez eu não tivesse a mesma coragem. Conversamos sobre tudo e também caminhamos vários quarteirões sem dizer nada. As partes que mais me marcaram foram quando ele disse que, embora não fosse minha culpa, às vezes era muito difícil ser meu amigo, e quando ele perguntou se eu estava bem.

Ruby me entrega o meu anuário, que eu logo lanço na rodinha das assinaturas. É difícil não entrar no clima. Acho que esse é o objetivo desse dia. Estou folheando o anuário de alguém e fico impressionado com a quantidade de fotos minhas e dos meus amigos. Tenho certeza de que todo mundo está representado em algum lugar pelo menos uma vez, e a nossa turma não é tão grande, mas um número desproporcional de fotos espontâneas é nosso, versões variadas do mesmo grupo. As pessoas devem nos odiar, acho. Somos aqueles cuzões. Aquela panelinha. Assino o anuário de Becca com uma mensagem genérica e, quando o devolvo, ela me abraça. Ela está chorando há dias, toda vez que o assunto da formatura surge.

— Vocês são, tipo, mais minha família que a minha família de sangue — fala ela, chorando no meu ombro.

Abraço-a apertado, porque ela não está errada. Quero parar os relógios e fazê-los voltarem no tempo para repetir tudo de novo, só que de um jeito diferente. Talvez, se tivesse a chance, eu faria tudo exatamente da mesma forma, porque somos desse jeito, mas pelo menos eu daria valor para as coisas enquanto elas estivessem acontecendo. Ou eu só congelaria o tempo para descobrir como aproveitar este dia, porque vou sentir saudade. Como não? Não dá para se acostumar com alguma coisa e depois não sentir falta. Como uma música de fundo. Um ruído branco. Você não percebe que está tocando, mas percebe quando para de tocar.

Viro-me para Hollis.

— Obrigado — digo.

— De nada — retruca ela.

Trocamos os nossos anuários. Encontro um espacinho no canto inferior esquerdo da última página de assinaturas. Escrevo:

O ensino médio pra mim foi você

Penso um pouquinho mais e acrescento:

e eu realmente amei o ensino médio.
Cap.

Quando o almoço termina, acho que é melhor encerrar o dia já que estou na escola, o que é um grande erro. Depois da primeira curva, encontro-a com seus óculos do fundamental, abraçando o anuário contra o peito, encarando os pés. Paro de andar. Espero feito um idiota que ela me olhe, mas ela não o faz. Só depois que algumas pessoas trombam em mim é que me mexo novamente.

Talvez Mina não tenha me visto, penso. Talvez não tenha me visto ontem à noite também. Talvez eu tenha pensado que ela estava me olhando, talvez eu tivesse sentido seu olhar, mas, se não podia ver seu rosto, como é que ela poderia ver o meu? Talvez ela não tivesse nem estado ali. Talvez fosse um sonho. Talvez eu esteja ficando louco.

Então a represa rompe e toda a esperança que tentei reprimir acende em meu estômago e o carrossel imaginário de besteiras em que eu brinquei até a morte ganha vida na minha cabeça. No tempo que levo para chegar à sala, repasso tudo o que Mina me disse em seu quarto, certificando-me de que ainda lembro suas palavras de cor, implorando para que aquelas coisas façam mais sentido agora, pela centésima vez. Ela disse que não estávamos em um patamar de igualdade. Porque eu cuidei dela. *Mas eu preciso de você*, penso. Eu também preciso de você. Preciso mais de você do que você de mim. Tenho certeza disso. É impossível que alguém queira ver o rosto de outra pessoa mais do que eu quero ver o dela agora. Se for possível, juro por Deus que espero nunca mais sentir isso.

Escolho um lugar na sala feito um zumbi. Até onde sei, nada está acontecendo. As pessoas estão sentadas em suas carteiras assinando anuários. Pego o meu para o que fazer, e ele se abre no meio, no meu colo. Do lado esquerdo, há fotos de todos no Dia da Camiseta da Faculdade, em maio. Lá estamos nós, na mesa do almoço, um bloco de cores primárias das faculdades do meio-oeste e Hollis vestida com o roxo da Universidade de Nova York. Em letras prateadas, no topo da página, está escrito: "Faça novos amigos".

À direita, no fim da página, está escrito em dourado: "Mas preserve os amigos antigos". Ninguém posou para essas fotos, e elas parecem clássicas e boas de verdade, algum efeito que colocaram na edição para que as fotos parecessem mais velhas. Penso em todas as vezes que revirei os olhos para Ruby, sempre enfiando a câmera na minha cara, e decido que vou agradecê-la quando tiver oportunidade. Então encontro nós dois no final da página, em uma imagem grande e centralizada, quase toda coberta pelas palavras "Mas preserve os amigos antigos". Sou eu e Mina sentados na biblioteca. Ela está olhando para um livro, mas está rindo, e eu estou recostado na cadeira, falando e fazendo muitos gestos.

À minha volta, as pessoas começam a seguir para a próxima aula, e me obrigo a levantar. Aceito os cumprimentos e ajo normalmente, mas não deixo mais ninguém assinar o meu anuário. Tenho medo de soltá-lo ou perdê-lo.

Antes da última aula, encontro-a de novo, com o canto do olho, do outro lado da entrada principal, encostada em uma das grandes pilastras verdes. Ela está usando shorts e o Oxford azul do pai. A ideia de nos ignorarmos desse jeito é tão ruim que, no meio do caminho, viro à direita e saio pela porta da frente. Dou a volta pelo lado de fora seguindo para a entrada lateral, o que me vai me deixar bem longe da próxima aula.

Nunca estive tão mal, penso, seguindo a cerca viva, me mantendo perto do prédio para que ninguém consiga me ver caso olhe pela janela. Estou pensando em desistir e ir para casa quando vejo a porta aberta ao longe. Estava planejando só bater e rezar pra alguém em escutar.

Quinn segura a porta para mim.

— Patético — diz ele, dando um passo para o lado para me deixar entrar.

Vamos para a última aula, caminhando pelos corredores estranhamente vazios e silenciosos. Uma hora, não aguento mais e pergunto:

— Você não vai me dizer para ser mais corajoso?

— Ah, não. Você é o garoto de ouro. Vai fazer o que quiser de qualquer jeito.

Assim que chego em casa, vou largando a mochila no chão, então me lembro de pegá-la e deixá-la no banco, como fiz por todas as tardes da minha vida. Como se tudo estivesse igual. Como se nada nunca fosse mudar. Entro na cozinha e encontro o smoking alugado pendurado atrás da porta do armário. Atrás dele há um segundo cabide com uma camisa branca para vestir na formatura. Quando minha mãe chega do trabalho, ainda estou sentado lá, olhando para as roupas.

— Se quiser perder o baile também, vai ter que me contar por quê.

— Você comprou uma camisa nova pra mim — falo.

— Bem, a outra estava ensanguentada. Não seria um bom presságio pra formatura. Ia parecer uma cena de *Carrie*... Desculpe, você provavelmente não conhece essa referência...

— A história da garota estranha com poderes mágicos. Conheço, sim. Mina me contou uma vez.

Ela se senta ao meu lado e ficamos olhando para o smoking. Ollie entra na cozinha.

— Todo mundo da minha turma acha que você vai ser escolhido como o rei do baile — anuncia ele, pegando o leite na geladeira.

Suspiro.

— Ah, deve ser tão difícil ser você — diz minha mãe, dando tapinhas na minha cabeça.

— Estão apostando que, se Hollis for a rainha, ela vai jogar alguma bebida na sua cara.

— Está vendo? Eu não devia ir.

Minha mãe expulsa Ollie da cozinha na mesma hora e vem se sentar no banco ao meu lado. Ela me encara cheia de expectativa.

— Se eu te contar, não vou ter que ir?

— E se você me contar e for mesmo assim?

— Bem, eu ainda não contei o que aconteceu, então como você pode estar me mandando ir?

Ela dá de ombros.

— Você só vai ter uma formatura do colégio. A minha foi péssima, mas fico feliz de ter ido.

— Por quê?

— Bem, se eu não tivesse ido, ficaria me perguntando pra sempre se teria sido maravilhoso.

Reflito por um momento.

— Esse é o meu primeiro conselho de vida. É pior se arrepender das coisas que você não fez do que daquelas que você fez.

— Quanta besteira.

— Não é. É a verdade.

— Você não se arrepende de ter se casado com meu pai?

Ela fica pensativa por bastante tempo. Não sei se perguntei isso porque quero dar um fim nessa conversa ou porque ando pensando nele mais que o normal, depois do que Mina disse sobre os nossos problemas — que eles podem não ser culpa nossa, mas que isso não os torna menos reais. Acho que passei a vida toda não pensando em nada muito complicado. Então essa coisa estúpida que rolou com Mina aconteceu, e o resto me atingiu feito uma onda. Não me lembro de já ter ficado chateado com alguma coisa por mais de duas horas, e agora ando por aí todo deprimido, como Hollis pontuou. Todo deprimido, perdendo as coisas importantes, fazendo desvios no meu caminho, pulando da doca tarde demais e nadando devagar.

— Sinto muito por ele não ter vindo na sua festa — diz ela, finalmente.

— Tudo bem…

— E não. Não me arrependo de ter me casado com o seu pai. Não acredito. Encaro-a.

— Porque tive você.

Fecho os olhos com força.

Ela me envolve em um braço.

— Meu segundo conselho de vida é…

— Mãe…

— Se as coisas não estiverem bem e você precisar fazer algo a respeito, não custa nada vestir a sua melhor roupa para isso.

— Tirou essa do Pinterest?

— Não. Do meu cérebro.

— Beleza. Qual é o seu terceiro conselho?

Minha mãe fica pensando.

— Se Hollis for a rainha do baile e quiser tacar alguma bebida em você amanhã, ela merece viver esse momento.

Todo mundo se encontra no gramado da escola para tirar fotos. É engraçado, mas depois de todas as negociações de quem vai com quem, são poucas as fotos em que as pessoas estão em casais. Na maioria das vezes, as garotas posam juntas, em grupos variados de duas ou três, enquanto os garotos ficam zanzando em volta, ajeitando os colarinhos. Depois, tiramos uma série de fotos de grupo desastrosas, pois garanto que em cada uma delas tem alguém de olho fechado, mostrando o dedo do meio para a câmera ou gritando: "Beleza, vamos lá! Digam X!" Na foto clássica do baile, Quinn fica do meu lado. Subimos na placa da Escola de Ensino Médio de Two Docks e temos só trinta segundos para tirar a foto, agachados e fazendo gestos idiotas com as mãos, antes que gritem para descermos. Como Hollis também está sem um par, ela tira foto com todos os caras, até comigo. Depois todos tiram fotos com os pais.

Minha mãe está no trabalho, mas tirei uma foto com ela em casa. Ela ficou falando que não queria sair de uniforme, mas deu para ver que ficou feliz depois. Aquela era a única foto que importava, então me senti agradavelmente desconectado enquanto todos à minha volta pareciam desconfortáveis e tensos.

— Não acredito que toda essa palhaçada ainda não é o baile — diz Quinn. — Ainda temos o evento em si.

O baile acontece em um salão idiota com um carpete horrível em um hotel perto da rodovia. Admito que a sensação de subir os degraus elegantes para entrar com roupas chiques e alugadas é muito boa. Lá dentro, há um monte de mesas circulares em volta da pista de dança, que brilha com luzes coloridas e globos espelhados baratos, conflitando com o resto do salão. Estou andando de um lado para o outro no canto quando anunciam o rei e a rainha do baile. Hollis está perto do palco, piscando sob as luzes, radiante como uma estrela de cinema.

Quando anunciam meu nome, Quinn e Noah me dão tapinhas nas costas.

Normalmente, o rei e a rainha do baile dançam juntos, e acho que vai ser estranho e Hollis vai fazer alguma gracinha, tipo me mostrar o dedo do meio, mas, em vez disso, depois que nos entregam as coroas e a música começa, ela me oferece o braço.

— Que grandioso da sua parte — falo enquanto rodopiamos.

— Apostaram que você ia jogar alguma bebida em mim.

— Ah, eu sei. Eu sou mesmo imprevisível.

Nesse instante, percebo que a música mudou. É uma da Taylor Swift que diz: *We are never ever ever getting back together. Ever.*

— Ninguém consegue mesmo prever o que você vai fazer — digo. — Quem você precisou pagar pra botar essa música?

— Ninguém. Só pedi com gentileza.

— Bem, Quinn previu.

— Não previu, não…

— Previu. Ele apostou comigo dias atrás que a gente dançaria juntos no baile. Ele disse que viria para a cerimônia de formatura só de cueca se a gente não dançasse.

— Ah, se eu soubesse disso, eu simplesmente mandaria você catar coquinho.

— Bem, fico feliz de estarmos dançando pela última vez. Você está linda — acrescento, porque é verdade.

Ela está usando um conjunto. Uma blusa prateada sem alça e uma saia comprida também prateada.

Hollis ajeita minha coroa e dá um sorriso.

— Eu costumava achar injusto que, toda vez que a gente terminava, eu tinha que ver seu rosto idiota no dia seguinte. Vai ser estranho não ter que viver mais isso.

— Também vou sentir saudade, Hollis — falo.

— Talvez seja bom a gente sentir saudade. Talvez a gente siga em frente.

— É. Quem sabe a gente possa ser amigo.

Ela apoia a cabeça no meu ombro.

— Sempre fomos amigos, Caplan. Você só não tinha percebido ainda.

Continuamos dançando lentamente, mesmo que a música seja rápida e todo mundo esteja pulando para cima e para baixo à nossa volta. Mas noto outro casal ainda preso em um abraço apertado. Depois olho de novo.

— É Ruby? E... Lorraine? Aquela amiga da Mina?

Hollis olha para trás.

— Ah, sim. Elas se pegaram o ano todo.

— Como elas se conheceram?

— Estavam no comitê do anuário juntas. É por isso que era importante que Noah convidasse Becca. Pra garantir que ele não convidaria a Ruby. Eu não queria pressioná-la e muito menos contar pra vocês, claro. Eu só queria deixar o caminho livre para elas.

— Hollis...

— O quê?

— Não conheço uma amiga tão boa quanto você.

— Obrigada — diz ela. Depois suspira. — Você não sabe nem a metade.

— Como assim?

— Onde está Mina?

— Sei lá — digo. — Em casa, eu acho. Ela sempre disse que não queria vir pro baile.

— Caplan, você tem que deixar as pessoas crescerem. Elas podem mudar de ideia. E tá tudo bem. Contanto que você tenha dito que a ama.

— *Amar* é, tipo... uma palavra bem forte, sabe? Não queria assustá-la.

— Você não queria assustar a si mesmo.

— O que você está querendo dizer?

— Terminei contigo para que você tivesse a chance de seguir seu coração burro. E nem isso você fez?

— É, sei lá, a gente ficou, e eu meio que falei pra ela. Ela fica me encarando.

— Eu basicamente falei. Tipo, era óbvio — completo.

Hollis balança a cabeça.

— Aff. Beleza. Eu devo ser uma pessoa muito, muito boa mesmo. Vem.

Ela pega minha mão e me conduz para a saída. Quinn nos alcança pouco antes de chegarmos ao fim das escadas intermináveis.

— Vocês estão indo buscar ela?

— A gente vai tentar — diz Hollis.

— Esperem. Tenho uma coisa que vai ajudar.

28

Mina

Temos metade de um dia de aulas irrelevantes no dia do baile. As poucas pessoas que vão usam máscaras de dormir, pijamas e tal. Eu vou só para não levar falta, só que ninguém nem faz chamada, então vou embora logo depois da primeira aula.

Quando chego em casa, minha mãe está no sofá.

— Grandes planos pra hoje?

— Não — respondo, me jogando ao lado dela. — O que vamos assistir?

— Todos os filmes que tenham bailes de formatura.

— É sério isso?

— Pode ser?

Não é como se eu não fosse ficar pensando nisso mesmo, então concordo.

Lá pelas oito, estou de shorts e uma camiseta que ganhei na escola por ter vencido o concurso de soletrar. Vou para cama e faço esforço para me sentir cansada e menos patética. Não funciona. Meu quarto está abafado, então abro a janela e acabo sentada olhando para fora. Quando começo a achar que nada faz sentido, saio para o telhado. Nunca estive ali sem Caplan, apesar de ser o meu telhado e a minha janela, e fico tão irritada com isso que até me esqueço que estou triste. De repente, estou furiosa comigo mesma, com a minha vida e com cada escolha que fiz até este momento.

Se eu fosse um tipo diferente de pessoa, não ligaria para o fato de não ter companhia nem amigos. Eu colocaria um vestido surpreendente e excêntrico e marcharia para o salão feio e brilhante de cabeça erguida e todos ficariam impressionados com a minha coragem. Ou se meu melhor amigo — meu único amigo, sendo bem honesta — não fosse o garoto por quem sempre fui um pouco apaixonada... Se a minha vidinha sem graça pudesse realmente, por alguma força maior, não servir de argumento para o bom e velho sexismo, ou se eu fosse uma pessoa normal que tivesse amigas, ou uma melhor amiga, eu seria capaz de ir de braços dados com ela e superar a noção ridícula, heteronormativa e patriarcal de ter um final romântico feliz aos dezoito anos. Penso em Caplan me perguntando por que eu tenho a necessidade de analisar e destrinchar tudo, e grito de frustração em voz alta. Mas a rua está deserta e todo mundo que eu não gostaria que me ouvisse está no baile, sendo pessoas normais.

Então, uma luz surge na esquina, iluminando tudo. Fico imóvel ali no telhado escuro, mas quando o carro estaciona na minha garagem, não fico tão surpresa. Afinal, é uma rua sem saída.

Caplan bate a porta do carro e vai até o parquinho para subir, então me vê ali no alto.

— Ah — diz ele. — Oi.

Não respondo nada, porque tenho medo de começar a chorar. Sua coroa escorregou para o lado e está um pouquinho torta. Ele está mais bonito que qualquer garoto que eu já tenha visto em qualquer filme.

— Certo — diz ele. Depois, coloca as mãos nos bolsos e rapidamente as retira. — Beleza. Então, vim aqui porque queria te falar algumas coisas.

Assinto.

— Então... o que eu tenho pra te dizer... e como você é melhor com as palavras que eu, preciso que espere eu terminar pra fazer qualquer comentário, tá bem? O que tenho pra te dizer é que você falou aquele dia no seu quarto que está viva por minha causa, e que isso é pressão ou poder demais, ou algo do tipo, mas eu só sou quem sou por causa de você. O que acredito ser extremamente importante. Tudo o que tenho de bom em mim vem de você. Sempre quis ser como você, quero merecer estar ao seu lado desde que tinha oito anos. E não quero saber quem eu seria se isso não tivesse acontecido. Não me conheço sem você, e nem quero conhecer, passei a vida toda te admirando. E se isso significa que não estamos em patamar de igualdade, então tudo bem.

Ele faz uma pausa e respira fundo. Como não respondo nada, ele continua:

— As melhores partes de mim vieram de você, entendeu? E isso tem que contar. Como algum tipo de amor.

— Claro que conta...

— EU — ainda não terminei —, EU sei que é difícil de acreditar, porque tenho sido um babaca egoísta e não tenho uma boa desculpa, não exatamente. A melhor desculpa que consigo elaborar é que depois de, sabe, me importar com você por tanto tempo, quer dizer, amar você de uma maneira tão fácil que virou como... como respirar... bem, me apaixonar por você simplesmente me deixou sem ar. Foi uma sensação totalmente nova. É como... ter que aprender a respirar de novo ou algo assim, e fiquei confuso porque... não sei bem por quê. Porque tive medo. Porque eu não sabia como você se sentia.

— Caplan...

— MAS percebi — desculpe, estou quase acabando —, percebi que estava sendo um péssimo amigo. Claro que não sei porra nenhuma sobre o amor, mas tenho quase certeza de que não é para tornar ninguém um amigo ruim, então acho que estava te amando da forma errada. Provavelmente porque estava fazendo isso sem você, e já sabemos que não funciono sem você. Então... não importa o que você sente por mim, se você me ama como seu amigo ou, sabe... de outro jeito... não vou te decepcionar outra vez. Isto é, bem, se você me permitir ser seu amigo. De novo.

Ele olha para mim. Vejo seu peito subindo e descendo depressa, como se ele estivesse escalando uma montanha.

— Você acha que a gente poderia ser amigo de novo? — pergunta ele.

— Não sei como poderíamos.

— Eu faço qualquer coisa — diz ele.

— Não. Não é você, sou eu. — Respiro fundo e praticamente cuspo as palavras: — Não te enxergo só como um amigo. Acho que nunca foi assim. Talvez seja por isso que eu não sentia que a gente era igual. Todas as outras coisas...

— Mas... mas Mina!

— Para. Para de sorrir desse jeito. Isso não é uma coisa boa.

— Ah, foi mal.

Caplan ainda está sorrindo tanto que seu rosto parece prestes a se abrir e incendiar a noite.

— Eu tentei por anos. Me esforcei muito pra sumir com esse sentimento — digo.

— Acho... acho que é um milagre, se você sente o mesmo que eu.

Algo se libera, desdobrando-se em meu peito, se esticando e espalhando e me preenchendo. Sinto-o em todos os lugares. Até no meu dedinho do pé.

— Tudo mudaria. E não sabemos como seria.

— Mina, você mesma disse semanas atrás, no dia que eu entrei na faculdade e te pedi pra prometer que nada mudaria... Lembra o que você disse?

— Tudo o que me lembro daquele dia é que você entrou na faculdade.

— Você me prometeu que se as coisas mudassem, e vão mudar porque sempre mudam, seria pro melhor.

A alegria dele é contagiante. É demais.

— Você ficou mais esperto que eu?

— Não, não, faz dias que ando pensando nisso. Só estou tentando te acompanhar.

Ele abre um sorriso radiante para mim, para o mundo inteiro, como se estivéssemos só batendo papo.

— Eu só estou... abalada com tudo isso — digo, finalmente.

— Tudo o quê?

— Com você. E com o que eu sinto.

— Beleza. Bem, não precisa ser assustador assim. Podemos dar um passinho de cada vez. Se você precisar de espaço, eu dou. Se quiser ir pro baile como amigo, a gente vai. Se quiser que eu espere bem aqui enquanto você pensa, eu espero. Temos a noite toda.

Ele se senta na grama. Nessa hora, percebo que, mesmo que eu entrasse, fechasse a janela e fosse para a cama, Caplan ainda estaria ali quando eu acordasse.

Alguém buzina.

— Certo, talvez a gente não tenha a noite toda — fala ele.

Olho para o carro, mas é impossível enxergar através do vidro sob o brilho dos faróis. Ouço algo deslizando. Caplan desce do lado do carona.

— Quem te trouxe aqui?

— A gente não podia aproveitar o baile sem você.

— A gente? — pergunto.

Finalmente estou chorando.

— Não importa o que você sente por mim — diz ele. — Acho que você devia vir com a gente. Ou ela nunca mais vai me perdoar.

Então ele enfia a mão no bolso do terno e tira um *corsage* bastante familiar.

— Além disso, Quinn está morrendo pra ver um final feliz — completa ele.

Caplan estica o braço e amarra a fita no meu tornozelo cuidadosamente. Ele fica com as mãos ali, se demorando, sem nenhuma pressa. Me dou conta de que também estou sorrindo. Não consigo segurar.

— E aí, Mina?

Balanço os dedos dos pés.

— Você que sabe. Não tem resposta errada. Só instinto.

— Eu vou — digo. — Eu vou pro baile, e vamos ver no que dá. Agora me solta.

— Por quê?

— Pra eu poder entrar e descer.

— Mas eu não quero te soltar.

— Vou ser rápida. Só vou descer as escadas. Não consigo descer por aqui como você.

— Está bem — diz ele. — Seja rápida.

Ele segura meu tornozelo por mais um tempinho, me encarando todo animado, e então, assim que ele me solta, eu pulo. Seu braço está levantado, pronto para me segurar.

Baile

Chegamos bem a tempo da última dança. Hollis está com a minha camiseta do concurso de soletração, amarrada com um nó acima da saia prateada para ficar mais curtinha como uma estrela pop. Estou usando a blusinha brilhante dela, shorts, o terno preto de Caplan e a coroa dele. Ele entra logo depois de nós. É uma entrada bem dramática e fora de hora, então todos se viram para olhar. Sei que Hollis está de queixo erguido ao meu lado, então faço o mesmo. Quando vejo Quinn, ele tira o nariz vermelho do bolso e o coloca. Estico o pé para que ele veja o *corsage* no meu tornozelo. Ele começa a bater palmas lentamente. Todos os outros o imitam. Os aplausos são tão altos e se estendem por tanto tempo que não me lembro da única música que tocou enquanto eu estava no baile.

Cerimônia de formatura

Depois que atravessamos o palco um por um, Mina e eu continuamos ali para fazer o discurso do orador, que, este ano, vai ser o nosso vídeo. Enquanto ele passa, ficamos no palco, só que na lateral. Assim, observamos as expressões de todos mudarem ao ouvirem o próprio nome. Jim Ferraby, o parceiro de quadrilha de Mina do oitavo ano, diz que está apaixonado pela melhor amiga e espera já ter se declarado para ela pessoalmente, e fico com vontade de rir de quão grandes meus sentimentos parecem para mim, e quão óbvios e banais eles ficam quando você diminui o zoom, mesmo na minha pequena cidade natal. Lorraine diz a Ruby que gostaria de poder fazer com as palavras o que Ruby consegue fazer com a câmera. E a agradece por enxergá-la. Jamie Garrity me agradece por sempre segurar a porta lateral para ela. Em algum momento, não me lembro de tomar essa decisão, mas seguro a mão de Mina. Mantenho-a perto de nós, atrás das nossas becas, para que ninguém possa ver, caso ela fique com vergonha.

Quando o rosto de Quinn aparece na tela, ele diz que Hollis é a garota dos sonhos de qualquer pessoa, e depois solta:

— Não, vamos gravar de novo, não posso falar isso.

E todos aplaudem de pé.

***

(Mais tarde naquela noite, fico sabendo por ele e Mina fica sabendo por ela: Quinn confessa para Hollis durante a grande festa de formatura na casa no lago de Noah que, na verdade, ele nunca transou totalmente, se você for bem técnico, e que não queria ir para a faculdade virgem. Então eles transam no banheiro da suíte dos pais de Noah, na banheira, depois tomam um banho juntos e fazem uma bagunça gigantesca. Quinn contou para Hollis que foi a noite mais incrível da vida dele, e ela riu tanto que se afogou. Ela disse para ele que não sabia se era a noite mais incrível da vida dela, mas que provavelmente era a melhor transa que já teve.)

Quando as pessoas ficam de pé para aplaudir o vídeo de Quinn, Hollis também se levanta e faz uma reverência.

Então lá está Mina, olhando para qualquer lugar menos para a câmera, evasiva como sempre, dizendo que sou o favorito de todo mundo. E lá estou eu, dizendo que ela é a minha favorita. Por um segundo, meu estômago se contorce quando vejo meu rosto tão grande e aberto, admitindo algo que eu nem sabia ser tão verdadeiro na época, mas me viro para Mina e a vejo fazendo a mesma expressão para mim. Levanto nossas mãos e todo mundo surta. Seus olhos cintilam. Ela olha para mim e balança a cabeça como se não pudesse acreditar no que estava acontecendo, e depois me beija bem ali no palco, na frente de todo mundo. Se a formatura fosse no prédio, e não do lado de fora, o telhado teria explodido. O som atinge a estratosfera. Os pássaros levantam voo. Quinn fica de pé na cadeira, assobiando e mostrando o dedo do meio para a gente. Um professor precisa mandá-lo descer, mas não há muito mais que possam fazer. Já entregaram os diplomas.

Deixamos nossas mães irem embora de carro e caminhamos para casa de mãos dadas. Acho que não nos soltamos mais. As pessoas comemoram quando passamos por elas — sejam amigos ou estranhos. É o dia da formatura, e a cidade toda está na varanda para ver os formandos passarem.

Quando chegamos na rua Corey, está tudo silencioso. Digo que a amo outra vez. Mina me conta que vai tirar um ano sabático e ir para Nova York. Ela vai viajar para o leste com Hollis na semana que vem, mas não solta minha mão enquanto me conta tudo isso. Ela me diz que se ficar para passar o verão inteiro comigo, não vai conseguir se despedir. Depois, ela vai comigo para Michigan, para qualquer lugar, para o resto da vida. Quero me ajoelhar e implorar para que ela faça exatamente isso. Mas levo a mão ao rosto, porque o sol está se pondo e o reflexo das janelas das casas se projeta bem nos meus olhos, e canto baixinho uma parte de "Some Other Time".

Ela me conta que sentiu falta do pai hoje. Diz que queria que ele soubesse como ela se saiu, o que decidiu fazer, para onde vai e para onde deixou de ir. Eu digo que ele teria orgulho dela. Que ele tem orgulho dela. Depois, como quero que ela dê risada e não chore nunca mais, digo que, se ela vai embora em uma semana, temos que transar pelo menos uma centena de vezes antes.

Nenhuma de nossas mães voltou para casa ainda, então vamos até o meu quarto e transamos uma vez e meia, então começamos a pegar no sono com todas as janelas abertas, porque não temos mais nada para fazer por mais um dia. Mina está quieta, sua respiração no meu peito, e quero que o tempo congele, mas o sol continua se pondo. Uma luz dourada desliza pela parede do meu quarto. O quarto fica escuro.

— Você nunca adormece com o sol — digo contra o seu cabelo. Ela sorri como se já estivesse sonhando. — Não preciso que você me dê o verão ou o resto de nossas vidas, mas obrigado por isso aqui, agora.

Ela chama meu nome.

E diz que me ama pela primeira vez.

AO VIRAR A PÁGINA
Por Mina Stern

No quarto ano, *ensinei meu melhor amigo a ler. Quando ele toca no assunto hoje e se expressa dessa forma, fico na defensiva, mesmo sabendo que é verdade.*

Ele não era meu amigo antes de começarmos a ler juntos. Na verdade, era meu inimigo, já que foi social e atleticamente abençoado, e eu gostava de ler. Estávamos no ensino fundamental, e as regras daquela sociedade, caso você tenha se esquecido, não são exatamente sutis. Nossa professora, em uma decisão talvez imprudente, nos colocou como parceiros de leitura e pediu a uma criança de oito anos que fosse monitora de outra. Só que o que deveria ter sido um desastre acabou funcionando, mesmo que apenas por conta da curiosidade inerente e inabalável do meu amigo, ainda mais forte do que seu orgulho ou preconceito (desculpe pela piadinha ruim).

Sou uma releitora crônica desde que aprendi a ler. Se dependesse de mim, tenho certeza de que ficaria lendo e relendo Chrysanthemum *para sempre, sem seguir em frente. Até hoje, sempre vou procurar algo que já li em vez de uma história nova. Entendo que isso faz pouco sentido — todo e qualquer livro que passei a amar e considerar meu companheiro permanente já foi, em algum momento, novo e desconhecido para mim. Eu costumava ler religiosamente a última página dos livros antes de começá-los. Estou tentando parar com esse hábito (podemos virar as páginas o quanto quisermos, mas nunca teremos o poder de mudar o final).*

Isso tudo só para ilustrar o quanto o desconhecido é desagradável para mim e quão importante é evitar qualquer coisa que eu não possa prever ou controlar.

Portanto, a situação em que me encontro — de viver, basicamente — representa um problema que com frequência me é desconfortável, por vezes quase impossível. Não faço ideia do que estarei fazendo no próximo ano, e essa questão me oprime tanto que não consigo me imaginar em lugar algum, muito menos quero estar em algum lugar.

Acredito que por isso que é importante amar pessoas diferentes de nós e por que parte da terrível e inexplicável aleatoriedade da vida tem sentido, no fim das contas, ou, pelo menos, um lado positivo. Um livro que você talvez não considere ler não pode saltar da estante ao seu encontro, mas pessoas diferentes podem cruzar seu caminho. E, apesar de todo o meu pavor do desconhecido, sei que existe uma chance de que algum dia, quando eu reler esses pensamentos (como me é de costume) sentada em outra sala, em uma vida diferente de quando escrevi essas palavras, será por causa de outras pessoas — tão maravilhosas e interessantes que estarei em sintonia com elas, apesar de mim mesma.

Todas essas pessoas virão por conta do meu primeiro amigo, o garotinho que me chamou de nerd e se recusava a aprender a ler. Porque, para minha surpresa — e, provavelmente, para o melhor —, é muito mais difícil fechar seu coração do que abri-lo pela primeira vez. E, se a primeira pessoa que você ama é a certa, outras virão. Todos nós fomos feitos para amar. E, assim, fomos feitos para viver. Se você é como eu e tem dificuldade de sentir curiosidade sobre si mesmo ou sua própria vida, tudo que precisa fazer é olhar para cima; para quem quer que esteja caminhando ao seu lado. Se você não tiver motivos, ficar é um motivo tão bom quanto qualquer outro, ainda que seja para descobrir o que vem a seguir, ou pelas pessoas que você ama. Sem falar de todas que você vai amar e que ainda nem conheceu, dos livros que você ainda não leu, dos que ainda não terminou e até das histórias que foram comoventes a ponto de instigá-lo a revisitar.

Pode ser difícil, mesmo entre melhores amigos, não registrar tudo quando vocês mudam a vida um do outro de forma tão absoluta e, até então, imperceptível. Então, de alguma forma definitiva, talvez eu tenha mesmo ensinado Caplan a ler. Mas ele me ensinou tudo isso, repetidamente, a cada dia, toda vez que virava a página.

Então, no final era mesmo sobre a vida, a morte e o amor. Parabéns, sua besta genial.

Bejos, Hollis

Obs: se você tentar arrancar esse bilhete e estragar a parede, vai ter que pagar o caução.

Agradecimentos

Em primeiro lugar, obrigada a Sarah Barley, minha editora na mesma proporção brilhante e gentil; seu coração está no livro, que ficou melhor por isso. E a minha agente, Elizabeth Bewley, que me guiou com tato e cuidado desde o primeiro telefonema; sua crença nesta história e em mim fez toda a diferença. Obrigada a todas as pessoas da Sterling Lord, Flatiron Books e Macmillan que me enviaram algum e-mail (ou muitos) ou gastaram um minuto (ou um milhão) neste livro: Flip Brophy, Szilvia Molnar, Amanda Price, Sydney Jeon, Megan Lynch, Emily Walters, Frances Sayers, Eva Diaz, Erin Kibby, Cat Kenney, Jen Edwards, Ally Demeter, Jennifer Edwards e a equipe de vendas, Keith Hayes, Jenna Stempel-Lobell e Sara Ensey, só para citar alguns — e a Sarah Kelleher, da Maria B. Campbell Associates. Obrigada a David McCormick, que tem lido e incentivado minha escrita desde que eu estava no ensino médio. E a Steve Amick, por tudo que sabe sobre Michigan e sobre os segredos do universo (Torch Lake).

Obrigada a Anna por me manter atenta, e a Luke, por me fazer rir. A Lisa e Brett por seus filhos, pela orientação, pelos palitinhos de queijo e pela minha primeira casa no Brooklyn.

A Delia, Jake, Lennart, Carson e Clara, pelas noites de terça-feira — por me obrigarem a escrever e depois por fazerem minha escrita melhor.

A Jeb, Harley, Lou, Emu, Grace, Hannah, Hannah e Hannah, que tornam mais fácil para mim acordar todas as manhãs e acreditar no amor, e que me ensinaram a considerar mais de um lugar meu lar. Não haveria livro nenhum se vocês não ficassem me perguntando o que está vindo. Obrigada também a Josh, que está me transformando numa otimista, contra todas as probabilidades.

Obrigada a todos que vêm de Montclair, a Glynnis e Sophie pelas partes do ensino médio que valem a pena lembrar, e a Cristi, que reuniu a varanda inteira para votar no título e escolher seu favorito.

A Lily, que me ensinou a ser exagerada, e a James, a quem ninguém ensinou a ler.

A Annie, que tinha que ser minha vizinha, mas não precisava ser minha irmã, e à família dela, que fez o mesmo.

Obrigada sempre a Georgia, que era minha irmã, mas não precisou ser minha melhor amiga; a Walter, que ama melhor que qualquer um de nós; e ao meu pai, de quem ele herdou esse talento.

Finalmente, mãe, não posso nem começar, mas você já sabe.

Este livro, composto na fonte Fairfield,
foi impresso em papel Ivory Slim 65g/m² na gráfica Coan.
Tubarão, Brasil, outubro de 2024.